中國現當代文學與影像多元敘事研究

馮清貴 著

前　言

美國學者沃爾特·傑克遜·貝特說過：「我們所稱之為『文學』的，是人類的生活經驗的龐大浩瀚的記錄，她跟人類的生活一樣豐富多彩、變幻莫測。毫無疑問，她的主題就像是一片巨大的影子，映入歷史、哲學甚至科學的領域。除此之外，還應該替她添加上她獨有的一些特質：反應、情感——希望、恐懼、慾望、仇恨、野心、理想——凡此種種，讓我們在這個行星上成為有生命的靈長。」① 在這裡，沃爾特·傑克遜·貝特給我們展現出了文學功能的多元性。中國現當代文學已經走過百年歷程，以多元性視域考察中國新文學的經驗與得失，將是一個值得探討的理論話題。

關於中國現當代文學的表述，由一元化走向多元化，已經是一個不爭的事實。範伯群先生的《多元共生的中國文學的現代化歷程》，以多元為切入點，構建出新文學的多元共生的原生態譜系，「但在現代中國文學史敘述規範建立的過程中，由於主流意識形態出於各種因素的考慮而實行了對文學敘述的徵召，許多文學史上原本存在的現象與細節被有意無意地遮蔽了」②。在當代文學研究領域，陳思和先生的研究團隊，致力於潛在寫作的挖掘，還原了部分被刪減的文學史實，其中，劉志榮的《潛在寫作：1949—1976》尤為值得珍視。對於創作領域，作家劉心武等說：「毫無疑問，當代文學的確已經形成了多元共存的格局。」③

多元文學的想像與書寫，是確保文學生態多樣性的一條重要規律。然而，在過去的、曾經有過的一體化文學生產與傳播中，卻只有一個真理，只有一種

---

① 沃爾特·傑克遜·貝特，葉楊. 哈佛的多元文學傳統 [J]. 上海文化，2010 (6).
② 陳舒劼，袁勇麟. 評範伯群著《多元共生的中國文學的現代化歷程》[J]. 中國現代文學研究叢刊，2010 (1).
③ 劉心武，邱華棟. 在多元文學格局中尋找定位 [J]. 上海文學，1995 (8).

方法，這是「一種僵化、封閉、獨斷的思維方式與知識生產模式」①，這些文學史實，給我們留下了許多慘痛的經驗與教訓。對於當下的文學生產而言，「只有站在多元主義思想立場上不斷進行『本質化』，中國文學知識生產才能真正獲得生機與活力，才能出現真正非本質主義的『百花齊放』與『百家爭鳴』」②。在多元文學本質的探討中，曹順慶等認為：「各種本質觀可以相互討論、相互對話，以肯定其中的優點，認識自身的不足。然后通過逐漸磨合來尋求大家基本都認可的觀點，達到視域上的融合，從而得出一個符合當下歷史文化語境的文學本質論。當然，我們並不否認這個共識仍然是我們這個時期的歷史性的共識，但它是具有一定普遍性和穩定性的共識。在這個共識產生之前，多元意識的存在是一個必要的前提。正是在這個意義上，我們必須對威權主義意識保持警惕。」③

　　如上所述，倡導多元的文學本質，還必須防止中心的散落。新時期文學逃離了一元主義的掌控之后，又進入物質主義的牢籠之中，媚俗化、慾望化、平面化寫作迎面而來，「面對物質主義的生存現實，面對利益階層重新分配的社會秩序，面對倫理體系不斷被顛覆的人性場景，很多作家陷入某種迷惘與失衡的精神空間。沒有思考，沒有發現，沒有傷痛，很多作品要麼是對庸常經驗的不斷複製，要麼是對公眾聚焦的簡單臨摹，要麼是對低俗慾望的盡情宣洩」④。中心的散落，使作家的創作缺少了應有的責任意識與社會擔當，也很難獲得深邃的精神飛越。因此，在多元的文化環境之中，我們必須尋找出支撐人類精神大廈的共同根基。「文學涉及人類的感情和心靈，較少功利打算，不同文化體系的文學中的共同話題總是十分豐富的。儘管人類千差萬別，但從客觀來看，總會有構成『人類』這一概念的許多共同之處。從文學領域來看，由於人類具有大體相同的生命形式，如男與女、老與幼、人與人、人與自然、人與命運等；又有相同的體驗形式，如歡樂與痛苦、喜悅與憂傷、分離與團聚、希望與絕望、愛恨、生死等，那麼，以表現人類生命與體驗為主要內容的文學就一定會有許多共同層面，如關於死亡意識、生態環境、人類末日、烏托邦現象、逃

---

　　① 陶東風. 大學文藝學的學科反思 [J]. 文學評論, 2001 (5).
　　② 支宇. 反本質主義文藝學是否可能 [J]. 文藝理論研究, 2006 (6).
　　③ 曹順慶, 文彬彬. 多元的文學本質——對本質主義和建構主義論爭的幾點思考 [J]. 文藝爭鳴, 2010 (1).
　　④ 洪治綱. 多元的文學律動 [M]. 廣州：廣東教育出版社, 2009：15.

世思想等。不同文化體系的人們都會根據他們不同的生活和思維方式對這些問題做出自己的回答。這些回答迴響著悠久的歷史傳統的回聲，又同時受到當代人和當代語境的取舍與詮釋。通過多種不同文化體系之間的多次往返對話，這些問題就能得到我們這一時代的最圓滿的解答。」①

本書以多元敘事為視角，截取百年中國現當代文學與影像中的幾個橫斷面，在倡導多元格局的同時，盡力挖掘普遍性的共識理念。本書分六章，以下為各章的主要內容：

第一章「民族與國家」論述了民族國家概念在現當代文學、影像中的嵌入與傳播。現代民族國家文學是中國現代文學的主流形態，在「大敘述」下形成了全新的話語體系與表達範式，自覺地踐行著第三世界的「民族寓言」。對於郭沫若詩歌而言，從五四啟蒙話語到革命話語，從革命話語到民族話語，無論是對詩歌藝術上的不懈追求，還是投身革命的主體實踐，都體現出在建構和擴散現代民族國家的想像與實踐上的付出。郭沫若的詩歌可被稱為民族史詩，預言著「新中國」「新民族」的到來。20世紀30年代的左翼電影運動，成為接駁國家民族主義話語的重要場域。從左翼電影運動視角出發，以國家民族主義為考辨中心，重塑國家民族主義話語原型，使國家民族主義上升為國家層面的宏大敘事，從而起到現代民族國家共同體認同與凝聚的作用。從革命文學到左翼文學，再到社會主義現實主義文學，革命英雄敘事成為影響中國現當代文學審美精神的重要範式，革命英雄在民族危亡時刻赴死救國的故事演繹，已成為激勵一代又一代中國人為國奉獻、努力建立現代化民族國家的重要精神支柱。然而在後現代主義思潮的影響下，革命英雄敘事已經遭遇到非合乎歷史規律性與非合乎目的性的徹底解構與改寫，整體、連貫、統一的革命英雄精神世界已呈現為碎片化的存在狀況。因此，在後革命時代，在重返革命英雄敘事的文學創作中，亟須建立一種合乎正確的歷史觀與美學觀的現代敘事秩序。

第二章「先鋒與批判」主要探討了先鋒文學的文本結構與精神向度。劉震雲作為一位風格獨特的先鋒派作家，具有先鋒作家的膽識和魄力。他大膽地對社會進行無情的揭露和批判，引起了廣大讀者的共鳴。自《故鄉面和花朵》出版以來，作者②的創作風格又發生了新的轉化和變革，寫實風格已被拋卻，取而代之的是作家荒誕的想像。眾多的人物，顛倒的時空，光怪陸離的場景，

---

① 樂黛雲. 多元文化發展中的問題及文學可能作出的貢獻 [J]. 中國文化研究，2001 (1).
② 即劉震雲。

現實、歷史、幻覺的錯位組合，進行著一場新的文本實驗。在長篇小說《一腔廢話》中，作者又進行了一次新的超越和提升。作品對固有的現實世界、文本秩序進行顛覆，形成狂歡化的詩學風格。文本試圖站在新的歷史高度構建新的美學風格。莫言是一位既具有強烈的理想主義氣質又具有現實主義關懷的作家，其小說熠熠生輝，戲劇更是蕩氣回腸，《我們的荊軻》《霸王別姬》，已有的兩部歷史話劇展示出莫言特有的戲劇才華。他常常以強悍的想像、詩性的語言、震感的美學、警醒的寓言，在民族、歷史、文化、現實之間自由穿梭，步步逼近歷史與人性場域的非理性精神空間，揭示出現實表象下人類最為真實的生存本質。他常常以悲憫的情懷，充滿同情地鳥瞰紛紛擾擾的世界，極力尋找人類即將迷失的精神家園。

　　第三章「底層與民間」論述了新世紀底層敘事的現實感與超越性，並指出其固有的局限與不足。左翼文學傳統為文學介入現實留下了寶貴的精神資源，它以強烈的底層關注、直面現實、社會批判為核心，體現了進步作家對國家、民族、底層人民命運的獨特思索，開闢出具有強烈戰鬥色彩的美學形態。進入21世紀以來，底層詩歌與左翼精神又一次浮出水面，直視底層的苦難與生存境遇，修復了長期以來詩歌領域嚴重失真的局面，體現了詩歌重新介入現實的可能性。新世紀的底層詩歌以直面現實和社會批判為主題，體現了詩人們博大的悲憫情懷與人文精神，同時對資本霸權下的身體創傷進行了淋漓盡致的呈現，揭示出冰冷的工業時代對人性的剝離與壓制。陳彥是一個對城市底層與農民工始終保持高度關注的作家。陳彥的小說常常站在人民美學的立場，關注底層人物、弱勢群體的人性溫度與生命冷暖，以平民視角書寫他們的艱辛與快樂、疾苦與尊嚴。儘管城市貧民階層、農民工群體有著卑微的人生、坎坷的命運，但是在他們的生命中卻蘊藏著良知、勤勞、美德、堅韌與正義，這些永恆的人類精神主題，成為支撐底層世界信仰的生活方式與思維方式。閱讀陳彥小說所描述的底層世界，我們深刻地感覺到，在「無常」的現實人生中總是潛藏著「有常」的文化根基，這「有常」的文化之根就是作者對傳統的持久回溯與激情演繹。理想主義是滿族作家孫春平小說創作的一個精神基點，它有效地擊潰了盤踞在人性深處的幽暗。孫春平的小說是一種烏托邦式的人性關愛，是對人類精神保護圈的極力呵護，這就意味著孫春平的小說以綠色、健康的姿態進入公眾精神渴求的期待視域。敘事的詩性格調使孫春平小說增添了浪漫、溫馨、柔美的氣息，經過詩性的潤色，那沉重不堪的現實也會散發溫暖。

第四章「影像與傳播」主要論述了影像傳播的規律與影像創作的實踐。電影藝術與政治宣傳有著不解之緣。新中國成立後，在黨的文藝政策的驅動下，新中國電影配合主流政治，承擔起宣傳主流意識形態的重任。影視藝術特質具有多維性，當審美主體被富有張力的影像激活時，觀眾即進入對自身審美心理結構的重塑境界。影視藝術審美具有價值構建的功能，普適的倫理、高尚的道德符號成為大眾精神信仰的聚合地。影視藝術的審美精神是一種超越精神，審美創造中日常感性昇華為藝術感性，從而走向審美自由之路，達到詩意人生之境。電視文本具有開放性，是充滿了多義性的生產式文本，這種文本在符號中留出大量裂隙，電視受眾與之進行對話，從而產生各自不同的意義。費斯克在德塞圖抵制理論以及霍爾編碼與解碼理論的基礎上，提出電視受眾具有積極主動性，他們並非消極被動地接受，而是能夠按照自己的需求從文本中生產意義，因此電視的受眾是生產式受眾。費斯克的電視觀是在后現代語境下對電視傳媒的獨特認知，融合了巴赫金的對話理論、福柯的權力話語、后結構主義等多種后現代哲學思潮，對當前中國的電視理論與實踐的創新具有重要借鑒意義。

第五章「電影與抗戰」分析了抗戰時期大后方的電影傳播機制。抗戰電影作為中國電影的重要組成部分，是一個不能忽視而且必須重新建構的重大理論課題。十四年抗戰，血與火的鬥爭給中華民族寫下了史詩性的一頁，而作為直接反映抗戰生活的電影，則再現了中華民族堅強不屈的性格。在抗日愛國旗幟的感召下，形成了中國電影史上規模空前的抗戰電影運動，陪都抗戰電影繼承了20世紀30年代的中國電影文化運動的精神，並開啟了20世紀40年代以及新中國成立後的中國電影新篇章。陪都抗戰電影高舉反抗侵略以及愛國主義與民族主義的大旗，匯入全民族抗日戰爭的偉大洪流，將中國電影有史以來的反帝愛國思想推向頂峰。同時對抗戰電影的理論探討，可以促進當今電影傳媒在總結歷史經驗的基礎上使中國電影走向更加符合自身規律的藝術軌道。對陪都抗戰電影及其傳播的研究，我們不能脫離戰爭這個特殊的歷史語境。從深層次上來說，戰爭是不同文化之間的對抗，抗日戰爭則是人類進步文化與野蠻文化之間的一場生死搏鬥。由於戰爭的殘酷性，抗日戰爭不可避免地給中華民族文化造成了破壞，然而正是通過這場戰爭，中華民族文化獲得了克服病痛、發揮優長的歷史契機。中國的知識分子帶著火一般的熱情，以放棄自我個性為代價，投入這場人民大眾的文化締造之中。戰爭還直接影響電影的生存狀態，面

對困難，強烈的憂患意識和現實責任感往往促使愛國的進步文藝家以筆為槍，以攝影機為武器，努力支持抗戰救國。他們把關切點從個人轉向了國家和民族。對陪都抗戰電影及其傳播的研究，我們也應當把其放在世界反法西斯戰爭這一大的歷史背景之下。從世界範圍來看，在二戰期間存在著法西斯與反法西斯兩條戰線的鬥爭，在電影傳播領域也存在著殖民主義文化與反殖民主義文化的鬥爭，因此陪都抗戰電影不僅是中國抗戰電影的重要組成部分，更是世界反法西斯、反殖民主義電影的重要組成部分，具有世界性與正義性。

目　錄

第一章　民族與國家／1

　　第一節　郭沫若現代民族國家文學的嬗變與發展／1

　　第二節　左翼電影中的國家民族主義話語／12

　　第三節　民族話語與階級話語下的革命英雄敘事／18

第二章　先鋒與批判／26

　　第一節　中國狂歡化詩學的建構／26

　　第二節　遊走於歷史與現代之間／33

　　第三節　精神生態的坍塌與重建／37

第三章　底層與民間／42

　　第一節　左翼文學傳統與底層詩歌／43

　　第二節　走出底層敘事的迷津／55

　　第三節　底層敘事如何介入現實／64

第四章　影像與傳播／73

　　第一節　影像傳播的理論闡釋／74

　　第二節　中國影像的民族品格與本土化建構／92

　　第三節　張藝謀的影像世界／102

　　第四節　社會主義核心價值的影像敘事／112

第五節　大眾平民娛樂秀的文化透視 / 116

第五章　電影與抗戰 / 121

第一節　面向民眾的電影敘事 / 122

第二節　陪都電影的紀實美學追求 / 129

第三節　強化意識形態與反殖民主義文化侵略 / 135

第四節　陪都電影傳播機制的確立與理論導向 / 141

參考文獻 / 150

后記 / 157

第一章　民族與國家

　　本章論述民族國家概念在現當代文學、影像中的嵌入與傳播。現代民族國家文學是中國現代文學的主流形態，在「大敘述」下形成了全新的話語體系與表達範式，自覺地踐行著第三世界的「民族寓言」。對於郭沫若詩歌而言，從五四啓蒙話語到革命話語，從革命話語到民族話語，無論是詩歌藝術上的不懈追求，還是投身革命的主體實踐，都體現出在建構和擴散現代民族國家的想像與實踐上的付出。郭沫若的詩歌可被稱為民族史詩，預言「新中國」「新民族」的到來。20 世紀 30 年代的左翼電影運動，成為接駁國家民族主義話語的重要場域。從左翼電影運動視角出發，以國家民族主義為考辨中心，重溯國家民族主義話語原型，使國家民族主義上升為國家層面的宏大敘事，從而起到現代民族國家共同體認同與凝聚的作用。從革命文學到左翼文學，再到社會主義現實主義文學，革命英雄敘事成為影響中國現當代文學審美精神的重要範式，革命英雄在民族危亡時刻赴死救國的故事演繹，已成為激勵一代又一代中國人為國奉獻、建立現代化民族國家的重要精神支柱。然而在后現代主義思潮的影響下，革命英雄敘事已經遭遇到非合乎歷史規律性與非合乎目的性的徹底解構與改寫，整體、連貫、統一的革命英雄精神世界已呈現出碎片化的存在狀況。因此，在后革命時代，在重返革命英雄敘事的文學創作中，亟須建立一種合乎正確的歷史觀與美學觀的現代敘事秩序。

第一節　郭沫若現代民族國家文學的嬗變與發展

一、啓蒙話語：現代民族國家文學的詩意想像

　　自晚清以來，由於帝國主義的殖民侵略，民生凋敝、國勢衰微，建立一個獨立、自由、民主、富強的現代民族國家，成為眾多知識分子的夢想，因此，

有關現代民族國家的敘述成為中國現代文學的中心。哈佛大學教授李歐梵指出：「現代民族國家的產生，不是先有大地、人民和政府，而是先有想像。」①李歐梵借用貝耐迪·安德森（Benedick Anderson）的觀點，進一步指出：「任何一個新的民族國家想像出來之後，勢必要為自己造出一套神話，這套神話就稱為『大敘述』（grand narrative），這種『大敘述』是建立在記憶和遺忘的基礎之上的。任何一個民族國家的立國都要有一套『大敘述』，然后才會在想像的空間中使得國民對自己的國家有所認同。」② 在這裡，李歐梵以新穎的視角建立起文學敘事與現代民族國家之間的時空聯繫。清華大學學者曠新年指出：「中國現代文學所隱含的一個最基本的想像，就是對於民族國家的想像，以及對於中華民族未來歷史——建立一個富強的、現代化的、『新中國』的夢想。也正是因為中國現代的民族主義是由於西方列強的侵略而發生的，也因此中國現代的民族主義是針對西方殖民主義而建構的『中華民族』。」③ 在這篇《民族國家想像與中國現代文學》的論文中，作者從民族主義視角多維度探討了現代民族國家文學的發生與發展，無疑具有很強的理論價值。

　　對於中國現代文學而言，現代民族國家文學「大敘述」形成了全新的話語體系與表達範式，既受到外部政治、歷史、文化的他律性規勸與制約，又有其內在的文學自律性發展邏輯。在現代民族國家文學「大敘述」框架下，啟蒙文學、革命文學、抗戰文學交替演繹，構建出一曲華麗、激昂、悲壯的交響樂。魯迅小說致力於國民精神的改造，何嘗不是想擺脫被看者的屈辱與痛苦，這正是現代民族國家「大敘述」下的寓言式表達。殷夫告別他出身的階級，投身於革命的洪流，站在底層民眾的立場上，訴說《我們》的不幸與覺醒，祈求建立公正、平等、理想的家園。這種逃離與反叛舊家庭人生道路，「是為了建立一個現代民族國家，建立一個新中國。從家族中把個人解放出來，最終是為了把個人組織到國家之中去」④。艾青「雪落在中國的土地上」，面對淪陷的國土，思索著民族的命運，但是由於土地的堅韌，最終它會復活，「在它溫熱的胸膛裡，重新旋流著的，將是戰鬥的血液」！

　　對於郭沫若而言，從五四啟蒙文學到革命文學，從革命文學到抗戰文學，從啟蒙話語空間到革命話語空間，從革命話語空間到民族抗戰詩歌，無論是詩歌藝術上的不懈追求，還是投身革命的主體實踐，都體現出其在建構和擴散現

---

① 李歐梵. 中國現代文學與現代性十講 [M]. 上海：復旦大學出版社，2002：7.
② 李歐梵. 中國現代文學與現代性十講 [M]. 上海：復旦大學出版社，2002：9.
③ 曠新年. 民族國家想像與中國現代文學 [J]. 文學評論，2003（1）.
④ 曠新年. 民族國家想像與中國現代文學 [J]. 文學評論，2003（1）.

代民族國家的想像與實踐上的付出。從《女神》《星空》到《前茅》《恢復》《戰聲集》，眾多詩歌證明，郭沫若總是站在時代的最前列，做藝術的殉道者與人類社會的改造者。

郭沫若在1923年出版的詩集《星空》中有詩篇《天上的市街》，此詩寫於1921年10月24日，「我想那縹緲的空中，定然有美麗的街市。街市上陳列的一些物品，定然是世上沒有的珍奇」。詩風自然、清新、流暢，詩人描繪出一幅烏托邦式的天國圖畫，寄托了對自由、光明、和平世界的想像。這似乎驗證了李歐梵的判斷，即現代民族國家先有想像。

郭沫若1921年出版的《女神》塑造了五四時期覺醒的中華民族的形象。他的《鳳凰涅槃》是一首時代的頌歌，在新時代面前，古老的中華民族正經歷著在死灰中再生的過程。「我們飛向西方，西方同是一座屠場。我們飛向東方，東方同是一座囚牢。我們飛向南方，南方同是一座墳墓。我們飛向北方，北方同是一座地獄。」詩中「鳳歌」與「凰歌」以低沉、悲壯的歌聲結束了中華民族歷史上最黑暗的一頁。「我們更生了。我們更生了。一切的一切，更生了。一切的一切，更生了。」「鳳凰更生歌」以熱切的歡歌預示了自由、民主的現代民族國家的到來。郭沫若說：「五四以後的中國，在我的心目中就像一位很蔥俊的有進取氣象的姑娘，她簡直就和我的愛人一樣。我那篇《鳳凰涅槃》便是象徵著中國的再生。」①《女神之再生》形象地表達了中華民族的新生，「姐妹們，新造的葡萄酒漿，不能盛在那舊了的皮囊。為容受你們的新熱、新光，我要去創造個新鮮的太陽。」何其芳認為：「《女神》的時代精神就主要在這裡：它寫出了對於舊中國的現實的詛咒和不滿，然而更突出的是對於未來的新中國的夢想、預言和歌頌。」② 對於自由、民主的現代民族國家的建立，郭沫若在《女神》中寄予了熱烈的想像，在《晨安》《光海》《勝利的死》等篇中，將現代民族國家作為「更生」的對象。「晨安！我年輕的祖國呀！晨安！我新生的同胞呀！晨安！我浩蕩蕩的南方的揚子江呀！晨安！我凍結著的北方的黃河呀！」祖國、大地、人民煥然一新，「到處都是生命的光波，到處都是新鮮的情調，到處都是詩，到處都是笑」。這種歡快的世界，不正是自晚清以來眾多知識分子所追求的民族夢想嗎？

郭沫若在日本留學期間飽受了異邦人的種種虐待，這些無法愈合的精神創傷使郭沫若夢想著民族的興盛和國家的強大，這一理想便寄托在《女神》中

---

① 桑逢康.《女神》匯校本［M］.長沙：湖南人民出版社，1983：191.
② 何其芳.詩歌欣賞［M］.北京：作家出版社，1962：274.

那氣吞日月、創造無窮的「大我」民族國家形象裡。同時，在五四時期，郭沫若充分認識到文藝對於社會的改造作用，認為「藝術有統一群眾的感情使趨向於同一目標能力」，希望藝術家「發生一種救國救民的自覺」，而藝術的功效「對於中國的前途是不可限量的」①。在這裡可以看到郭沫若對於國之「再生」與出現強大的現代民族國家的熱烈期望。國的「再生」關鍵是對人的啟蒙，即「統一群眾的感情使趨向於同一目標」，「發生一種救國救民的自覺」，郭沫若在《女神》的《序詩》中寫道：「你去，去尋那與我的震動數相同的人；你去，去尋那與我的燃燒點相同的人。你去，去在我可愛的青年的兄弟姐妹胸中，把他們的心弦撥動，把他們的智光點燃吧！」顯然，郭沫若的文學啟蒙意識是非常明顯的，這「同一目標」便是培育具有獨立、自主意識的現代國人以及建立強大、自由、民主的現代民族國家。「近代以來，由於面臨亡國亡種的危機，為爭取民族解放、國家獨立，建立現代的民族國家以抵抗西方的殖民侵略是中國最根本問題，這決定了民族國家話語是中國現代文學中最為強勢的話語。」②

郭沫若的民族夢、大同夢、國家夢通過詩意的想像，使之融匯在那氣吞山河的詩歌裡，可以說是新中國的預言。從現代民族國家文學發生的角度講，郭沫若的五四啟蒙詩歌話語在同時代的作家中具有極強的代表意義。

詩集《女神》文本中，不僅有以現代民族國家的想像為中心的人的啟蒙與國的啟蒙話語，同時也孕育了革命文學話語的胚胎。如1919年年末他創作的《匪徒頌》寫道：「鼓動階級鬥爭的謬論，餓不死的馬克思呀！不能克紹其裘，甘心附逆的恩格斯呀！恒古的大盜，實行『布爾什維克』的列寧呀！西北南東去來今，一切社會革命的匪徒們呀！萬歲！萬歲！萬歲！」1920年4月初他創作的《巨炮之教訓》寫道：「『同胞！同胞！同胞！』列寧先生卻只在一旁喊叫，『為階級消滅而戰喲！為民族解放而戰喲！為社會改造而戰喲！至高的理想只在農勞！最終的勝利總在吾曹！同胞！同胞！同胞！』」在《女神》中，文學啟蒙話語與革命文學話語構成了復調現象，它們看似對立實則統一，人之再生、國之再生、民族之再生畢竟是想像中的共同體，還需要在革命的風暴中經過血與火的洗禮。從世界文學的角度看，自馬克思主義誕生后，革命文學與人類文明的現代化有著強烈的聯繫。人民要自由，民族要解放，國家要獨立，於是文學與革命之間結合得非常緊密。

---

① 郭沫若. 郭沫若全集文學編：第十五卷 [M]. 北京：人民文學出版社，1989：205-206.
② 楊劍龍，陳海英. 民族國家視角與中國現代文學研究[J]. 中國現代文學研究叢刊，2011(2).

二、革命話語：現代民族國家文學的革命實踐

　　1923 年，郭沫若從日本畢業后回國，回國前的 1921 年 12 月 8 日創作了《洪水時代》，雄渾的聲音，廣闊的歷史畫卷，詩人「思慕著古代的英雄」，那剛毅的精神，似開拓未來的勞工，並預言「第二次的洪水時代」的到來。1922 年 11 月 12 日他又創作了《黃河與揚子江對話》，「那澎湃的歌聲傳遍了中國」，此時的郭沫若回顧人類時代的發展，認識到唯有革命才能打破這世界的牢籠，建立自由、民主的現代民族國家，激情的想像只是詩曲的前奏，還需要眾人投入實踐。在 1923 年 4 月 1 日他所創作的《留別日本》中，郭沫若把十年的日本留學生涯比作「十年的有期徒刑」，眷戀故土的詩人終於要「故國飛環」，郭沫若站在無產階級的立場上，進行了饒有情理的詩訴：「你們島國的風光誠然鮮明，你們島國的女兒誠然誠懇，你們物質的進步誠然驚人，你們日常的生涯誠然平穩；但是呀，你們，無產者的你們！你們是受著了永遠的監禁！」詩人聯繫中國的革命態勢，預言：「我的故鄉雖然也是一座監牢，但我們有五百萬的鐵槌，有三億兩千萬的鐮刀。我們有一朝爆發了起來，不難把這座世界的鐵牢打倒。」

　　從郭沫若 1919 年到 1923 年的創作可以看出，詩人的詩歌話語空間發生了明顯的語義轉換。這一時期，郭沫若緊跟時代發展的脈搏，逐漸向馬克思主義靠攏，積極從事無產階級文學革命運動。他提出：「我們反抗資本主義的毒龍。我們反抗不以個性為根底的既成道德。我們反抗否定人生的一切既成宗教。我們反抗藩籬人生的一切不合理的畛域。我們反抗由以上種種所派生出的文學上的情趣。我們反抗盛容那種情趣的奴隸根性的文學。我們的運動要在文學之中爆發出無產階級的精神，精赤裸裸的人性。」[①] 郭沫若 1923 年所寫的詩集《前茅》就是這一時期其思想的寫照，詩人逐漸擺脫純粹的想像、孤寂、彷徨，積極投身現實社會的反抗、創造。詩人要用這時代之光的茅打破這黑暗的盾，對無產階級革命的呼喚與追求成為詩人詩歌的主旋律。

　　我們要追問的是，郭沫若詩歌話語空間的轉換，有著怎樣的精神理路？是什麼促使了郭沫若發生了轉變，從而重新迴歸歷史現場？文學啟蒙與文學革命之間又有何種聯繫與叛逆？五四文學啟蒙在於「人的發現」，試圖以理性的批判精神將中國從傳統的倫理與被西方殖民化的序列中拯救出來，注重將文學作為改造社會與人生的工具，希望發生一種救國救民的自覺。郭沫若的《女神》

[①] 郭沫若. 郭沫若全集文學編：第十六卷 [M]. 北京：人民文學出版社，1989：5.

成為五四時代精神的最大契合者，它噴發著個人的鬱結、民族的鬱結，以昂揚向上、反抗、革新的時代精神，表達了五四一代青年的心聲。然而，五四文學啓蒙高潮過后，國内依然是黑暗的現實：「國家到了民窮財困的時候」，「年年高舉外債，抵押又抵押，割讓復割讓，在當事者亦何嘗不是以作生產事業為名，但其實只養肥了一些以國家為商品的民賊，以人民為牛馬的匪兵。」① 詩人理想中的現代民族國家未能實現，五四以來的啓蒙話語在中國場域中失效。在這樣的歷史背景下，郭沫若認識到「唯物史觀的見解」是「解決世局的唯一道路」②。詩人積極倡導無產階級文學革命，以文學革命話語對文學啓蒙話語進行合理承接與轉換。

　　詩集《前茅》實現了文學啓蒙話語向文學革命話語的合理承接與轉化。詩人站在社會最底層的無產階級立場上，對不公的社會進行控訴，相信只有進行無產階級革命才能建立最理想的世界。作為無產階級的反抗文學的代表，郭沫若自覺地接受了馬克思的革命學說，以階級意識來描寫工農大眾的解放，以階級立場分析中國社會的境況，認為「我們」的革命是以無產階級為主體的力量對於有產階級的鬥爭，要求從經濟的壓迫之下解放，要求人類的生存權，要求分配的均等。在郭沫若的文學革命話語中，詩人以階級立場預設自由平等的烏托邦社會，並且只有通過反抗才能獲得。如在《前進曲》中，郭沫若寫道：「前進！前進！前進！點起我們的火炬，鳴起我們的金鉦，舉起我們的鐵錘，撐起我們的紅旌。」「前進！前進！前進！世上一切的工農，我們有戈矛相贈」「前進！前進！前進！縮短我們的痛苦，使新的世界誕生。」對美好未來世界的想像構成了無產階級革命的潛動力。郭沫若認為「凡是同情於無產階級」的「便是革命文學」，「無產階級的苦悶要望革命文學家實寫出來」③。詩人在進行革命詩歌的寫作中，注重對底層民眾現實苦難的描繪，並直接指向不公的社會制度，從而揭示出革命反抗的合理性與必然性。如《黑魆魆的文字窟中》：「一群蒼白的黑影蠕動，都是些十二三四的年輕兄弟！他們的臉色就像那黑鉛印在紙上。這兒的確是沒有詩，的確是沒有值得詩人留戀的美，有的是—的確是『死』！的確是中鉛毒而死的未來的新鬼！」他在《勵失業的友人》中寫道：「朋友喲，我們不用悲哀！不用悲哀！從今后振作精神誓把這萬惡的魔宫打壞！」郭沫若的詩最早反映了底層民眾的悲慘生活，並明確指出前進的道路，只有通過革命才能建立自由、理想、公正的世界。

---

① 郭沫若．郭沫若全集文學編：第十五卷 [M]．北京：人民文學出版社，1989：266．
② 郭沫若．郭沫若全集文學編：第十五卷 [M]．北京：人民文學出版社，1989：272．
③ 郭沫若．郭沫若全集文學編：第十六卷 [M]．北京：人民文學出版社，1989：41．

《前茅》是從想像的詩學到實踐詩學的開始,是郭沫若倡導無產階級文學革命的開始,其原動力在於對最理想世界、最完美世界的不斷追尋。1924年,郭沫若系統地接觸了馬克思主義,「認識了資本主義之內在的矛盾和它必然的歷史的蟬變」,「深信社會生活向共產制度之進行,如百川之朝宗於海,這是必然的路徑」。[①] 此時的郭沫若深入接觸了中國社會,對社會現實有了更為清醒的認識,也由先前的「昂頭天外」轉向「水平線下」。思想的轉變帶來了文藝觀的轉變,「今日的文藝,是我們現在走在革命途上的文藝,是我們被壓迫者的呼號,是生命窮促的喊叫,是鬥士的咒文,是革命豫期的歡喜」[②]。1926年,郭沫若緊跟新文學發展的走向,提出革命文學的口號,認為文學是革命的前驅,在革命的時代必然有一個文學上的黃金時代。反映這一革命文學思想的詩集《恢復》於1928年出版,詩人雖然身處大革命失敗後的白色恐怖中,但以昂揚向上的戰鬥激情,對新社會的到來充滿堅定的信念。

　　與《前茅》相比,《恢復》的革命理想主義更加強烈。如《戰取》:「朋友,你以為目前過於沉悶了嗎?這是暴雨快要來時的先兆。朋友,你以為目前過於混沌了嗎?這是新社會快要誕生的前宵。」「我已準備下一杯鮮紅的壽酒,朋友,這是我的熱血充滿心頭。釀出一片腥風血雨在這夜間,戰取那新的太陽和新的宇宙!」對於無產階級囚徒生活來說,怎樣才能發生顛覆性的轉換,郭沫若把它安置在暴力革命這一歷史場域中。顯然,詩人的革命文學話語非常強烈地表現出一種階級反抗的空間力學,站在未來理想社會的圖景上反溯,底層民眾只有經過血雨腥風的主體實踐,才能獲得真正的自由。1926年7月,郭沫若參加北伐。南昌起義后,他追隨起義軍南下廣東,並加入中國共產黨。經過革命鬥爭實踐的磨礪,郭沫若對以工農為主體的無產階級革命有了更為深刻的認識,並堅定地認為革命是通往理想社會的唯一道路。《黃河與揚子江對話(第二)》充分表明了郭沫若堅定的革命信念:「到底有什麼方法可以挽回命運?有什麼方法可以幸福中國的人群?」難道「他們是永遠當著豬狗,永遠不能翻身?」「他們有三億二千萬以上的貧苦農夫,他們有五百萬眾的新興的產業工人,這是一個最猛烈、最危險、最龐大的炸彈,它的爆發會使整個的世界平地分崩!」郭沫若的無產階級革命詩歌,作為反抗腐朽黑暗的舊社會的有力武器,作為拯救底層民眾生存困苦、爭取大眾自由的方式,體現出文學革命話語試圖超越五四以后社會制度的局限,而建立現代民族國家的想像與實踐。這

---

① 郭沫若. 郭沫若全集文學編:第十二卷 [M]. 北京:人民文學出版社,1989:45-46.
② 郭沫若. 郭沫若全集文學編:第十六卷 [M]. 北京:人民文學出版社,1989:19.

是一種為民族未來思考的焦慮，更是一種基於中國現狀的責任承擔。

此時的郭沫若，在無產階級革命的召喚下，更加強調文學的現實性與戰鬥性。他號召文學家到兵間去、民間去、工廠間去，革命的旋渦中去。他緊跟時代脈搏，書寫「無產階級的社會主義的寫實主義的文學」。① 如《我想起了陳涉吳廣》，在詩的第一節，詩人追溯了陳勝吳廣暴動的起因、經過，以及最終顛覆秦朝江山的過程。詩的第二節描摹出 20 世紀 20 年代底層民眾的悲慘生活：「他們饑不得食，寒不得衣，有時候整村整落的逃荒。他們的住居是些敗瓦頹牆，他們的兒女就和豬狗一樣；他們吃的呢是草根和樹皮，他們穿的呢是襤褸的衣裳。」詩人滿懷悲憫之心對底層民眾現實苦難進行全景式實錄。詩的第三節揭示苦難的原因：軍閥、買辦、地主、官僚的壓迫。「這便是我們中國的無數新出的始皇」，「有那外來的帝國主義者的壓迫比秦時的匈奴還要有五百萬倍的囂張」。因此，只有建立工人與農民之間的聯盟，才能取得社會革命的勝利：「更何況我們還有五百萬的產業工人，他們會給我們以戰鬥的方法，利炮，飛槍。在工人領導下的農民暴動喲，朋友，這是我們的救星，改造全世界的力量！」詩人對歷史經驗與現實境遇進行詩化，展現出中國社會的整體風貌，揭示出中國歷史的發展走向，噴發出鏗鏘有力的吶喊，演繹出無產階級革命文學宏大敘事的序幕。

郭沫若的《前茅》《恢復》是無產階級革命文學的最初嘗試，其話語模式為革命文學的理論倡導與寫作實踐提供了重要的參照體系。他首先把社會主義、現實主義作為改造社會的工具，將個人與集體合而為一，描繪出無產階級團體按照自己的尺度創造歷史的宏大意圖。對於被奴役中的無產階級而言，只有通過集體的戰鬥才能獲得屬於人類共同的自由，這種對人的主體性的張揚與對未來理想社會的憧憬，體現出無產階級革命文學所特有的價值追求。其次是以鮮明的階級立場、民族立場批判舊的社會制度，以暴力革命作為通向解放牢籠與困境的唯一出路，以尋求公平、正義的理性邏輯為革命文學的合理性提供了合法性的敘述。最后是底層敘事經驗。郭沫若的無產階級革命詩歌是底層人民的話語，反映出底層人民物質與精神的痛苦，表達出他們對專制現實的不滿，以及要求改變現實處境：祈求建立理想的現代民族國家的強烈願望。因此，郭沫若詩歌的語言實踐是民族國家自主性的體現，是現代民族國家想像與實踐的重要部分，並把這一目標預設在工農大眾這一底層人民的理想、實踐中，這樣就改變了五四以來底層文學中感傷、愚昧等精神標記，以悲壯情懷、

---

① 郭沫若. 郭沫若全集文學編：第十六卷 [M]. 北京：人民文學出版社，1989：43.

英雄氣概建構起新的平民詩歌美學形態。

三、民族話語：現代民族國家文學的身分認同

「創造民族成員對國家的認同，凝聚全體國民的政治向心力，強化表現於共同文化特點之上的共同心理素質，使之成為具有共同身分特徵的命運共同體。」① 這構成了民族國家認同的基本內容。個體身分與民族國家的認同是一個複雜的概念，因時代不同而呈現出若即若離的狀態，民族國家認同不僅僅是政治上的屬性，也包含了群體的社會心理與價值取向。美國學者本尼迪克特·安德森提出「想像的共同體」。他認為：「即使是最小的民族的成員，也不大可能認識他們的大多數的同胞，和他們相遇，或者甚至聽說過他們，然而他們相互聯接的意象卻活在每一位成員的心中。」② 抗日戰爭期間，救亡圖存的歷史現實，使眾多作家把自己納入中華民族這一群體意象中，在身分上與國家、民族獲得了高度的認同，使自己的作品成為民族精神的文化符號。郭沫若創作了六部歷史劇，借古喻今，歌頌仁人志士，激勵抗戰熱忱。詩歌方面更有《戰聲集》《蜩螗集》《汐集》，以昂揚、悲愴的基調書寫民族情懷與戰時的吶喊。

在《母愛》中，郭沫若寫道：「這幅悲慘的畫面，我是永遠也不會忘記的。是三年前的『五三』那一晚，敵機大轟炸，燒死了不少的人。第二天清早我從觀音岩上坡，看見兩位防護團員扛著一架成了焦炭的女人屍首。但過細看，那才不只一個人，而是母子三人焦結在一道的。胸前抱著的是一個還在吃奶的嬰兒，腹前蜷伏著的又是一個，怕有三歲光景吧。母子三人都成了骸炭，完全焦結在一道。但這只是骸炭嗎？」③ 這是抗戰期間郭沫若在重慶看到的真實一幕，面對民族災難、家庭災難，郭沫若環顧滿目瘡痍的祖國與災難深重的人民，發出了歷史的最強音。郭沫若在《歸國雜吟》中寫道：「又當投筆請纓時，別婦拋雛斷藕絲。去國十年餘淚血，登舟三宿見旌旗。欣將殘骨埋諸夏，哭吐精誠賦此詩。四萬萬人齊蹈厲，同心同德一戎衣。」④ 在國家存亡時刻，整個中華民族的每一個個體與國家之間獲得了高度的身分認同，萌發出強烈的救亡意識。此時他們「共同受苦，共同歡樂和共同希望」，成為「相互聯接的

---

① 詹小美. 民族共同體政治認同的理解向度 [J]. 馬克思主義與現實，2013（1）.
② 本尼迪克特·安德森. 想像的共同體——民族主義的起源與散布 [M]. 吳叡人，譯. 上海：上海人民出版社，2005：6.
③ 郭沫若. 郭沫若作品新編 [M]. 北京：人民文學出版社，2010：122.
④ 郭沫若. 郭沫若全集文學編：第二卷 [M]. 北京：人民文學出版社，1989：44.

意象」、情感的共同體。

　　郭沫若的抗戰詩歌，通過直接描摹的形式，揭露了日本帝國主義侵略中國、屠戮民眾的暴行。在《轟炸后》，作者以悲憫的情懷敘寫了日機轟炸后殘垣斷壁的家園，以及戰爭圖景下的人們。「黃昏將近的時分，從墓坑中復活了轉來，懷著新生的喜悅。成了半裸體的樓房，四壁都剝去了粉衣，還在喘息未定。人們忙碌著在收拾廢墟，大家都沒有怨言，大家又超過了一條死線。」①在《「鐵的處女」》中，郭沫若則控訴了侵略者殘害民眾的行徑。「日本人在滿洲又有種新的發明，在一個圓箱的內壁全錠有尖釘，把人赤身地趕進箱封閉兩端，放在路頭讓行路者任意推轉。」② 這些詩歌雖然沒有郭沫若五四時期的詩歌氣吞山河的壯麗，卻有著震撼人心的真實現場感染力。他的另一些作品則表現了人民大眾共赴國難、收復家園的決心。郭沫若的一首《們》吹起了戰場中的號角，「我親愛的們！你是何等堅實的集體力量的象徵，你的宏朗的聲音之收鼻而又閉唇。你鼓蕩著無限的潛沉的力量，像灼熱的熔岩在我的胸中將要爆噴。」③ 在民族災難的召喚下，在抗日精神的洗禮下，《們》以雷電般的節奏、慷慨激昂的情感，書寫全民族的齊聲抗戰。《中國婦女抗敵歌》則以歌詞的形式，回環往復，直抒胸臆，具有很強的戰時鼓動性。「上前線，上前線，帶上我們的針，帶上我們的線，為前敵將士，縫衣千萬件。使他們無勞后顧，把戰后化成樂園。站起來，站起來，戰到最后一天，守到最后一天！」④《血肉的長城》則以昂揚的鬥志鼓舞人們「以血以肉新築一座萬里長城」，《抗戰頌》等詩篇歌頌了「我們中華民族的再生」。在這些詩歌中可以看到，作者把「我」的情感有效地縫合在「我們」這一集體群像中，個體與集體視域融合，建構出民族共同體的意象連接與國家的認同。另一些作品則表現了與投降賣國者的鬥爭。如《詩歌國防》中寫道，「帝國主義在這兒運用它的陰謀，他於化學兵器之外還使用著內攻，他由民族中造出漢奸來發生出魚爛作用。」「我們要鼓動起民族解放的怒潮，我們要吹奏起誅鋤漢奸的軍號。」⑤

　　抗日戰爭期間，在以「國家」為中心的框架下，郭沫若由「我」到「我們」的書寫，折射出中國民族共同體認同的精神脈動。抗戰文學作為民族成員心靈投射的文化符號，代表了一個自覺的現代民族國家的覺醒，濃縮了民族

---

　　① 郭沫若. 郭沫若全集文學編：第二卷［M］. 北京：人民文學出版社，1989：333.
　　② 郭沫若. 郭沫若全集文學編：第二卷［M］. 北京：人民文學出版社，1989：32.
　　③ 郭沫若. 郭沫若全集文學編：第二卷［M］. 北京：人民文學出版社，1989：6.
　　④ 郭沫若. 郭沫若全集文學編：第二卷［M］. 北京：人民文學出版社，1989：23.
　　⑤ 郭沫若. 郭沫若全集文學編：第二卷［M］. 北京：人民文學出版社，1989：23.

成員對光明、正義的價值追求，反映了民族群體向心力建構的巨大潛能。由「我」到「我們」是個體到群體的視域融合，在兩者之間的遊離、滑動、前行中，不僅個體超越了自我的限度，而且提升了現代民族國家確認的力度。以郭沫若抗戰詩歌為代表的抗戰文學雖然飽受爭議，但是，我們站在新世紀的時空點上重新觀察，承認文學性不足的同時，更應該看到，它是一種在場敘事、戰時敘事、國家敘事、救亡敘事的交融，為抗戰以後戰爭文學的不斷書寫，提供了情感基調與文本雛形，作為新文學的重要一頁，具有無法替代的作用。

　　郭沫若的抗戰詩歌吹起了戰鬥的號角，字裡行間跳動著對正義與光明的追求，是愛國精神的表現，是國家命運的真實檔案，是民族情緒的鮮活記錄，是民族災難的血淚書寫。在抗戰文學中，救亡的歷史意識使大多數作家自覺地把自己作品的主題納入民族國家這一範疇中，「民族國家成為一個集中表達的核心的，甚至唯一的主題。國家成了意義的來源，成了幾乎唯一的敘述與抒情的對象」①。郭沫若把抗戰直接比作「煉獄」②，直面嚴酷的歷史現實，訴說民族的不幸與新生。在民族災難時刻，這段悲情的歷史記憶重塑了堅韌、愛國的民族性格，「經過這場戰爭，中國文化的優越性會得以保留，而那些劣根性則將在戰爭的洪流中被清洗乾淨」③。「而抗戰文學正是通過對『救亡』的敘述，最終完成對於一個現代民族國家形象的重構和確認，也體現了在中華民族認同問題上，中華民族從『一個自在的民族實體』到『一個自覺的民族實體』的轉變。」④ 雖然民族集體記憶掩蓋了個性化表達，卻為民族精神的張揚與民族群體的認同提供了最廣泛的基礎，從這一角度講，抗戰文學的精神洗禮寓言著「新中國」「新民族」的到來。

　　「現代文學的語言實踐是民族國家自主性的體現，或者反過來說，現代文學的語言實踐，是建立現代民族國家的重要部分。」⑤ 現代民族國家敘事是中國現代文學的主流形態，它自覺地踐行著第三世界的「民族寓言」，承擔著為現代民族國家塑形的歷史使命。契合時代而歌，從啟蒙話語、革命話語到民族話語，郭沫若的大量詩歌創作實踐了民族共同體的想像與書寫，是以「國家、民族、人民」為主體的「大敘述」，開創了新文學的表達範式，拓展了詩歌的

---

① 曠新年．民族國家想像與中國現代文學[J]．文學評論，2003（1）．
② 郭沫若．郭沫若全集文學編：第十九卷[M]．北京：人民文學出版社，1989：226．
③ 李祖德．小說、戰爭與歷史——有關「抗戰小說」中的個人、家族與民族國家[J]．文藝理論與批評，2005（4）．
④ 張晨怡，張宏．民族國家想像與中華民族的認同[J]．雲南社會科學，2011（1）．
⑤ 汪暉．我們如何成為「現代的」？[J]．中國現代文學研究叢刊，1996（1）．

精神空間。作為一種新的文化詩學，郭沫若的詩歌雖然存在一定的局限性，但為我們考察現代民族國家文學的嬗變與發展提供了鮮活的文本資料。

第二節　左翼電影中的國家民族主義話語

一、左翼電影中的國家民族主義話語的提出

20 世紀 30 年代的左翼電影運動，在中國電影文化史上譜寫了光輝的篇章，成為接駁國家民族主義話語的重要場域。然而長期以來，論者往往從單一的階級敘事視角進行研究，從而遮蔽了宏大的國家民族主義話語，也消減了左翼電影運動的價值釋放。雖然說中國共產黨領導下的左翼電影運動不可避免地帶有階級對抗的意識形態屬性，但是其中的主流話語是國家民族主義話語。因為日本侵略者 1931 年發動「九一八」事變與 1932 年發動「一‧二八」事變后，中華民族面臨亡國危機，中日民族矛盾成為主要矛盾。針對日本帝國主義的侵略，中國共產黨調整了政治方針，毛澤東以國家民族主義為核心解釋了中共策略的轉變：「我們的政府不但是代表工農的，而且是代表民族的」，「不但代表了工農的利益，同時也代表了民族的利益。但是現在的情況，使得我們要把這個口號改變一下，改變為人民共和國。這是因為日本侵略的情況變動了中國的階級關係，不但小資產階級，而且民族資產階級，有了參加抗日鬥爭的可能性」[1]。毛澤東站在民族國家命運共同體的立場上，言說 20 世紀 30 年代的中國命運與發展態勢，也為 20 世紀 30 年代的左翼電影運動打上了鮮明的國家民族主義基調。

國家民族主義是以民族國家為基石的民族主義，「國家民族主義即通過國家形式表現出來的與國家利益相吻合或一致的民族主義，也即民族主義的國際表現。它是相對於國內民族主義而言的，是某個民族國家為了維護自身的利益而在國際關係中表現出來的帶有傾向性的思想、情緒、態度，或推行的運動和行為。」[2] 中國近現代的國家民族主義作為一種話語實踐，是在西方列強的侵略下發生的，反對帝國主義的侵略成為國家民族主義的核心，用文藝「宣傳反對帝國主義，反對一切帝國主義瓜分中國的陰謀，反對帝國主義進攻中國革

---

[1] 毛澤東. 毛澤東選集：第一卷 [M]. 北京：人民出版社，1991：158.
[2] 李興. 論國家民族主義的概念 [J]. 北京大學學報，1995（4）.

命」,「因為這樣才可以組織真正反帝國主義的民族的革命戰爭」。① 瞿秋白的言論帶有明顯的反帝的國家民族主義訴求。中國共產黨領導下的左翼電影運動,作為尋求民族解放的文藝運動,必然具有強烈的國家民族主義色彩。我們可從日本左翼電影理論家岩崎昶的表述中得以證實:這國度中的電影作家,二十至三十歲的青年居多,其中由美國或日本留學歸國的知識分子也不少。與其說他們是電影的導演,毋寧說他們是文化運動者。這也許是因為他們住在這一政治解放運動中心的上海,看著澎湃著的革命的浪潮,衝過這敏感的青年時代使他們有著當然的趨向。在他們之前有著時代和歷史的影子在時時刻刻地流轉著……至於作品傾向的主流,把握著許多反帝反戰之積極的主題,如《小玩意》《逃亡》《大路》《共赴國難》等是屬於這個範圍的。② 通過日本電影理論家岩崎昶的表述,我們可以看出,左翼電影運動的推動者與實踐者多具有留洋的經歷,民族鬱積與個人鬱積的交織,「弱國子民」的民族身分體驗,使他們具有了強烈的「猛醒救國」意識。因此,以電影為宣傳武器,期盼建立獨立、自由、強大的新中國,以抵抗西方列強的殖民侵略,是他們永遠的民族情結。作為具有先導性知識的文化推動者,左翼電影運動的參演者確實承擔著重要的社會責任,他們的作品文本也自覺地踐行著殖民化的中國尋求獨立解放的「民族寓言」。

西方馬克思主義批評家詹明信,以第三世界國家的民族主義為視域,提出了「民族寓言」的著名論斷。他指出:「第三世界的文本,甚至那些看起來好像是關於個人和利比多趨力的文本,總是以民族寓言的形式來投射一種政治:關於個人命運的故事包含著第三世界的大眾文化和社會受到衝擊的寓言。」③借助於詹明信的洞見,觀照 20 世紀 30 年代的左翼電影運動,其實是中國與帝國主義的衝突與抗爭在文化領域內的「生死搏鬥」,「因此,第三世界知識分子的寫作始終是寓言民族寓言式的寫作———一種可能有力地介入其社會政治的寫作方式,第三世界文化始終都必定是情境的和唯物主義的。」④ 20 世紀 30 年代,救亡圖存的歷史現實,使眾多電影工作者,如夏衍、田漢、陽翰笙、聶耳等,把自我納入中華民族這一群體意象中,在身分上與國家、民族獲得了高度

---

① 瞿秋白. 瞿秋白文集(二)[M]. 北京:人民文學出版社,1953:914.
② 岩崎昶. 一個日本電影理論家論中國電影[J]. 電通半月畫報,1935(4).
③ 詹明信. 晚期資本主義的文化邏輯[M]. 陳清橋,等譯. 北京:生活・讀書・新知三聯書店,1997:523.
④ 戴錦華. 電影批評[M]. 北京:北京大學出版社,2004:224.

的認同。因此，以「國家、民族、人民」為中心的20世紀30年代左翼電影圖史，折射出中國民族共同體認同的精神脈動，代表了一個自覺的現代民族國家的覺醒，濃縮了民族成員對光明、正義的價值追求，反映了民族群體向心力建構的巨大潛能。從國家民族主義視角觀照左翼電影運動，其中蘊含著中華民族怒顏抗爭、尋求獨立解放的宏大敘事。因此，左翼電影運動在大敘述下形成了全新的國家民族主義話語體系與表達範式，自覺地踐行著第三世界的民族寓言。我們重溯國家民族主義話語原型，使國家民族主義上升為國家層面的宏大敘事，從而完成現代民族國家共同體的認同與凝聚。

二、左翼電影與國家民族主義話語的關聯

「在鮑德里看來，電影本身可以被視為意識形態國家機器的一個最佳裝置，一個可以不斷地對意識形態進行複製和再生產的最佳裝置。」① 因此，任何一個時代的電影藝術，不僅僅是商品，更為重要的是，是一個民族、政黨的話語權力的表現，以及一個國家政治文化環境的表徵。中國共產黨領導下的左翼電影運動，不僅僅是一種單純的藝術表達創新，更多的是一種政治文化鬥爭方式，是20世紀30年代中國及其政黨對帝國主義的殖民侵略反抗所產生的政治文化實踐。作為一種政治文化鬥爭方式，20世紀30年代的左翼電影運動與國家民族主義有著深刻的關聯。

從左翼電影運動興起的原因來看，左翼電影運動是民族危機加劇的產物。正如著名電影史家李少白所指出的：「九一八、一‧二八後，中國民眾的民族意識的覺醒、抗日激情的高漲、愛國主義精神的發揚，給予中國電影的一個內在影響，就是由此而改變了人們的電影意識。」② 我們回顧20世紀20年代的中國電影，題材與主題仍然延續著「才子佳人或英雄美人這樣一種傳統敘事母題」，「並穿插以能夠迎合市民觀眾俗好的豔聞逸事」③。自1926年開始，「古裝片」「武俠片」「神怪片」登上影壇，嚴重脫離生活現實，「製造出種種安慰的或刺激的、美滿的或感傷的、復仇的或調和的銀色夢幻，除了給觀眾以一時的精神滿足之外，於社會，於觀眾都無多少意義。」④ 新文化運動所提倡的先進思想與藝術理念也沒有進入電影創作領域，因此，「這一時期的中國電

---

① 戴錦華. 電影批評 [M]. 北京：北京大學出版社，2004：188.
② 李少白. 電影歷史及理論 [M]. 北京：中國電影出版社，2000：102.
③ 陸弘石，舒曉鳴. 中國電影史 [M]. 北京：文化藝術出版社，1998：25.
④ 李少白. 電影歷史及理論 [M]. 北京：中國電影出版社，2000：102.

影，是一種低端的文化消費行為」①。進入20世紀30年代，民族危機加劇，美夢、團圓、失真的舊式市民電影越來越引起廣大電影觀眾、進步知識群的不滿。鄭伯奇指出，電影應該走向現實，開創一條嶄新的道路，「殘酷的現實畢竟把許多頭腦清晰的人們從銀幕的甜夢中驚醒了。東北的強盜的鐵蹄，淞滬的軍艦和大炮，川黔的內戰，長江的水災，西北的人吃人的悲慘，農村的悲號和工廠的怒吼，小有產者的破落，以及一切地下層的動搖；電影製作者也不能長此在攝影場中釀造甘美的醇酒了。」② 針對日本帝國主義的軍事侵略與文化侵略，阿英提出電影文化運動者應擔負起反對帝國主義的使命，「帝國主義的大炮是不斷的轟擊來了，我們應該怎樣地答覆它呢？無疑義地，是要以進攻答覆進攻，影畫答覆影畫。」③ 這些悲壯熱忱之言，正是進步知識分子憂患國家前途與民族命運的內在心聲。由此可見，直面中國現實、宣傳反帝鬥爭、以求民族生存成為影壇內外的普遍呼聲，正是在這樣的民族危機背景下，中國共產黨成立了黨的電影小組，掀起了20世紀30年代的左翼電影運動。

從左翼電影運動發展的結果來看，左翼電影文化運動改變了20世紀20年代舊式市民電影低俗性的文化生態環境，使20世紀30年代的電影緊跟時代的步伐，以一種民族自覺的理性精神，負擔起文化救贖民族的使命，使民族主義上升為國家層面的宏大敘事，同時引發了國防電影運動與抗戰電影的興起。1931年9月1日，在馮雪峰的領導下，中國左翼戲劇家聯盟通過了《最近行動綱領》，對戲劇與電影提出了明確的「徹底反帝國主義」的目標與任務；④ 1933年3月，成立由夏衍任組長的黨的電影小組，在文化戰線上向帝國主義發起進攻。經過一系列的組織與文化活動，中國電影界開始接受了中國共產黨的領導，孕育了1933年左翼影片創作的高潮，逐步形成了中國左翼電影創作的主流。⑤ 著名的世界電影史家薩杜爾觀看了中國20世紀30年代的電影後認為，中國20世紀30年代創作的某些優秀影片，與義大利20世紀40年代創作的新現實主義影片類似，中國20世紀30年代電影可以說是義大利新現實主義電影的先導。⑥ 確實如此，20世紀30年代的左翼電影直面中國現實，體現了知識分子群體憂患民族、體恤大眾的人文關懷，體現了共同受難、共同歡樂的

---

① 袁慶豐. 20世紀20年代中國電影文化生態的低俗性及其實證解讀[J]. 杭州師範大學學報, 2009 (4).
② 席耐芳. 電影罪言——變相的電影時評[J]. 明星月報, 1933, 1 (1).
③ 阿英. 論中國電影文化運動[J]. 明星月報, 1933, 1 (1).
④ 中國左翼戲劇家聯盟. 最近行動綱領[J]. 文學導報, 1931, 1.
⑤ 程季華. 黨領導了中國左翼電影運動[J]. 電影藝術, 2002 (5).
⑥ 程季華. 黨領導了中國左翼電影運動[J]. 電影藝術, 2002 (5).

中華民族共同體精神。從左翼電影的主題表達上看，或直接提出反帝保國的訴求，或以帝國主義侵略為背景，在藝術上已經形成了相對成熟的現實主義美學範式，隨著抗日愛國運動的高漲，直接引發了國防電影運動與抗日電影的興起。1936 年 1 月 27 日，上海電影界救國會成立，成立宣言指出，「全國電影界聯合組織救國的統一戰線，參加民族解放運動」，「動員整個電影界的力量，攝製鼓吹民族解放的影片」。1936 年 5 月，「國防電影」被提出，「國防電影是從民族獨立和民族解放的高度，直接獲得抗日戰爭的合法暴力和天然正義」，「從世界現代史的高度，培養了底層民眾視角的現代意義上的民族國家觀念」①。

總而言之，20 世紀 30 年代的左翼電影運動與國家民族主義有著深刻的關聯，儘管左翼電影運動的意識形態訴求是雙重的——階級反抗與民族獨立，但隨著民族危機加劇，國家民族主義話語成為首要之義。

三、左翼電影的國家民族主義指向

在左翼電影運動中，救亡的歷史意識使大多數電影工作者自覺地把自己納入民族國家這一範疇中，「揭露日本帝國主義的侵略給中國人民帶來的災難，激勵人民抗擊侵略者，是 20 世紀 30 年代左翼電影創作的基本主題。這一主題，同祖國的前途緊密相連，與人民的命運息息相關」②。左翼電影運動直面嚴酷的歷史現實，緊扣時代的脈搏，訴說民族的不幸與新生，在民族災難時刻，重塑了堅韌、愛國的民族性格，正是通過對救亡的敘述，實踐了民族命運共同體的國家影像記憶。如以「一‧二八」為背景的《共赴國難》，表現東北淪陷后流亡者抗日的《民族生存》，愛國教師與學生英勇抗日的《肉搏》，沿海漁民抗日的《中國海的怒潮》，塞北人民奮起抗日的《逃亡》，工人階級抗日的《大路》，中國青年民族意識覺醒的《風雲兒女》，學生抗日的《十字街頭》，表達全民抗戰願望的《狼山喋血記》，寫人民抗擊侵略的《壯志凌雲》，反奸抗日的《青年進行曲》，此外還有《小玩意》《桃李劫》《自由神》《馬路天使》《生死同心》等作品，從不同角度反映了中國人民抗擊侵略、尋求獨立的民族寓言。對於中國人民而言，它們的意義來源於那些同特定的種族景觀相聯繫的苦難，通過一幅幅悲愴的圖景，通過英勇行為的共鳴，「而反覆告誡人們，這片土地就是我們世世代代的家園，即使它曾被外族所統治」③。

---

① 袁慶豐. 國防電影與左翼電影的內在承接關係 [J]. 佛山科學技術學院學報，2008 (2).
② 李少白. 電影歷史及理論 [M]. 北京：中國電影出版社，2000：200.
③ 安東尼‧史密斯，涂文娟. 文化、共同體和領土 [J]. 馬克思主義與現實，2009 (4).

20世紀30年代的左翼電影運動產生了眾多以抗日為主題的作品，具有鮮明的國家民族主義指向。一些作品反映了家鄉淪陷後無家可歸者的人生遭遇，一些作品揭露了日寇侵略下民眾的不幸命運，一些作品表現了民眾的愛國熱情，一些作品訴說了軍民奮起抗戰的悲壯故事。沈西苓編導的《鄉愁》通過女主人公楊瑛家破人亡、流落他鄉的不幸遭遇，描寫了日本帝國主義侵占東北後東北同胞流亡生活的痛苦，宣洩了憂國憂民的苦悶與激憤。[1] 陽翰笙編劇的《逃亡》通過展現日寇轟炸下難民家破人亡、顛沛流離的悲劇，控訴了日本帝國主義屠殺中國人民的滔天罪行。孫瑜編導的《小玩意》，通過展現玩具手藝人葉大嫂的悲慘生活，概括了帝國主義的侵略給中國大地帶來的災難。影片中葉大嫂發出了正義的呼聲：「敵人殺來了！大家一起出去打呀！救你的國！救你的家！」田漢編導的《民族生存》，以中國民族矛盾日益激化的年代為故事背景，以東北淪陷後流亡者的生活為依託，真切地表現了中國人民抗日民族意識的覺醒。[2] 蔡楚生、史東山、孫瑜、王次龍共同編導的《共赴國難》，以「一·二八」事變為背景，講述了華翁一家先後參加抗日的曲折故事，表現了中國人民抗擊日寇侵略的意志與決心。袁牧之編劇、應雲衛導演的《桃李劫》以悲劇性的故事明示了個人命運與民族命運的血肉聯繫。影片中的《畢業歌》提出了青年參加民族生存鬥爭的使命，「擔負起天下的興亡！」「我們要做主人去拼死在疆場」，有力地鼓舞了全民族抗戰衛國的英勇士氣。許幸之導演的《風雲兒女》通過展現流亡詩人辛白華的人生轉變和知識青年梁質甫的抗戰犧牲，反映了國難時期廣大青年的覺醒，特別是影片中的《義勇軍進行曲》，高亢激昂的旋律與民族危亡時的吶喊，成為激勵中國人民愛國奉獻的心曲。

　　從以上可以看出，中國共產黨領導下的左翼電影運動，作為尋求民族解放的文藝運動，反帝抗日色彩是明顯的，然而由於擔負著階級鬥爭話語的使命，經常遭受國民政府的嚴酷管控與文化圍剿。隨著國內民族矛盾的日益突出，左翼電影在表達抗日主題時，採用了較為隱匿的文化編碼形式。首先是具有暗示性的「家」「國」寓言：通過展現底層流亡者無家可歸的悲慘人生遭遇，揭示出「家」與「國」的深刻關聯。如袁牧之編導的《馬路天使》，描繪了東北淪陷後，一對姐妹小雲和小紅流亡到上海的悲劇人生經歷。但是袁牧之並沒有把影像內涵限定在階級對抗的暴力敘事之中，而是通過諸多場景透漏出「家」

---

[1] 程季華，李少白，邢祖文. 中國電影發展史：第一卷 [M]. 北京：中國電影出版社，1980：320.

[2] 程季華，李少白，邢祖文. 中國電影發展史：第一卷 [M]. 北京：中國電影出版社，1980：274.

與「國」的隱匿關係，戰亂使她們家破人亡、顛沛流離。小紅演唱的《四季歌》，表達了流浪者思念家鄉的痛苦，隨著歌曲的播放，電影畫面再現出白雪皚皚的長城、江南秀麗的風景、靜靜的河流，情與景完美統一，「家」與「國」有效縫合在一起，表達出詩意化的「家」「國」寓言。其次，運用象徵修辭，以彼喻此。費穆導演的《狼山喋血記》，以寓言的形式，把最深刻的生存的真理包含在一個極簡單的鄉人打狼的故事裡，表達了全民抗擊日寇的決心。[1] 而吳永剛編導的《壯志凌雲》則通過民眾抗擊匪賊的曲折故事，展現出同仇敵愾、保衛家園的民族意識。

個體身分與民族國家的認同是一個複雜的概念，因時代不同而呈現出若即若離的狀態，民族國家認同不僅僅是政治上的屬性，也包含了群體的社會心理與文化價值取向。救亡圖存的歷史現實，使左翼電影工作者把自己納入中華民族這一中心意象中，在身分上與國家、民族獲得了高度的認同。左翼電影運動以國家民族主義為中心，折射出中國民族共同體認同的精神脈動。左翼電影作為民族成員心靈投射的文化符號，代表了一個自覺的現代民族國家的覺醒，濃縮了民族成員對光明、正義的價值追求，反映了民族群體向心力建構的巨大潛能。左翼電影吹起了戰鬥的號角，表現出對正義與光明的追求，是愛國主義精神的表現，是國家命運的真實檔案，是民族情緒的鮮活記錄，是民族災難的血淚書寫。它自覺地踐行著第三世界的民族寓言，承擔著為現代民族國家塑形的使命，契合時代而歌，張揚理性與正義。左翼電影運動實踐了民族共同體的抒寫，是以「國家、民族、人民」為主體的大敘述，開創了中國電影新的表達範式，拓展了中國電影的精神文化空間，從而起到了民族國家命運共同體認同與凝聚的作用。

第三節　民族話語與階級話語下的革命英雄敘事

一、民族話語與階級話語的展現

在重返革命英雄敘事的文學創作中，麥家的長篇小說創作取得了驚人的成績，從《解密》《暗算》到《風語》，作者努力回到真實的革命歷史原點上，在敘事中將信仰銘刻在英雄的靈魂中，力圖重建當代社會的精神空間，昭示世俗人生的自我救贖之路。麥家的獨特之處在於，他用懷疑和偵探小說的敘事方

---

[1] 陸弘石，舒曉鳴. 中國電影史 [M]. 北京：文化藝術出版社，1998：47.

式，不僅是為了讓讀者猜謎，更是為了在小說中建立起一種人格，並讓我們重溫一種闊別已久的英雄哲學。①

《刀尖上行走》是麥家2011年發表於《收穫》第5、6期的長篇小說力作，是一部以抗戰為核心，張揚愛國主義、民族精神的英雄篇章。作品又一次以富有血肉感的革命英雄形象，重新建構出理想、光芒、莊嚴、高貴的人生。《刀尖上行走》通過對革命歷史真實地呈現，通過跌宕起伏又富有懸疑的敘事，通過矛盾衝突，以正確的歷史觀和美學觀，真實地揭示了抗日戰爭時期的民族矛盾、階級矛盾。作為一部抗戰題材小說，《刀尖上行走》中的民族話語是顯在的，小說真實地呈現出以共產黨為代表的廣大人民群眾以及國民黨等各階層與日本侵略者之間的民族矛盾。正如胡錦濤同志所指出的：「在波瀾壯闊的全民族抗戰中，全體中華兒女萬眾一心、眾志成城，各黨派、各民族、各階級、各階層、各團體同仇敵愾，共赴國難。」小說描繪了在日寇的侵略下中國民眾的屈辱生活，日寇隨意毆打中國民眾，糟蹋中國婦女，甚至大開殺戒，形象地揭示出日本帝國主義對中國人民所犯下的滔天罪行，特別是小說所敘述的中心事件——「春雷A級」行動。這是一個日本侵略者針對中華民族所策劃的種族滅絕計劃，他們拿南京大屠殺中遇難同胞的孤兒做實驗，研製一種類似糖果的新型鴉片，「開始吃好好的，看不出有什麼副作用，但吃了就要上癮，吃多了你就完蛋了」。日本侵略者的種族滅絕計劃讀來更是讓人義憤填膺。對於共產黨、國民黨地下工作者禦辱殺敵的豐功偉績，寧死不屈的愛國主義、民族精神，小說進行了熱烈歌頌，如干掉了叛國者白大怡的共產黨員「阿牛」、為處叛國者而舍身赴死的國民黨地下工作者「中華門」等。小說中民族話語最為典型地體現在共產黨地下工作者針對日本侵略者「春雷A級」行動的「迎春行動」。為了國家的未來，為了中華民族的存亡，在「迎春行動」中，林嬰嬰、楊豐懋、小紅被捕入獄。在民族危難時刻，他們「共同受苦，共同歡樂和共同希望」，成為「相互聯結的意象」，感情的共同體。在抗日戰爭中，正是有了無數這樣的優秀兒女，與日本侵略者進行殊死鬥爭，中華民族才有了獲救的希望，這是一個英雄受難與民族再生的寓言故事。

作為一部以革命英雄敘事為主題、抗戰為核心的長篇小說，《刀尖上行走》在凸現民族話語的同時，還充滿了階級話語。《刀尖上行走》不僅形象地表現了共產黨地下工作者在黨的領導下的抗日鬥爭，以及在日偽機構中的國民黨地下工作者的抗日鬥爭，也寫出了國民黨與共產黨的圍剿與反圍剿，既表現

---

① 謝有順.《風聲》與中國當代小說的可能性 [J]. 文藝爭鳴，2008 (2).

出嚴重的民族矛盾，又表現出劇烈的階級矛盾。因此，在「保衛歷史」的寫作前提下，抗日戰爭時期的歷史真實，在這部小說中得到更為全面、更為客觀的反映，這就形成了民族話語與階級話語的雙重展現。小說借一位國民黨地下工作領導人「革老」之口，表達出抗戰時期的階級矛盾性：「最近重慶幾次來電、來人，都說到一個新情況，就是新四軍有北上，往大別山方向調動的跡象。這是一個很嚴峻的情況，你們知道，新四軍是共產黨的軍事力量，他們不聽從委員長的指揮，擅自布防、調動部隊，其險惡用心不言而喻，就是想借抗戰的名義擴大自己的地盤，將來跟黨國爭奪江山，最近共產黨往南京派了不少人，建立了多個地下組織。這是對我們的挑戰，一號要求我們盡快把他們的地下組織情況摸清楚。」隨著敘事的展開，他們把工作的重點轉移到破壞共產黨在南京的地下組織上。小說同時借共產黨地下領導人高寬之口，表達出抗戰時期的階級矛盾性：「日本鬼子是我們當前的大敵，但國民黨是我們的天敵，因為他們把我們共產黨當作了天敵。」最終在敵人布下的羅網下，高寬壯烈犧牲。小說《刀尖上行走》主要以共產黨地下工作者抗戰為視角，形象地傳達出中國共產黨在抗日戰爭中的中流砥柱作用，同時對國民黨政權有不少指責：在民族危亡時刻，皖南事變，同室操戈，相煎何急？充分暴露出國民黨政權抗戰時期熱衷內戰的險惡用心。國民黨地下工作者金深水，正是由於看透了國民黨政權的階級本性，進而在共產黨林嬰嬰的引導下，擺脫了無休止的精神煩惱，加入共產黨的行列中。《刀尖上行走》對階級話語予以顯性展現，由於按照正確的歷史觀進行情節敘事，按照正確的美學觀進行人物塑造，在重返革命英雄敘事的文學創作中，開啟了一條重新進入革命歷史現場的審美之路。

二、歷史化與個性化英雄形象的重新建構

重返革命英雄敘事的文學創作，其中心命題是如何塑造具有人性化、又富有歷史感的英雄形象。「這一『英雄』系列的產生，不僅僅是作為一種閱讀消費，以滿足閱讀者某種對『新異領域』的非非式的傳奇性想像，更重要的，它有可能承擔一個新時代的民族『真理』」[1]。在對革命英雄進行重新建構中，解構、歪曲、顛覆、戲弄、拆解等非歷史化、非美學化方法，都不符合革命歷史的本真，也無法獲得精神救贖的深度。而事實上，有價值的革命英雄敘事重構，應著眼於將真理、價值、信仰安置在民族存在的整體性境遇之中，以此來解除庸常現實對人們心靈的蠶食。如同麥家自己說：「我筆下的人物都是心懷

---

[1] 蔡翔. 重述革命歷史：從英雄到傳奇 [J]. 文藝爭鳴，2008（10）.

理想，敢於承擔自己的責任和命運，逆流而行，從弱到強。文學要去溫暖、矯正人心，而不是一味順從、迎合。」①

《刀尖上行走》通過正義與邪惡的衝突，愛國與賣國的衝突，反侵略與侵略的衝突，描繪了一群在刀尖上行走的身懷崇高信仰的革命英雄人物，他們是人民的英雄，是民族的脊梁，顯示了以愛國主義為核心、不怕犧牲的民族精神。小說讓英雄人物金深水、林嬰嬰各自言說，從而形成了一個整體性、連貫性同時人性豐饒、感性豐富的精神世界。在民族大義前，他們用自己獨特的方式承擔歷史責任與使命，最后以自己的生命為代價找到了在歷史舞臺中的地位。小說中的金深水是隱藏在日偽機構中的國民黨地下工作者，沉穩老練，機智敏銳，利用自己隱藏的身分，在日偽機構中與敵人周旋。然而小說也描繪了他無休止的精神痛苦，妻子與女兒被日本鬼子隨意射殺的憤慨，歷史理性與情感生活的矛盾糾結，在民族危亡時無法接受國民黨政府剿殺共產黨的精神痛苦，最終在共產黨員林嬰嬰的引導下有了新的信仰。在小說中金深水敘述道：「我當場填下了志願加入中國共產黨的申請書。我的字，曾傳遞過不少重要的情報，營救過同胞，殺戮過敵人，但我此刻寫下的字才是最神聖的。此刻，我的字傳遞的是我至死不渝的信念，永恆的誓言。從這一天起，我的生命翻開嶄新的一頁，我有了新的組織、新的明天。」在重返革命英雄敘事中，這是一個重構的英雄再生的故事，一個新的民族寓言，一種深刻的國家精神的顯現。小說《刀尖上行走》在革命英雄大敘事下，把弘揚英雄人物的精神信仰作為重點，並且還貫穿著對個體命運的深刻理解與人文關懷。因此可以說，麥家的小說「是有真正的人物的，他筆下的人生是可以站立起來的；他的小說是在為一種有力量的人生、一種雄渾的精神存在作證」②。展示雄渾的人生，展示人的生命價值意義，恢復莊嚴的人生，逃離后現代主義解構民族真理與民族寓言的虛無鏡像，重構革命英雄敘事的內在線路，為人們擺脫靈魂深處的焦慮與困頓提供精神的幫助，這正是麥家小說創作的深刻性、獨特性、有效性。

這是一部民族史，更是一部心靈史，《刀尖上行走》把個體的命運納入民族的命運中，又把民族的命運反轉螺旋到個體命運中，深刻地揭示出歷史與個體之間的內在理性邏輯，透視出革命與愛情、理智與情感、生存與死亡等眾多人性命題。作品高揚民族精神與理想信仰的同時，還展現出個體生命在殘酷的現實中的痛苦、反叛、拯救、恐懼，在充滿了緊張、懸疑、壓制的敘事中，讓

---

① 舒晉瑜. 麥家：文學要去溫暖、校正人心 [N]. 中華讀書報，2007-12-26.
② 謝有順.《風聲》與中國當代小說的可能性 [J]. 文藝爭鳴，2008（2）.

人們看到正義、忠誠、情愛、友誼等內在精神的存在。因此，麥家對革命英雄形象的塑造沒有符號化、臉譜化、意識形態化，而是以還原歷史、保衛歷史的態度，對革命英雄形象的人性做符合歷史觀、美學觀的解析。

　　在《刀尖上行走》中，林嬰嬰的精神世界與人性世界是豐富、立體、多面的，堅定的信仰、情愛的溫存、孤獨的心靈、感傷的呻吟，作品將宏大革命歷史背後的細節無限放大，使讀者可以切身體會到在革命歷史場域中誓言無聲的英雄人物所經歷過的命運掙扎，並聆聽到其靈魂吶喊。林嬰嬰出生於上海，上大學，談戀愛，如果在和平年代，她會過一個普通人應有的人生。然而，日本侵略者發動的侵華戰爭卻改變了她的人生軌跡，在特殊時期，普通的人生竟然成了人們無法獲求的奢侈品，家人被殺，自己被鬼子糟蹋。與金深水一樣，這是在個體身上所昭示的民族災難。最終，在生與死的抉擇中，她加入了中國共產黨，「為了一個主義——英特耐雄耐爾——同呼吸、共命運、心連心。」在獲得精神上的新生後，林嬰嬰打入國民政府內部，又潛伏到日偽機構，參與破壞日本侵略者「春雷 A 級」行動的「迎春行動」中，成為在刀尖上行走的人。「生命誠可貴，愛情價更高。若為自由故，兩者皆可拋。」這是她作為一個共產黨員為信仰而奮鬥的真實寫照。「清晨醒來，看自己還活著是多麼幸福，因為我們採取的每一個行動，都可能是最後一個。我們所從事的職業，是世上最神祕，也是最殘酷的，哪怕一道不合時宜的噴嚏，都可能讓我們人頭落地。然而，死亡並不可怕，因為我們早把生死置之度外。」這是她以自己的方式對革命歷史進行的參與和對民族災難現實進行的反抗。林嬰嬰在日偽機構中，以堅定的意志、敏銳的智慧和對信仰的虔誠來對抗懷疑、死亡，表現出革命英雄靈魂深處雄渾的精神力量。當然，作品也表現了她柔性的一面，如對愛人高寬如棉的柔情，高寬犧牲后痛心的憂傷，總之，作品以人性的眼光並放置在歷史的場域中去重構革命英雄形象，「從歷史鏡像的折射中展現一個個鮮活的生命個體，在書寫他們深入靈魂的信仰與理想的同時，還能傾聽每一個生命個體的呼號與低吟，去關注與撫摩個體靈魂的痛楚，構建出一種浸潤人文關懷的歷史圖景。」①

三、重構革命英雄敘事的思考

　　如前所述，在重構革命英雄敘事的文學創作中，亟須建立一種合乎正確的歷史觀與美學觀的現代敘事秩序，解構、歪曲、顛覆、戲弄、拆解等非歷史

---

① 周會凌. 歷史喧嘩中的無聲吶喊 [J]. 吉首大學學報，2010（6）.

化、非美學化方法，都不符合革命歷史的本真，也無法獲得精神救贖的深度。作家在重構革命英雄敘事時，應重新拾起即將逝去的終極價值，或者是對和平的向往，或者是對信仰的膜拜，或者是對生命的尊重，或者是對忠誠的倡導，或者是對弱者的體恤，或者是對人類苦難的拯救，這些被歷史所驗證的終極價值是激勵人們擺脫危險、熬過漫長黑夜的精神動力。從人性啟蒙的角度上講，重構革命英雄敘事應充分珍視這些精神價值原型，讓讀者感受到文學內部跳動的精神氣息。

麥家的小說在重構革命英雄敘事時，顯然以責任與使命，守護人們生活中即將消失的東西，重新召喚起人們已喪失或者被遺忘的可貴品質。麥家說：「我覺得人親近文學，一方面是人的好奇心在起作用，還有一個原因是因為現實太瑣碎，太庸常了，要逃避它。文學其實是一個夢，把你從地面上升騰起來的一種東西。」①這就是麥家小說的本質，通過對革命英雄原型的自覺維護，使文學真正迴歸到人的精神生活中去，迴歸到對生命價值的本質追問中去。《刀尖上行走》裡的英雄，在革命歷史舞臺上，選擇了正義、真理、信仰，也選擇了孤獨、憂傷、分離，他們無聲的吶喊承載了眾多人類的精神意義。正如麥家所說：「人都是需要柔軟、溫暖、有益的東西，小說的重要功能就是提供這種東西，那些描寫惡的、提供不了這些東西的作品最終只會讓讀者精神渙散，最終遠離。而實際上對小說而言，那些描寫個人慾望、描寫身體的小說的創作是沒有難度的，而真正莊嚴地面對人生，書寫有理想、有信念的人生的創作是需要勇氣的。」②麥家的小說書寫有理想、有信念的人生，尋找到了文學曾經丟失的烏托邦精神。然而，我們回望新世紀以來的文學表演，「它們所展示出來的卻是各種蒼白的精神基質，是軀體慾望的瘋狂匯聚，是無深度，甚至無痛感的消解衝動，使人們無法體會到作家出類拔萃的精神維度，也很難感受到創作主體靈魂內在的、與眾不同的審美思考」③。麥家的小說立足於對民族歷史的悲壯與英雄人物信念的書寫，精神卻指向對現實世界的超越，對人類至善至美的追求，這立足於民族未來的烏托邦精神，正是麥家小說創作的價值意義。

重構革命英雄敘事，除了確立共同遵守的社會主義道德倫理與價值規範外，對於還原歷史的真實也是一個重大課題。我們堅信對於真實性的追求是小

---

① 麥家. 麥家文集·人生中途 [M]. 杭州：浙江文藝出版社，2009：276.
② 麥家. 人都需要柔軟、溫暖、有益的東西 [N]. 北京青年報，2007-10-22.
③ 洪治綱. 守望先鋒——兼論中國當代先鋒文學的發展 [M]. 桂林：廣西師範大學出版社，2005：235.

說作家創作的共同目標，也是小說藝術美學的重要特徵。小說的真實性首先來自小說作家審美選擇對象材料的真實，再經過小說作家審美加工后轉換成藝術的真實，再由讀者根據自己的經驗進行審美判斷后，確定小說再現的空間是否真實。對於革命英雄敘事而言，革命歷史已成為過去，作家只有在既有的材料基礎上通過想像和虛構的方式再現或表現在藝術空間中。因此，革命英雄敘事中的歷史不是純然客觀的過去，它連接著現在，並指向未來。從當前的重構革命英雄敘事實踐來看，出於對既定歷史的不滿，從而以個人化的角度隨意切斷文學空間與歷史材料的聯繫，「習慣於從歷史的碎片中拼湊出零散的場景和人物，其寫作目的不在於對歷史進行再度陳述，而是在於改寫、解構、顛覆當代作家們對歷史和革命的先定表達模式」[1]。這種架空革命歷史與英雄人物的敘事方式顯然無法切入歷史的真實場景，也無法達到藝術真實的高度。

　　麥家的小說是真實的，《刀尖上行走》出色地完成了還原歷史真實的美學追求。第一，在敘事方式上放棄了全知全能角度，以個體視角敘述故事，形成了相互對話、補充驗證、完整統一的敘事基調。作品的開始與結尾介紹了寫作起因、經過，以及故事人物的結局，申明了講述內容的真實性。作品內容分別從金深水、林嬰嬰兩個人物的視角敘述基本相同的故事，從各自的視角補充歷史事實，這樣就使整體風格統一，並還原了歷史真實。第二，《刀尖上行走》再現了抗戰時期真實的民族歷史空間形象。作品描寫的是抗日戰爭時期，日本侵略者對中國民眾所犯下的滔天罪行，以及共產黨、國民黨、各階層所進行的反侵略活動，時代特徵、社會氛圍、作品內容、人物情感的基調是悲壯凝重的，讓讀者感受到抗日戰爭時期，鬥爭的嚴峻性和艱苦性，傳達出在民族危亡時刻有良心的中國人身上沉重的責任感。第三，《刀尖上行走》的真實性還表現在人物形象塑造的真實性。不可否認，小說中的人物形象塑造具有虛構與想像的成分，具有修辭與隱喻的維度，而事實上，真正的小說應該通過想像建立一種同構於生活的邏輯真實，建立一種超越於生活的哲理真實。在《刀尖上行走》中，為了建立起同構於生活的邏輯真實與超越於生活的哲理真實，麥家補敘了人物的過去，交代了與之相關的事件，從而使人物性格的成長符合生活的真實邏輯，並深入人性深處，通過理智與情感的衝突、融合，使許多熠熠生輝的靈魂成為人類精神哲學的綜合。如作品中日本女子靜子形象的成功塑造。靜子性情溫柔善良，丈夫作為一個日本軍人在侵華戰爭中被殺，她也被劊子手騰村任意踩躪，成了戰爭的犧牲品。靜子深愛著金深水，但由於民族矛

---

[1] 肖敏，張志忠. 新歷史主義之后的當代革命敘事 [J]. 小說評論，2008（2）.

盾，她的愛沒有得到任何結果，當「迎春計劃」陷入僵局時，經過林嬰嬰、金深水的勸導，最后靜子幫助他們完成了任務。由善良的本性到正義人性的張揚，靜子的性格成長符合生活的真實邏輯，並且在她的靈魂深處折射出對人類自由、博愛精神的追求，這是一種超越生活的哲理真實。總之，小說《刀尖上行走》做到了還原歷史的真實，做到了歷史真實與藝術真實的完美統一。

第二章　先鋒與批判

本章主要探討先鋒文學的文本結構與精神向度。劉震雲作為一位風格獨特的先鋒派作家，具有先鋒作家的膽識和魄力。他大膽地對社會進行無情的揭露和批判，引起了廣大讀者的共鳴。自《故鄉面和花朵》出版以來，他的創作風格又進行了新的轉化和變革，寫實風格已被拋去，取而代之的是作家荒誕的想像。眾多的人物，顛倒的時空，光怪陸離的場景，現實、歷史、幻覺的錯位組合，進行著一場新的文本實驗。長篇小說《一腔廢話》，他又進行了一次新的超越和提升，作品對固有的現實世界、文本秩序進行顛覆，形成狂歡化的詩學風格，文本試圖站在新的歷史高度構建新的美學風格。莫言是一位既具有強烈的理想主義氣質又有現實主義關懷的作家，小說熠熠生輝，戲劇更是蕩氣回腸，《我們的荊軻》《霸王別姬》，已有的兩部歷史話劇展示出莫言特有的戲劇才華。他常常以強勁的想像、詩性的語言、震駭的美學、警醒的寓言，在民族、歷史、文化、現實之間自由穿梭，步步逼近歷史與人性場域的非理性精神空間，揭示出現實表象下人類最為真實的生存本質。他常常以悲憫的情懷，充滿同情地鳥瞰著紛紛擾擾的世界，極力尋找人類即將迷失了的精神家園。

第一節　中國狂歡化詩學的建構

劉震雲作為一位風格獨特的先鋒派作家，逐漸引起了廣大讀者以及評論界的注意，他以自己迥異於大眾的個性化語言抒寫方式進行話語創新，具有先鋒作家的膽識和魄力。從《單位》《官場》《一地雞毛》到《故鄉相處流傳》，作者經歷了一個由寫實到反諷的嬗變過程。他大膽地對社會進行無情的揭露和批判，引起了廣大讀者的共鳴。自《故鄉面和花朵》出版以來，作家的創作風格又進行了新的轉化和變革。他憑著自己獨特的想像構造了一個200萬字的

奇特文本，寫實風格已被拋卻，取而代之的是作家荒誕的想像。眾多的人物，顛倒的時空，光怪陸離的場景，現實、歷史、幻覺的錯位組合，進行著一場新的文本實驗。通過長篇小說《一腔廢話》，作者又進行了一次新的超越和提升。作品對固有的現實世界、文本秩序進行顛覆，形成狂歡化的詩學風格，文本試圖站在新的歷史高度構建新的美學風格。這既是一次大膽的創新，又是一次新的冒險。

一、語言的雜交

語言是小說家進行創作的工具以及表現思想的符號載體，正因為各個小說家有自己不同的個性化語言，才使他們的作品獨樹一幟，從而形成自己鮮明的風格。在《一腔廢話》中，作者有意將各種話語放在一起形成雜語現象。作品中既有官方的政治話語又有各種行業用語，既有高雅之詞又有世俗之語，既有嚴密的邏輯語言又有不具確定性的非邏輯話語，可謂語言的大雜燴。各種語言互融、拆解、對抗、顛覆、對話，形成特有的語言狂歡化風格。

首先看政治話語：

讓你來……是讓你深入虎穴和赴湯蹈火地去尋找這些人瘋傻的原因——記住，瘋傻和水晶金字塔和改變可沒有關係——不能把原因簡單地怪罪到客觀頭上，而是脫離水晶金字塔，改變和客觀另有原因——應該從主觀上去找一找，否則這尋找就太容易和不用尋找了——只有把這個主觀原因搞清楚，才能大面積地推廣呀。

這是典型的官方政治話語，儼然一位官員向他的下屬傳達一次尋找某事原因的任務，看似具有艱鉅性、重要性，並且說話還具有嚴密的邏輯性。然而我們分析其話語和含義卻發現不具有鮮明的指向，因而也就不具有任何意義，其政治話語神聖性與其事實上無意義形成有與無的對立、肯定與否定的悖反，從而構成了對政治話語的顛覆。在現實生活中，我們不是時時被這樣的「話語體系」所包圍嗎？這正是劉震雲小說對現實特別是對政治權力話語一貫的批判風格，只不過在以往的寫實小說中比較明顯，而在這些荒誕現實主義小說中比較隱蔽罷了，我們只有通過細讀、體味才能確認出來。

再來看民間話語（職業行話）：

洗澡堂子也有規則和程序，先脫衣服后脫鞋，蒸過桑拿再去搓，換上褲頭

找三陪，最后打個八五折。

　　職業行話是雙方進行溝通的「暗道」，它首先是個人話語，然后經過流傳得到了人們的認同，便成為民間話語。它既蘊含了人們對它的認同，同時也具有諷刺、否定的特點，民間性、隱蔽性、私下性是其特徵。「規則」和「秩序」是社會性用語，具有公開性，而當它與行話進行組合時，顯示出悖反與拆解。諸如此類在文本中還有雅語言與俗語言的雜交。

　　語言的雜交是狂歡化詩學的一大特徵，巴赫金在《小說話語》中指出：「在一個表述範圍內混雜兩種社會語言，讓由時代或社會差別劃分的不同的語言意識在這個表述的舞臺上相遇。」如上所述兩種語言相遇時，它們相互碰撞，乃至拆解，從而形成兩種思想意識的交流和對話。所以語言雜交的實質是社會中兩種觀念的碰撞。「通過故意混雜，使神聖與粗俗、崇高與卑下、聰明與愚蠢等接近起來或融為一體，使等級規定好的界限被打破，樊籬被逾越。」①可見，雜交的唯一主旨就是顛覆，把舊有的既定秩序打破，建立全新的對話體系。在《一腔廢話》中，雖然充斥的是官方政治話語，但由於政治話語的神聖性、目的性對應的卻是無指向，從而構成了對官方話語的顛覆。同時政治話語與民間話語（行業黑話）又構成消解關係。在作品中我們還發現存在著邏輯語言與非邏輯語言的對抗互融狀態：

　　正是因為沒有自由和發揮，人人都把自己扮成歷史老人所以才導致瘋傻。不接近上帝還好些，一接近上帝就露了原形。這是束縛，有束縛才導致瘋傻，當然擺脫束縛也能導致瘋傻……前一種瘋傻正是我們要擺脫和摒棄的，后一種瘋傻才是我們要推廣和發揚光大的。如果……

　　文本中運用了一系列連詞來表示事件的連貫、條件、結果、繼續關係，具有一定的邏輯性，是一種確定性話語，這種確定性邏輯話語應起到鮮明的指涉作用，但作者對邏輯話語進行了非邏輯化處理，把確定性語言轉變成非確定性語言，在這種情況下，語言的指稱功能（一般性的社會用語的作用）與表現功能（文學用語的作用）混雜在一起，從而形成了兩種話語的對抗。這正是作者話語創造的目的，以自己的想像以及對世界的獨特感知來表達題旨。有目的的邏輯語言並非是真實的。「面對世界的紛繁複雜，語言感到無力時作出終

---

① 夏忠憲. 巴赫金狂歡化詩學研究 [M]. 北京：北京師範大學出版社，2000：139-140.

極判斷，為了表達真實，語言只能衝破常識，尋求一種能夠同時呈現的多種可能」①，來表現作家的創作目的。

語言的雜交是狂歡化小說的特徵，它融入了社會中各色語言，包括政治話語、職業語言、民間俗語、精英語言、私人語言等，形成全方位的對話體系。各種語言的平等對話是對權力話語的有力衝擊，它對霸權專橫話語進行對抗消解，顯示了強大的解構力量。專橫不是人類存在的唯一狀態，全面對話與理解才是人類栖息的最好家園。

二、諷刺性模擬

打開《一腔廢話》，我們發現它是一個奇特的文本，字裡行間滲透著對現實、歷史、人生的戲擬。在作者所寫的作品中，戲擬最早出現於《故鄉相處流傳》，作者把曹操、袁紹、朱元璋、慈禧放在一起，在歷史的狀態下演繹著民族的變遷。作品通過陌生化處理以一種嬉戲的方式來講歷史，猛然間我們發現了可怕的真相：民族、歷史只不過是少數人的玩物，殘殺、權勢才是掩蓋在面紗下的真實。曹操與袁紹之戰不過是為了一個小寡婦，慈禧巡視是為了尋找舊情人。劉震雲通過戲擬歷史對社會進行了辛辣的諷刺，體現了一位先鋒作家的獨特靈性。

諷刺性模擬是狂歡化小說的特色，是一種狂歡的思維特質，通過對舊有歷史、人物、事件的諷刺性模擬，曲徑通幽地表達自己的觀點和看法。諷刺性模擬是借他人話語說話（他人話語是指已經存在的思想、意識、故事、情節、敘述方式、思維方式等），但「隱匿在他人話語中的第二個聲音，在裡面同原來的主人公相抵牾，發生了衝突，並且迫使他人話語服務於完全相反的目的，話語成了兩種聲音爭鬥的舞臺」②。我們不能照字面上的意思去理解，我們必須傾聽、猜測第二種聲音，即與原話相反的聲音。重新回到小說《一腔廢話》中，文本實現了對官方政治話語（如視察）、現實生活（如模仿秀、辯論會）、舊有文本敘事（取經的艱險）的戲擬。例如老馬視察瘋人院的場景：

老馬忘乎所以，只見他金光閃閃，舉起自己的右手在喊：
「朋友們好！」

---

① 餘華. 虛偽的作品 [M] //陳東東，林燕. 蔚藍色天空的黃金. 北京：中國對外翻譯出版公司，1995：472.
② 巴赫金. 陀思妥耶夫斯基詩學問題 [M]. 劉虎，譯. 北京：生活・讀書・新知三聯書店，1992：266.

所有的精神病人都興高采烈和訓練有素地回應——

「太尉好!」

老馬:

「朋友們辛苦了!」

精神病人:

「為太尉服務!」

　　這是對現實社會中官方政治辭令的諷刺性模擬,我們不能把它當成一般性的描述語言和單聲話語,它是包括他人話語的雙聲話語。在雙聲話語中,它具有雙主體(說者)和雙客體(聽者),作者的題旨與他人話語中主體的題旨是不同的。官方政治話語在現實生活中是一種嚴肅的對話,表明了發話者與聽話者之間的交流、溝通以及等級的確立,這種話語隨著長時間的運用,只具有符號功能而無任何意義。作者通過諷刺性模擬,其意旨已經發生了變化:人們長期生活在僵化了的政治話語中,精神變得麻木,已經成為按照設計程序進行人工操作的工具。諷刺性模擬具有雙聲性、雙主體、雙客體,以及雙重指向,如果對此一無所知,就無法進入文本,也就無法真正瞭解作者的創作意圖。

　　我們再試舉一例:

　　五十街西里的瘋傻的人們召開瘋傻辯論賽,借以區分人們瘋傻的不同表現和不同原因。撿破爛的老侯作為辯論賽的裁判和主席,他脫下破爛的黑棉襖、肥軍褲和爛膠鞋,換上一身教授袍,戴上博士帽登場了——

　　「傻子們,瘋子們,木頭破爛和垃圾們……我拋開悲壯和獻身找到了一種徹底查找我們五十街西里瘋傻原因和推廣瘋傻的辦法和方法……我就要讓你們展開辯論和比賽,看一看誰表現的瘋傻和查找的瘋傻的原因更接近我們瘋傻的本質……接著我們請今天來代表大家辯論的正方代表和反方代表出場。」

　　這是對辯論場上的諷刺性模擬,千餘言的辯論場言辭看上去具有目的性、神聖性,它是主體老侯與客體傻子之間的對話。然而當作者通過戲擬的方式來表述,其主體的說話者(作者)與客體的聽話者(讀者)進行交流時,其意義卻發生了明顯的分裂,作者的主旨與辯論的主旨已分道揚鑣,我們讀出來的應該是表面言辭之外的意義,看似神聖實則荒誕,看似崇高實則卑下,終於我們認識到了世界、現實、歷史中最為隱蔽的東西,傳統的價值觀在作者的筆下發生了顛覆性變化。到此為止我們已經捕捉住了真實的世界,領悟了人生的真諦。

「把一個人嘴上的話移用到另一個人的嘴上，內容依舊，而語調和潛臺詞卻變了。」① 這就是諷刺性模擬所具有的魅力。作為狂歡化詩學的表現形式，它所具有的顛覆力量和意義重組力量都是其他形式所不能達到的。它敢於衝破一切禁忌，戲擬一切事物，體現出一種無所畏懼、挑戰一切的狂歡化姿態。這正是劉震雲小說在語言表述上的又一超越。

三、結構的並行與詞句的重複

傳統小說是以事件的線性因果關係組織全文的，時間和空間是小說的結構和框架。劉震雲前期以寫實為主調的小說就是這種形式的體現。情節的展開，事件的發展按照時間順序進行安排，體現出因果性邏輯。然而近期劉震雲小說，特別是那些荒誕現實主義小說摒棄了原有的模式，作者以自己的想像為基點，突破物理時空的限制，取而代之的是心理時間和心理空間。人物、空間場景不再以物質現實存在的具體形式出現，而是作者想像的內容，精神意識的擴展。古今中外人物濟濟一堂，過去、未來、現實、幻想交錯分佈，完全突破時空限制，從而獲得精神上的自由。小說也不再以敘述故事塑造人物為目的，重在突出對心靈、情緒、感覺的把握，把讀者從物質時空中解放出來，從而追求領悟隱藏在現象之後的真實世界。在這種文本中，所有人物、事件同時存在，敘事序列並行，這種時空結構我們稱之為狂歡化時空體。

在《一腔廢話》中，作者徹底打破了現實時空的限制，以自己的想像、感覺、意識流程為依託來組織全文，所有的事件和場景都因作者的想像而自由出現，線性的因果關係受到無情打擊，在共時狀態中各種事件、場景自由放射，敘事序列不再是前后從屬關係，而成為共時並行序列。在結構上，《一腔廢話》體現為幾個序列的並行。它包括以下敘事序列：

（1）老馬領取任務，尋找五十街西里瘋傻原因。
（2）老馮出席電視臺懇談節目，探求人們瘋傻原因。
（3）通過模仿秀模仿別人，改變瘋傻。
（4）召開辯論賽，借以區分人們瘋傻的不同原因。

文本中所描述的幾個序列處於並行狀態，故事之間沒有必然聯繫，這種並行與放射結構消解了原有的小說時空觀念，時間、人物、事件處於現時的狀態之中，體現出復調的多聲部對話形態。雖然文本中呈現了幾個並行敘事序列，

---

① 巴赫金. 陀思妥耶夫斯基詩學問題 [M]. 劉虎, 譯. 北京：生活·讀書·新知三聯書店，1992：296.

看似並無必然聯繫，但它們的最終意旨是相同的：人類尷尬的生存處境，以及永無止息的循環。

作者對於意旨的最終指涉不僅體現在序列的並行上，同時詞句的重複也是表現人類自身非理性生存狀況和尷尬人生的又一印證。例如我們在文本中時常看到這樣的句式：

有賣木頭桌的，有賣木頭鞋的，有賣木頭衣的，有賣木頭飯的，有賣木頭酒的——有賣木頭白酒的，有賣木頭紅酒的，有賣木頭清酒的，有賣木頭黃酒的，有賣木頭菜的……

快來涂赤色，快來涂橙色，快來涂黃色，快來涂綠色……

「語句的重複不僅是文字本身的簡單重複，而且是為了強調語句的意義，而意義的重申也並非重複的真正目的，其真正的目的是要表明古往今來歷史的重複，事件的重複。」① 我們雖然無法指明作者言說的真實目的，但是通過這些復疊的詞句、語言的遊戲，我們體悟到一點歷史的真實。在詞句簡單的重複過程中，雖然它本身並沒有任何更深一層次的文字意義，然而卻潛藏著豐富的內涵。作者通過對既定語言秩序的破壞，試圖建立新的語言圖式，在這種開放的語言系統中，已經蘊含了多元世界的可能。

對文學語言秩序的變革，體現了劉震雲作為一個先鋒作家的睿智，同時，為文學多意的生成提供了可能性。當傳統的一元化語言不能容納人們豐富的情感時，尋求變革的重音就成為先鋒作家的呼聲。劉震雲的先鋒小說為文學提供了一個開放的語言範本，相對於封閉的語言而言，它具有多種意義與價值呈現的可能。劉震雲先鋒小說的語言系統，通過整合各類語言，從而使文本內部眾生喧嘩，呈現出一種前所未有的開放姿態。這種開放性、多元性的並置使文本徹底地擺脫了規則的束縛，為讀者心靈的狂歡提供了豐饒的空間。以多元性、開放性瓦解統一性、整體性，進而強調意義與價值的不確定性、模糊性，這意味著對傳統的一元秩序進行了宣戰。

總之，劉震雲的《一腔廢話》是作者由傳統向現代的一次嬗變，由寫實到寫意的一次飛騰。作者瓦解了一切神聖、等級、權力，讓粗俗與高雅並存，呈現出全方位的對話姿態。這不僅僅是一次文本形式創造，更重要的是一種文化姿態的萌芽，具有創新開拓的意義。

---

① 柳鳴九. 從現代主義到后現代主義 [M]. 北京：中國社會科學出版社，1994：136.

第二節　遊走於歷史與現代之間

　　莫言是一位既具有強烈的理想主義氣質又有現實主義關懷的作家。他常常以強勁的想像、詩性的語言、震駭的美學、警醒的寓言，在民族、歷史、文化、現實之間自由穿梭，步步逼近歷史與人性場域的非理性精神空間，揭示出現實表象下人類最為真實的生存本質。

　　對莫言戲劇的閱讀是一次次精神的旅行，獨特的歷史重構能力、強烈的懷疑意識、敏銳的切入現實方式，使他的話劇無法獲得一種恒定的敘事模式。他那超越時空的囈語、複雜多元的個體、獨具悲劇意味的黑色喜劇，有效地傳達出人性在歷史場域、現實秩序下的變異與扭曲。莫言曾經說過：「要想搞創作，就要敢於衝破舊框框的束縛，最大限度地進行新的探索，創作者要有天馬行空的狂氣和雄氣。無論在創作思想上，還是藝術風格上，都必須有點邪勁兒。」「作家在進入創作過程之後，必須借助於想像給原始的生活素材插上飛動的翅膀。能飛起來的當然好，飛不起來的正是要淘汰的渣滓。這種想像也是對原始素材的加工和蒸餾，昇華和提高。只有經過了想像的東西才是非常靈動、非常活潑、只可意會不可言傳的東西，否則就會僵化、老化、固定化和程式化。」① 正是在這樣的創作理念驅使下，莫言不停地尋找著適合自我的文學表達方式，以便展現出理性秩序下隱蔽的人性生存圖案。

　　對於話劇《我們的荊軻》而言，作者全方位地顛覆了傳統歷史話劇的文體風格、人物觀念、敘事話語，以一種詭奇的多元寫作姿態，將寫實與虛構、悲劇與喜劇、崇高與滑稽、現代與后現代、解構與建構、批判與歌頌融為一體。這種天馬行空式的方式，使《我們的荊軻》呈現出求異求新、突破常規的變革衝動。它要表達的是一種共通而又複雜、常規而又陰暗的人性生存邏輯：我們經歷了或者正在經歷一次次真實而又相同意義的人生之旅，這是一條所有的人都已涉足但卻沒有出路的道路。莫言說：「這部戲裡，其實沒有一個壞人。這部戲裡的人，其實都是生活在我們身邊的人，或者就是我們自己。」從新歷史主義角度看，莫言要剝落歷史表象的神聖外衣，尋求的是古今之間的時空聯繫，並將歷史規範場景自由演繹成具有當代生活趣味的故事，在想像的時空中，將人物的命運、內心的慾望、現實場域的囚禁等綜合的人性景觀展現

---

① 莫言. 天馬行空 [J]. 解放軍文藝, 1985 (2).

出來。這種具有超越性的藝術創作，一方面反映出莫言對歷史文化、文明秩序的懷疑；另一方面，當代生活故事的再現，恢復了被歷史規範遮蔽了的複雜人性世界。

莫言對歷史有著自己個人化的看法，在談到福克納時，莫言認為在福克納那個落寞而又騷動的靈魂裡，「始終回響著一個憂愁的無可奈何而又充滿希望的主調：過去的歷史與現在的世界密切相連，歷史的血脈在當代人的血脈中重複流淌，時間像汽車尾燈柔和的燈光，不斷消逝著，又不斷新生著」①。在談到《我們的荊軻》時，莫言說：「我們現在看到的歷史，我覺得都被嚴重加工過。我想，所謂古人，從根本上看，跟我們沒有什麼差別。因此，我沒有刻意去解構歷史，我只是把古人和現代人之間的障礙拆除了。」正是基於這樣一種還原人性原理，作品對歷史常規、人物形象、敘事情節進行了顛覆性的處理。荊軻刺秦王是一個千古流傳的悲壯故事，忠義之舉成為中國傳統文化的代名詞，而在《我們的荊軻》中，荊軻被偶然拉入刺秦的行列中。他對於刺秦並沒有找到合適的緣由，但在不斷尋找自己行為的支撐點，隨著事件的發展，每一個理由都難以說服自己：為了百姓不成立，為了正義不成立，為了和平不成立，為了感恩不成立，最終找到一個為了博取榮譽的意義。隨著刺秦日子的接近，最后博取榮譽、千古流芳的意義也不存在了，只成為面對看客的虛無表演。

沒有正義與非正義，只是一場無奈的表演。在戲劇第九節中，荊軻說：「是的，如果我將這場戲演完——我會將這場戲演完的，我必須將這場戲演完，為了你們這些可敬的看客！」歷史事件中的荊軻演變成我們中的一員，這多少有些荒誕的意味。但在這荒誕背後，卻暗藏了我們最真實的生活本質：要麼表演給別人看，要麼看別人表演，演戲與看戲構成了人的基本生存方式。從表面看，《我們的荊軻》顛覆了既有的英雄形象，取消了以悲情為主調的敘事氛圍，衝擊了讀者的心理定式。而實質上，作者以此作為戲劇情境再現的感性空間，表達歷史秩序下所隱藏的無法明示的理性生存經驗，它有力地揭示了社會人生中虛假的意義價值系統，從而又一次完成了認識歷史、認識人生的詩性哲學建構。在這部戲劇中莫言以顛覆歷史常規的價值取向，精心營造了一些具有隱喻功能的場景，然后擊碎它們的日常生活意義，展示出深邃的內涵。在第一節「成義」中，俠士秦舞陽說：「我說老高，你就甭醉生夢死度年華了。打起精神來，好好演戲，這場戲演好了，沒準兒你就出大名了。」我們姑且放棄

---

① 莫言. 兩座灼熱的高爐 [J]. 世界文學，1986（3）.

間離化的舞臺效果，而實質上，演戲成為《我們的荊軻》中貫穿全劇的象徵性情節，包括后面刺殺秀的精彩表演。這些場景的設置看起來有很大的隨意性，卻是作者在高度警惕的精神姿態下，直指生存秩序、歷史記憶、文化權利甚至弊病叢生的現代文明誤區。

從某種意義上講，戲劇《我們的荊軻》有著古老的寓言敘事母題：尋找人類存在的意義。作品是一部充滿隱喻性的民族寓言，寫人的生存現實，寫人的成長與覺醒，寫人的困境與無奈。在戲劇中，我們的荊軻經歷了痛苦的心靈嬗變之旅，但就情節發展而言，這是一條所有的人都已涉足但沒有出路的道路。荊軻在這一過程中不但殺死了與他關係甚密的燕姬，還完成了刺秦的表演，走上了死亡的不歸之路，除了殘酷的黑色狂歡與生命遊戲，並未在任何意義上獲得對生命價值的肯定。對於其他人物而言，不論是手握重權的秦王、燕太子丹，還是俠士高漸離、秦舞陽，以及市儈狗屠，都顯示出精神上的荒涼與貧瘠。由此看來，這是一個荒誕、悲慘、陰鬱、黑色的人性寓言，是無法獲得自救與他救后的狂歡景觀，這無路之路的行走成了對尋找存在意義的內在顛覆。對於這個富含哲理思辨的故事，莫言做出了某種闡釋。他說：「荊軻刺秦只是成了一件箭在弦上不得不發的事。根本沒有目的！自然也沒有意義。」

顯然這是卡夫卡式的荒誕。可見，話劇《我們的荊軻》，對歷史與人性荒域的開掘已經達到了深邃的程度，傳達出既真實又難以言辭的意象，並由此揭示了歷史秩序、社會現實對人性的捆綁與暴力，莫言在強有力的哲學意味場景中，掀開了現實生活的隱密系統。

通過眾多的戲謔化景觀、遊戲化死亡，《我們的荊軻》展現出在歷史控、慾望控下人性潰敗的場景。在第一節「成義」中，70餘歲的俠士田光發泄著自己懷才不遇、無法名垂千古的不滿，「有多少身懷奇技、胸有大志的仁人俠士，在苦苦等待著大展宏圖的良機，但最后卻像碌碌無為的庸人一樣，老死在荒村野店。而又有多少酒囊飯袋，齷齪小人，被推上歷史的舞臺，頭上戴著諂媚者獻上的花冠，身上披著膚淺女人用虛榮心織成的錦緞，進行著醜惡的表演。」應該說俠士田光對光怪陸離的社會場景有著深刻的認知，但最終卻用自刎的方式實現了面對生存悖論的臣服。秦將樊於期的生命，在荊軻刺秦的道路中，成為演練的道具。燕姬本來有著純潔的人生，入宮后有幸得寵，但被作為禮物贈來送去。眾多人物悲情的命運、慘淡的人生似乎向我們暗示：行路是如此艱難，對於大多數人來說，只能永遠生活在這種荒誕的悖謬境遇中。莫言曾經反覆說明《我們的荊軻》的創作意圖：寫人的困境與無奈。那麼我們要追問的是，人性在歷史的場域中遭遇了什麼，從而被拋入不可回頭的深淵。儘管

莫言在《我們的荊軻》中沒有對此進行理論性的探討，但通過一個個充滿慾望又深懷憂傷的靈魂以及他們在歷史舞臺上的表演，直接顯示出歷史與人性、文明與欲求無法調和的尖銳矛盾。

莫言曾經對於自己的創作說過這樣的話：「一個有良心、有抱負的作家，他應該站在人類的立場上進行他的寫作，他應該為人類的前途焦慮或是擔憂，他苦苦思索的應該是人類的命運，他應該把自己的創作提升到哲學的高度。」由此看到，莫言是一個理想主義者、人道主義者，從人性啓蒙的角度，莫言寫人性的潰敗，是在呼喚理想、純真的人性，莫言寫人的困境與無奈，是在探索人類良性發展之路。《我們的荊軻》從人性的荒謬中開掘，其目的是探討人類如何擺脫悖論式的生存經驗，以恢復生命的莊嚴。在《我們的荊軻》中，荊軻的形象是立體、多維、複雜的，內心充滿了矛盾，靈魂深處有激烈的掙扎，在無奈中極力進行自我救贖。

在第九節「壯別」中，荊軻發出了提問「我為什麼要殺燕姬？」「看起來殺的是她，其實殺的是我自己。」「可怕的是在這場戲尚未開演之前，我已經厭惡了我扮演的角色。」「我醒來，似乎又沒有醒，我似乎明白了，但似乎還糊塗。」「易水的濁浪滾滾東行，卻為何聽不到天河裡的槳聲？」這是一個艾略特式的質疑與拷問。這是一個遍體鱗傷的靈魂，他何嘗沒有過火熱的生命，但在一次次遭受摧殘后，只剩下無限的憂愁。作品中的荊軻遊走於歷史與現代之間，進行著靈魂的漫遊、存在意義的思索，那痛苦與焦灼的精神狀態卻具有心靈救贖的價值。由此我們可推想莫言思想中那深邃的哲學維度，如果沒有對人類存在境遇深刻的體認，如果沒有對慾望所扭曲了的人性的刻骨感受，就不可能以天問的方式表達他的憤懣與無望。

莫言說：「如果從更高的角度上來講，作家應該俯瞰世界，從全人類的高度來拯救人類，從文化結構、從心理上來拯救我們的民族。」① 正是基於這樣的沉思，在他的戲劇中，有批判，有歌頌。批判過度的慾望、人性的潰敗，揭示複雜的社會、歷史病象，以及現象背后民族文化心理結構的癥結。《我們的荊軻》以民族寓言的方式，展現出現代人無家可歸的絕望，人物在掙扎中上演出一場場悲劇。莫言作品中的田光、燕姬、荊軻等，對生活曾經有過熱切的期待，但慾望、現實等改變了他們人生的路程，並就此墮落下去，向無底的深淵前行。如何恢復生命應該有的價值？如何使人性走向完美？如何給困頓的人生提供一個精神出路？這是莫言在批判的基礎上要精心構建的另一個藍圖。

---

① 莫言. 我的「農民意識」觀 [J]. 文學評論家，1989（2）.

「偉大作品毫無疑問是偉大靈魂的獨特的陌生的運動軌跡的記錄，由於軌跡的奇異，作家靈魂的燭光就照亮了沒被別的燭光照亮過的黑暗。」① 回到人的覺醒，恢復善良人性的維度，尋求人類靈魂永恆的歸宿，這是莫言對拯救人類的承諾。儘管《我們的荊軻》荒涼感實足，但不乏人的精神覺醒。當荊軻走向刺秦的道路時，雖然是俗人之舉，但是他看到了螻蟻一樣的自己。「我在高高的星空，低眉垂首，俯瞰大地，高山如泥丸，大河似素練，馬如甲蟲，人如蛆蟲，我看到了我自己。」這是一段飽含反省色彩的自語，是荊軻經歷了心靈焦慮、精神漫遊之後，對自我的救贖，具有超越荒涼現實境遇的巨大力量。至此我們堅信，雖然歷史發展存在諸多悖論，現實中的荒謬景觀處處顯現，但是人的覺醒與救贖將為未來世界的重建提供亮點。

第三節　精神生態的坍塌與重建

《懷念狼》是賈平凹新漢語文學寫作的一次探索，作者以實寫虛，用具體的物事也就是生活的流程來完成，從而使文本顯現出多義性。《懷念狼》是賈平凹新千年創作的第一部長篇小說，作者以總體的意象，使小說產生了多義性。作者試圖站在中國本土上，進行一次新的漢語文學寫作方式的探索。

一、天人合一的祈歌

矛盾與和諧是賈平凹作品一貫的主題，也是作者形而上的追求。他質樸的語言深刻地揭示了人與自然、人與社會的矛盾統一，這種矛盾統一、相生相克的自然規律推進了社會的發展變化。中國古代哲學講究天人合一。天之與人，有以相通也，萬物有以相連。把天文、地理、氣象、草木、鳥獸等萬物都納入一個統一的相互聯繫和彼此影響並遵循普遍規律的宇宙圖式中，這正是古代哲學天人合一的表達。

狼與人的關係是對立統一的關係，狼是在獵人的捕殺中長大的，一旦頒布保護它們的條例，禁止捕獵，它的生存能力就會退化以至於喪失，它們就會去樹杈上自殺。同時人也需要狼這個對手，頒布禁止獵狼的條例之後，獵人們都失去了自己的對手，曾經作為獵戶的人家竟慢慢染上了一種病——精神萎靡、視力減退、身子萎縮。作者給我們描繪了一幅生態平衡失調之後的悲慘圖景。

---

① 莫言. 清醒的說夢者 [M]. 濟南：山東文藝出版社，2002：212.

熊貓失去了對環境的適應能力，幾乎到了滅絕的邊緣。而人類也開始退化，人類的退化與熊貓的退化在文本中形成兩個相互對應的序列，這種結構是一種暗示：大熊貓的現在將是人類未來的寫照。大熊貓分娩時撕心裂肺的叫喚，以至於死亡的悲慘過程難道不將是人類最終的境遇嗎？天、人、自然和諧的失衡和茫亂是向人類敲響的警鐘。

生態后現代主義認為，不僅所有的存在結構上通過宇宙聯繫之鏈而聯繫在一起，而且所有的存在內在地是由與他們的關係構成的。作為社會原子的人與自然是處於對立之中的，而作為關係之中的人則與自然是統一的。我們是宇宙正在展現的過程的一部分，與植物、動物有著內在的聯繫。他們處於相生相克的大系統之中，一旦失去平衡，所付出的代價將是沉重的。人類正在感受這種沉重。物種的滅絕、人類的退化、生態的失衡、洪水的泛濫，這些對人類的打擊難道不夠深刻嗎？在作品中有一首孝歌：「為人的在世喂，哎什麼好喂，說聲死了就死了，陰間不跟陽間橋一樣，七寸的寬來萬丈高，大風吹得搖搖擺，小風吹得擺擺搖，早上過橋橋還在，晚上過橋橋抽了，亡者回頭把手招，斷了的陰間路一條。」這是一首淒涼的挽歌。

二、心靈幻化的禪宗思維

在賈平凹的創作中，人與自然的合一是貫穿其中的哲學命題。例如早期的作品《妊娠》中玄虎山洞的乳石一會是石一會是人。「生命與自然在他的意識的最深處已經形成了一個無法分割的整體」①，作家不僅描寫理性意識還描寫人的非理性意識、幻想、幻覺，這正是無內無外、梵我合一、虛幻神祕、越超精神與物質界限的禪宗思維圖式。禪宗思維圖式建構了心靈幻化的時空觀念，「從而，映視在內心的物相已不是外相世界的投影而是一種心理再現，它脫去了物質的外殼，呈現為一種虛幻的意象，作為物質存在形態的時間與空間也隨之失去了物理性。而此，禪宗思維不僅淡化或取消了客觀的宇宙觀念，同時又建構了超越現實世界的心靈幻覺的時空觀念」②。

在《懷念狼》中，作者採取了這種「心靈幻化」的禪宗思維方式：人雖然是萬物之精華，從生命的意義來講任何動植物和人都是平等共處的，萬物都有靈的，可以相互轉化的。金絲猴變成一個女人來報恩，殺死四十八個人的尤文原來是狼變的，把自己的孩子推撞上奔跑的汽車來訛錢的郭財是狼變的，一

---

① 石杰. 賈平凹創作中的禪的超越 [J]. 河北師範大學學報, 1995 (4).
② 吳士餘. 中國文化與小說思維 [M]. 北京：生活·讀書·新知三聯書店, 2000：63.

個狼的家族變成五人去偷盜鎮上的豬。這種「心靈幻化」的禪宗思維方式也可以說是一種萬物有靈的原始思維方式。這種原始思維方式雖然缺少理性，但對作品意義的表達起著關鍵的作用：表達人類與自然的和諧平等以及推動自然與人類發展的他律性。

作者特意刻畫了幾個有意味的場景。當大熊貓基地的大熊貓死后，狼銜放了野花為大熊貓哀悼，從而體現出動物之間和諧的情感。老道為狼治病而當老道去世，狼也來哀悼師傅，它蹲在門口「嗚嗚」哭了一陣。這是怎樣感動人心的場景！動物與人之間相互溝通和理解難道不是對人與人之間相互傷害的反諷嗎？當一只狼死了的時候，四只狼圍著死狼哭，活著的狼為它舉行葬禮。在此，作品雖然運用的是神話原型思維，但表達的內涵卻具有極強的開放性、變異性。人與自然相生相克，既鬥爭又和平共處，這就是「宇宙」演變的悲歌。

三、多義的寓言表達

賈平凹曾經說過：「越是表面上有詩意，越是整個沒詩意，你越說得直白，說得通俗，說得人人都知道，很自然，很質樸，而你傳達的那一種意思，那一種意念越模糊。」的確，質樸與模糊是賈平凹語言的特質。在《懷念狼》中，作者運用講故事的方式來進行表達，語言平實，具有「原生」味道，這種質樸的語言卻賦予了小說多義的內涵。在《懷念狼》后記中作者指出：「寫作，用具體的事物，也就是生活的流程來完成，如此越寫得實，越生活化，越是虛，越具有意象。」

可見多義性是作者寫作一貫的追求，這種多義的追求使小說具有寓言小說的特色。在《高老莊》中作者極力營造許多神祕意象，從而使小說顯示出獨特的寓言性。作者以實寫虛，體無證有，撥開事物的表層顯現物的本質。那麼寓言具有什麼特色呢？批評家詹明信指出：「寓言精神具有極變的斷續性，充滿了分裂與異質，帶有夢幻一樣的多種解釋，而不是對符號的單一表述。」[①]當代著名批評家艾布拉姆斯說：「寓言是一種敘事，它的行為者和行為，有時包括背景經過作家刻意的創作，其目的不但使它們本身有意義，而且更重要的是揭示出一種相關的、第二層面的人物、事物、概念或事件。」簡言之，寓言就是言此而意彼。寓言的本質在於言意的分裂，從而使文字作品具有多義的指向，因此從本質上講《懷念狼》是寓言體小說。

《懷念狼》從敘述的文本表層內容來講，只不過描繪了商州的風俗、人

---

① 張京媛. 新歷史主義與文學批評 [M]. 北京：北京大學出版社，1993：239.

情、生活，商州人與狼結下的不解之緣，以及作者在為15只狼存檔拍照時奇異的景觀。但這僅僅是實的內容，而虛的本真則需要調動讀者的情感知覺去填空對話。裡面既有人與自然的和諧又有人與自然的廝殺；既有人與動物相生的真摯情感，又有恐懼所造成的相互傷害；既有對死的體悟與超脫，又有對生的痛苦的掙扎；既有傅山與狼鬥爭的英雄讚歌，又有爛頭對美色的肉欲淫樂。總之，在作品中我們可以總結出許多相反的命題。這種多義性寓言化的表達體現出作品極大的開放性，這種立足於民族本土、獨特於西方的思維和美學是真正的新漢語文學寫作的魅力所在。

四、潛在的人類對話

各種不同的聲音交織在一起，從而使作品所指內涵具有「差異性」，這種「差異性」造成了作品與讀者對話的不可終結。巴赫金指出，對話性是「兩種意識、兩種觀點、兩種評價在一個意識和語言的每一內在因素中交鋒」①。在《懷念狼》中，兩個重要人物傅山和爛頭分別代表了兩種不同意識。傅山在與狼的搏擊中顯現出英雄本色，這種積極向上的英雄主義觀念是他的本質；而爛頭注重的是肉欲的歡樂，在本性的釋放中體現出自我的存在。這種崇高精神與肉體本我，兩種不同的意識交織在文本中，進行交鋒對話構成不同的聲部，從而形成一種復調。

他人話語進入結構是《懷念狼》的又一特色。「他人話語進入結構是對話性在結構中的一種表現形式，它的存在方式可以是意識思想，可以是情節、故事，可以是思維方式、敘述方式。他人話語出現在文本中是正常的，只要作者用他人話語表達的是個性命題，這種他人話語的使用就是成功的。」② 在《懷念狼》中，對他人話語的運用是典型的。捕獵的情節在古代神話中比比皆是，進行圍獵是遠古人類生存繁衍的需要，是一種生產勞動，而在作品中作者插入這一序列卻有著不同的命題。狼需要人，人也需要狼。在相生相克這樣一個大系統中他們相互生存。在作品中有兩個虛擬的捕獵場面：獵兔與屠活牛。30個穿獵裝的人牽著30條細狗，分開距離站著，儼然一場激戰即將開始。這是一個多麼滑稽的場面，它失去了人們對捕獵的正常思維。而當一聲鑼響15只狗「唰」地躥出，它們的主人緊緊在後邊跟跑，直跑、斜跑、迂迴跑，陣式

---

① 巴赫金. 陀思妥耶夫斯基詩學問題 [M]. 劉虎，譯. 北京：生活‧讀書‧新知三聯書店，1992：287.

② 董小英. 再登巴比倫——巴赫金與對話理論 [M]. 北京：生活‧讀書‧新知三聯書店，1994：313.

變幻無窮。這不就是一場毫無意義的遊戲嗎？另一個古典原始場景是從活牛身上割肉，一陣牛的嚎叫聲，牛舌便可以入餐了。刀一起一落牛尾落地。刀伸向牛的肛門扎進去，用力一攪，從前一拽，牛鞭抽了出來。當人失去了驗證自己使自己成為英雄的對象之後，就虛擬出對象來，以幾只野兔來證實自己的存在，以屠戮活牛來驗證自己的英雄行為。總之，《懷念狼》中他人話語的進入是成功的，作者以陳舊的敘事單位表達了新的個性命題。

第三章　底層與民間

　　本章論述新世紀底層敘事的現實感與超越性，並指出其固有的局限與不足。左翼文學傳統為文學介入現實留下了寶貴的精神資源，它以強烈的底層關注、直面現實、社會批判為核心，體現了進步作家對國家、民族、底層人民命運的獨特思索，開闢出具有強烈戰鬥色彩的美學形態。新世紀以來，底層詩歌與左翼精神又一次浮出水面，直視底層的苦難與生存境遇，修復了長期以來詩歌領域嚴重失真的局面，體現了詩歌重新介入現實的可能性。新世紀的底層詩歌以直面現實和社會批判為主題，體現了詩人們博大的悲憫情懷與人文精神，同時對資本霸權下的身體創傷進行了淋漓盡致的呈現，揭示出冰冷的工業時代對人性的剝離與壓制。陳彥是一個對城市底層與農民工始終保持高度關注的作家。陳彥的小說常常站在人民美學的立場，關注底層人物、弱勢群體的人性溫度與生命冷暖，以平民視角書寫他們的艱辛與快樂、疾苦與尊嚴。儘管城市貧民階層、農民工群體有著卑微的人生、坎坷的命運，但是在他們的生命中卻蘊含著良知、勤勞、美德、堅韌與正義，這些永恆的人類精神主題，成為支撐底層世界信仰的生活方式與思維方式。閱讀陳彥小說的底層世界，我們深刻地感覺到，在「無常」的現實人生中總是潛藏著「有常」的文化根基，這「有常」的文化之根就是作者對傳統的持久回溯與激情演繹。理想主義是滿族作家孫春平小說創作的一個精神基點，它有效地擊潰了盤壓在人性深處的幽暗。孫春平的小說是一種烏托邦式的人性關愛，是對人類精神保護圈的極力呵護，這就意味著孫春平的小說以綠色、健康的姿態進入公眾精神渴求的期待視域。敘事的詩性格調使孫春平的小說增添了浪漫、溫馨、柔美的氣息，一旦經過詩性的潤色，那沉重不堪的現實也會散發溫暖。

第一節　左翼文學傳統與底層詩歌

　　左翼文學是 20 世紀二三十年代興起的一個重要的文學思潮,它以關注底層社會、書寫民間疾苦、批判強權政治、呼喚公平正義為精神內核,體現了進步作家對國家、民族、底層人民命運的獨特思索,開闢出具有強烈戰鬥色彩的美學形態,為文學介入社會現實留下了豐富的精神資源。「急遽的社會變化使得底層問題成為一個顯性的社會問題,一個關注社會民生的作家同樣無法迴避這些顯著的變化和熱點問題。從五四傳統到『左翼』文學精神,對理想的執著,對現實的嚴肅關注,對民族和民眾苦難的精神承擔,仍然是當代文學和當代知識分子不可或缺的巨大精神資源。如果知識分子是『在社會問題、公眾問題或人類的問題上,能夠依據理性良知,不計利害得失,不媚時阿世,獨立思考,敢於發言的現代知識者』的話,那麼獨立、民主、批判就是他們確定不移的思想品格。如果『文學是人學』,那麼對人的關注尤其是對那些底層人物的關注則是文學應該承擔的使命。底層寫作在時代的變革中,大力弘揚『左翼』文學精神,深切感受底層民眾的命運變遷並給予文學的表現,使新世紀文學具有了厚重的現實意義。」①

一、左翼詩歌的回溯與左翼傳統的復甦

　　20 世紀二三十年代的左翼詩人胡也頻、殷夫、蒲風、楊騷、任鈞等,充分發揚中國詩學「為民而歌」的現實主義傳統,通過描繪衰敗的社會圖景、苦難的群體、關注底層世界,達到批判強權政治、揭露黑暗現實、呼喚公平正義的目的。如左翼詩人胡也頻,經歷了少年時代漂泊、饑餓、寒冷的人生旅程之後,開始以底層的眼光註視世界,以帶血的詩歌為被壓迫者伸張正義,並以自己不屈的生命實踐了自己崇高的誓言。面對「婦人與孩子的呻吟」的社會現實,看到「到處都滿著殘廢的冷骨與腐屍」的世界,詩人噴發出的情感只能是詛咒與反抗:「狂風如海盜之吶喊,驚醒我罕有之夢──我正與紅番為伍,挺戈刺專制之帝王。」(《初醒》) 胡也頻的詩歌可以說是黑暗中的吶喊,為弱者提供了精神上的馳援,表達了「一個黑暗社會的叛逆者遏制不住的怒

---

① 白亮.「左翼」文學精神與底層寫作 [J]. 江漢大學學報,2007 (4).

吼和抗爭,這種叛逆者的心聲正是對五四新詩戰鬥精神的繼承」①。詩人殷夫將自己的命運與民族國家、底層民眾的命運密切聯繫起來,他的詩歌抒發出苦難時代的鬱結。魯迅先生在評價殷夫的詩歌時指出:「這是東方的微光,是林中的響箭,是冬末的萌芽,是進軍的第一步,是對於前驅者愛的大纛,也是對於摧殘者憎的豐碑。一切所謂圓熟簡練、靜穆幽遠之作,都無須來做比方,因為這詩屬於別一世界。」② 我們從他的詩歌中可以看到底層的痛感與理想世界的追尋:「這裡是姑娘,那裡是青年,半睡的眼,蒼白瘦臉,不整齊地他們默著行走,黎明微涼的空氣撲上人面。她們是年青的,年青的姑娘,他們是少年的——年青力強,但疲勞的工作,不足的睡眠,壞的營養——把他們變成木乃伊模樣。他們像髑髏般瘦屑,他們像殘月般蒼黃,何處是他們的鮮血,青春……是潤著資產階級的胃腸。他們她們默默地走上,哲學家般地充滿思想,這就是一個偉大的頭腦,思慕著海底的太陽。呵,他們還不知道東方輸上了紅光,這個再不是『他們』的朝上,這五一節是『我們』的早晨,這五一節是『我們』的太陽!」這是殷夫《一九二九年五月一日》中的詩句,作者對資產階級的殘酷剝削進行了憤怒的控訴,同時也預言了一個反抗的無產階級群體的崛起,詩歌在低沉與激昂的變奏中演繹著紅色時代的革命序曲。面對底層世界的苦難,蒲風也是一個燃燒著怒火與戰鬥激情的詩人。他的詩作緊跟時代的脈搏,直面社會的黑暗,歌頌無產階級的反抗與覺醒,祈盼光明與理想社會的到來。蒲風認為:「生活是灰黯、陰沉、悒鬱、苦悶、悲哀、慘戚……另方面,生活又是公理、正義的探求,追求光明的戰鬥,慷慨高歌,奮勇殺敵,嚴肅而積極。」③他的詩歌可以說是對這種社會觀的最好詮釋。《荔枝灣上賣唱的姑娘》一詩,充分展現了20世紀30年代灰暗、破敗的社會圖景與民眾悲劇性的命運,「陰影裡不再顯出搖曳的倒映,深溝卻更是惡臭的淵源。唉!冷的荔枝灣誰來遊玩?臭的荔枝灣誰來買唱?哦哦!你兩個賣唱的姑娘,戴上你陰沉的臉孔,忍耐著冷風的刺傷,眼睜睜地望著,望著遠遠的不景氣的市場;嗚嗚咽咽,叮叮嚀嚀——你們可準備寂寞地彈唱到天亮?」散發著惡臭的荔枝灣顯然是一種象徵與隱喻,代表著當時腐朽與黑暗的舊時代,與聞一多的詩作《死水》有異曲同工之妙,在這樣一個墓穴般的時代面前,勞苦大眾只能「忍耐著冷風的刺傷」。如何「粉碎身上的鎖枷,建造甜的歡笑」? 蒲風看到了底層的覺醒,及時捕捉住那黑暗中的星火與咆哮。「小小的火星,出現在荒原中;不用說,

---

① 張立新. 憤怒的反抗　謙卑的愛戀——胡也頻詩歌導讀 [J]. 中國新詩, 2011 (8).
② 魯迅. 魯迅全集: 第6卷 [M]. 北京: 人民文學出版社, 1981: 494.
③ 蒲風. 蒲風選集 (上) [M]. 福州: 海峽文藝出版社, 1985: 582.

人們都對此有不少的驚恐。他們都習慣於沒有光沒有熱的生活中,他們甘願屈服在這平庸的妥協裡。但是,熱是摩擦的兒子,又是光明的母親。現今,日夜不停地齒輪互相接合地轉動起來,哪個抑得住這爆發的光明?今天,這裡顯露的也許只是一點星火,可是,明天這些不一定僅會燃燒這荒原,由人們手裡不會建造起新的城堡嗎?」(《星火》)顯然,這星火就是刺穿黑暗的亮光,這首詩表達了一個有良知的詩人對理想世界的不懈追求,表現了作者博大的理想主義情懷。還有那無處不在的閃閃的刀、尖尖的矛、嘹亮的戰歌,「昔日是卑賤的一群,終日低頭曲背為人作嫁衣裳,今天,他們都有新的覺醒:——他們相信自己的偉大力量!他們的力量足把世界推翻,只有他們才能創造自己的幸福鄉」(《咆哮》)。作品洋溢著戰鬥的激情與理想主義的火花,為打破黑暗的現實輸入了光明的火把。再比如詩人楊騷,在他的作品中不乏關注底層疾苦、揭露醜惡現實的詩篇。一首《自殺未遂犯》,在生與死、希望與絕望之間,把陰森的時代氛圍描繪得淋漓盡致,「灰色的都市喲,我不會再倦睡在你懷裡!醜惡的人間喲,我不會再領你的好情意!再會罷,再會罷,哦,再會罷,不誠實的朱唇喲,不,我也不會再貪你的嬌柔與香氣!」(《自殺未遂犯》)作者要表現的不僅是個人之死,更重要的是罪惡的時代之死,以整體性的訣別與否定,對舊社會進行了控訴與詛咒。「死的歡醉使我全身戰栗,生的誘惑漸隱入雲帷裡;哦!痛快的憂悶喲,冥府的神祕!縹緲中,縹緲中,在縹緲中,樹上的鳥兒唱曉歌,如喜如驚如啜泣;田野間的呼牛聲,又長又慢又急;而從葉上跳下的露珠,紅桃淚麼,流滴滴?」這是一個生活在非人世界中的詩人的悲觀情緒,但詩行間又流露出對理想世界的渴望之情。回溯歷史上的左翼詩人,他們以帶血的手最大限度去擁抱現實,為底層民眾伸張正義,體現了他們深廣的憂患意識與博大的悲憫情懷,也為中國詩歌輸入了批判、人道、博愛、理想等崇高的精神品質。

那麼,左翼詩歌留給當下的精神資源是什麼?左翼傳統是否已經喪失?孟繁華曾分析過左翼文學與當下中國文學的關係:「左翼文學的發生,不僅適應了那個時代『全球化』的趨勢,重要的是它以文學的形式表達了中國社會發展的潛在要求。它對底層生活的關注和深切的同情,不是創造了文學的歷史,而是改變了中國文學的歷史。它把五四時代知識分子試圖把文學還與民眾的努力訴於實踐,並以規模生產的方式引領了中國文學創作的潮流。因此,左翼文學的先鋒性和它的民眾性,是它能夠在相當長的時間裡領導中國文學潮流的內在原因。」「當下文學更多的是『物』的迷戀和炫耀,是白領趣味的彰顯和生活等級的渲染。我們在當下文學中已經很難再讀到浪漫和感動。而左翼文學的

最大特點可能就是它的浪漫精神和理想主義，是它的批判精神和戰鬥性。我們在魯迅的雜文中，在蔣光赤、洪靈菲、柔石等人的小說中，在殷夫、胡也頻的詩歌中，或被一種巨大的浪漫情懷所打動，或被他們對現實的批判和戰鬥所感染和鼓舞。文學從性質上說，是關注人類精神事物的，它是最適於表達人類精神世界的一種形式。因此，文學的浪漫、理想、批判、戰鬥的品格，我們今天在左翼文學中可能體驗得要更為清楚。」① 20世紀二三十年代興起的左翼思潮，在以后的發展進程中，逐漸被主流意識形態所規訓與收編，喪失了最初批判與戰鬥的精神。然而新世紀以來，以底層民眾為書寫對象的詩歌，又一次走進大眾的閱讀視野，並形成了一個數量不可小覷的創作群體，他們重新拾起左翼傳統，關注底層命運，直面現實，彰顯左翼的批判、戰鬥精神。「『左翼文學』傳統應該是這樣一種傳統：它以骨肉相親的姿態關注底層人民和他們的悲歡，它以批判的精神氣質來觀察這個社會的現實和不平等，它以鮮明的階級立場呼喚關於社會公平和正義的理想。」「今天，在『全球資本主義』的歷史語境下，『左翼文學』傳統似乎在某些作品中得到了延續，並以其『異類』和『異質化』的聲音，以其對現實的犀利批判，再次提醒我們注意它的獨特價值和意義。」② 還有不少學者將新世紀左翼傳統的復歸稱為新左翼精神，「『新左翼精神』，實際上就是知識分子直面現實、直面時代的戰鬥精神。『新左翼文學』，也就是繼承和秉持著中國知識分子現實戰鬥精神這一精神傳統直面現實的文學。所以我以為，我們應該充分珍視這樣一種相當難得的精神復活，不斷通過艱苦深入的反思和勇敢的精神實踐，使這種精神牢固確立並走向成熟。」③ 左翼傳統的復歸或者說新左翼精神的出現，是當下社會中資本強權、權力腐敗、貧富分化等直接催生出來的，「在少數人暴富的同時，最廣大的社會群體第一次淪為了絕對意義上的『弱勢群體』。權力、資本和知識的利益集團已經結成緊密、穩定的聯盟」④。所以，有良知的作家或者在底層直接親身體驗過的作家，面對底層世界和社會矛盾，重新拾起左翼的紅旗，表達對社會主義公平正義的向往與追求。在新世紀的詩歌領域，不乏具有左翼精神與關注底層的詩人：王學忠、鄭小瓊、張紹民、張守剛、謝湘南、鬱金、雷平陽、王夫剛、田禾、王濤、宋顯仁、方舟、劉大程、林雪、柳冬嫵、趙婧、劉洪希、遊離、阿斐、唐以洪、汪峰、馬非、羅德遠、盧衛平、楊曉民、楊雪、江非、薛廣明、

---

① 孟繁華. 左翼文學與當下中國文學 [J]. 中國現代文學研究叢刊，2002（1）.
② 季亞婭.「左翼文學」傳統的復甦和它的力量 [J]. 文藝理論與批評，2005（1）.
③ 何言宏. 當代中國的「新左翼文學」[J]. 南方文壇，2008（1）.
④ 曠新年.「新左翼文學」與歷史的可能性 [J]. 文藝理論與批評，2008（6）.

王順健、周擁軍、曾文廣等。

他們的詩歌創作形成了一股強大的批判現實主義潮流，給新世紀文學吹起一陣凛冽、寒峻的風，他們的詩歌，有的表現了在資本強權下底層群眾的生活，有的表現了底層民眾的憤怒，有的表現了卑微的打工者的屈辱，有的表現了鄉村的荒凉與孤獨，有的表現了底層群眾的抗爭與吶喊……總而言之，新世紀的底層詩歌從不同方面書寫與見證了被主流意識形態所遮蔽了的另一種民間生活形態，為左翼精神的復甦提供了寶貴的詩歌實踐文本。

二、直面現實的勇氣與社會批判的主題

底層詩歌的出現是中國社會發展變化的結果，資本與權力的合謀催生出一大群暴富階級的同時，窮人再一次出現，「中國從 20 世紀 80 年代強調『發展是硬道理』，90 年代強調『可持續性發展』再到今天大力提倡『科學發展觀』這說明政府在關注發展的同時，也非常關注發展帶來的問題。在經過 20 多年年均高達 9.6% 的 GDP 增長以後，中國已經成為世界第四大經濟體，但是，高速發展也伴生了醫療改革、教育改革、地區差距、貧富差距、社會保障不足等一系列重大社會問題，『效率』和『公平』這兩個價值觀之間的關係有待重新進行階段性調整。因此，如何凸顯公平和共享改革發展成果，成了『十一五』規劃的重點。2000 年以後，整個社會對弱勢群體的關注力度大大加強了。正是在這樣一種形勢下，前幾年爆發了自由主義與『新左派』的論爭以及『純文學』的論爭，使思想界、文藝界重新關注文學與現實、文學與政治的關係。這一思潮轉變對中國文學產生的兩個具體影響，就是『底層寫作』的興起及對左翼文學傳統的重新審視。兩者實為一個硬幣的兩面」[1]。面對底層嚴峻的生存現實，詩人們開始扛起左翼批判的旗幟，直面底層的人生悲劇。

蹬得動要蹬/蹬不動咬牙也要蹬/就像做了一回上弦的箭/只有折了/句號才算畫得完整//出門時把力帶上/憂愁丟在家中/撈件汗衫兒肩頭一搭/三輪車輪子便風車般轉動/落地的是鹹澀的汗/呼叫的是辛辣的風//家人的企盼揣在心口/女兒流淚的學費/妻子嘆息的藥瓶/每天不蹬十塊八塊的/躺在床上/三輪車在夢中也不安地轉動//出力的人都不怕累，不怕冷/當城市凍得發抖/屋檐下的冰凌柱眨著狡黠的眼睛/三輪車在風雪中冒著汗飛轉/10 年前的舊廠服/勝過不怕冷的北極絨//市容大檢查的日子/三輪車鎖在牆角猶如進了囚籠/平時車上坐的是

---

[1] 劉勇，楊志.「底層寫作」與左翼文學傳統 [N]. 文藝報，2006-08-22.

別人/這回是自己垂首若潰兵/一壺濃茶伴幾張褪色的老照片/反反覆復，復復反反是揪心的痛//老百姓的眸子是午夜的燈/千秋功罪誰人評說/三輪車上侃大山/有市委書記秘聞，銀行搶劫案追蹤/小道消息比大道還真/每一位三輪車夫都是「廣播電臺老總」//旋轉的三輪車輪子/是城市的一道風景/旋轉在隆冬的冰雪裡/炎夏的烈日中/汗珠子淌在黃昏，也淌在黎明……（王學忠《三輪車夫》）

這是被老作家魏巍譽為工人階級詩人的王學忠的一首詩，詩歌通過紀錄與敘事的方式，原生態地展現了一個三輪車夫的真實生活。妻子的藥費、女兒的學費、家庭的重擔都落在一個地位卑微的三輪車夫的身上，面對家庭的責任，他沒有怨言，出力人有的是力氣，即使是在夢中，三輪車也不停地旋轉。詩作感情深沉，把一個三輪車夫的艱難生活與內心世界描繪得真摯感人，讀來令人潸然淚下。

永遠在與塵埃相接的底層/旋轉，與冰雪為伴/風雨為伴/鞭影映在心間//走過溝溝坎坎/天蒼蒼、路漫漫/傷痕斑斑/直至生命的終點……（王學忠《輪胎》）

這首題目為《輪胎》的詩篇，通過隱喻的手法，表達了底層群體的無助與苦難。王學忠的大量詩歌，不僅描寫了底層人民的生活，還以戰鬥的姿態，批判了腐敗者的醜惡行為。

強烈的嫉妒/迸發於心靈深處//我嫉妒/市長大人的翩翩風度/剛抖落舊宮殿倒塌時的塵埃/又鑽進了新建造的王府/偌大的檀香爐/繚繞著徹夜不熄的迷霧//我嫉妒/市長大人龍與鳳組合的家庭/魚蝦雞鴨只是桌上的盤中餐/扔進垃圾箱裡的是狗和兔的骨/輝煌壯麗的朱梁畫棟上/回蕩著「今天又是好日子」的樂譜//我嫉妒/市長大人裹在西服裡的將軍肚/龍子是人事局局長/鳳女是小城的首富/一群龍子鳳女的娃娃們/分別就讀於牛津、劍橋、哈佛……/我嫉妒/市長大人每日裡總是忙忙碌碌/飛馳的轎車出了進，進了出/適才裝進腰包的是薪俸/這會兒鎖進抽屜的是賄賂/哎，最美的還是小蜜床上那一回回漂亮的噴怒/我嫉妒/不！應該說我厭惡/厭惡的鄙棄裡/是一次次咬牙攥拳的不服……（王學忠《我嫉妒》）

一邊是底層民眾的悲慘境遇，一邊是腐敗官員的淫蕩生活，作者一方面對底層民眾進行聲援，一方面對腐敗者提出嚴重抗議。可以毫不猶豫地指出，王學忠的詩歌體現了作者博大的悲憫情懷與人民本位，堅守了一個無所畏懼的戰士的立場。「詩人生活在社會的最底層，經歷了企業改革以至下崗的陣痛，又以一個小鞋販的艱難境遇嚼盡了生活的辛酸。他的詩歌話語無不折射出轉型時期底層民眾心態的失衡與焦慮、戀舊與彷徨、義憤與抵觸等。這是一個身處社會底層的工人以他特有的人文關懷傳達出愛與恨的世界總和。它的主體色調是破舊、黑暗、憤怒的，而紅色的世界則是作者身處底層的生命強力支撐起來的一個雄性世界。它一方面化解了作者內心兩個世界之間徘徊的焦慮情緒，另一方面則在明顯的情緒好惡之中，強化了作者通過努力改變自己和弱勢群體的生存狀態的極大渴望。作者通過強烈的主體意識，以一顆充滿人文關懷而沒有超越怨恨與憤怒的紅心來燭照黑色的世界。因此，在王學忠營造的詩歌世界中，既有匍匐在社會最底層的人們激憤的吶喊、痛苦的呻吟和焦灼的企盼，也透出奮力博取生存空間的激情與力量。他在喚起讀者對貧富二元日益分化的體制性改革關注與思考的同時，呈現了中國現代化進程中不可忽視的二元圖景。」①王學忠的詩歌在直面現實與社會批判的同時，激情地宣揚了革命理想主義精神，企圖超越現實與內心無法調和的矛盾。

好像一輪紅日/從嘉興南湖的小船上升起/又如同一聲春雷轟隆隆滾過天際/醒了，一九二一/億萬做牛馬的工農兄弟//他們衣衫襤褸/從迷惘中、血泊中、死亡中猛然站起/浴血奮戰、前赴后繼/一個被壓迫的階級/從此，山峰般頂天立地//中國人民站起來了/巨手一揮/揮去五千年苦澀的淚滴/伴朝霞萬縷/在黎明的花瓣上揚眉吐氣//然而，千萬不要忘記/那些埋在墳墓裡的同志/臨終前囑咐的字字句句/一切為了人民的利益/共產黨人只有解放全人類/才能最後解放自己/小車不倒只管推/讓龍椅上的淫威/收租院裡的恐懼/以及劉文彩、黃世仁、周扒皮/藏到腋下的「東山再起」/統統成為往昔//無論風雲怎樣變幻/理想不能減/信念不能移/鐮刀與鐵錘的旗/永遠矗立心中/飄揚在中華大地……（王學忠《鐮刀與鐵錘的旗》）

在這首詩中，作者站在當下的社會環境中追憶過去的工農階級，在中國共產黨的領導下，浴血奮戰，用生命與鮮血換來了一個人人平等的世界，開創了

---

① 江臘生．底層焦慮與抒情倫理——以王學忠的詩歌創作為例［J］．文學評論，2011（3）．

宏偉的新時代。然而，在當下和平的環境中，極個別的腐敗的共產黨員忘記了為人民、為勞苦大眾的初心，走向了人民的反面。詩作以鮮明的階級意識，重新喚起社會主義理想，重新喚起社會主義的本質，重新喚起人民的意願與要求，為當下底層群眾的困頓提供精神的馳援。由此可見，王學忠的詩歌是底層生命的吶喊，是對底層群眾偉大犧牲精神的讚美與同情，是沉重現實面前的一聲驚雷，作品中一個個粗糙而又堅韌的民工剪影，飽含著作者為民抒情的深厚情感。

喝罷元宵湯/黃土地依然冰封雪凍/民工們已開始起程/先親親寶貝兒子/再給病榻上的母親深鞠一躬/柴門邊等候的是羞答答的妻/一雙水汪汪的眼睛裡盡是情//民工們已經起程/若一波波奔騰的春潮/似一陣陣喧囂的烈風/汽車、火車/輪船、烏篷/向一切需要力量的地方湧動//讓道路提速/把黑夜除名/一幢幢摩天大樓拔地而起/立交橋飛架南北西東/汗珠子是廉價的雨/殷紅的血隨時可以犧牲//對榮譽、功名/從來不屑一顧/劣質的菸卷/繚繞著一條條騰飛的龍/半斤燒酒下肚/大把大把的苦痛便去無蹤//天空有陰，有晴/民工們每天都是綳緊的弓/即使偶爾頭痛腦熱/喝碗姜湯歇上半個工/翌日起來/照樣是一座雄性的山峰//中國民工/一群不再死守家園的弟兄/勤勞與力量的象徵/背上的鋪蓋卷/裹著一個沉重的夢……（王學忠《中國民工》）

中國的工人階級曾經是現代工業社會創造的主體，當前的農民工更是城市文明的締造者。試想哪一座高樓大廈沒有他們的血與汗？我們的日常用品，哪一樣沒有他們的手印與溫度？直到現在，工人階級仍然是最偉大的犧牲者、最先進的階級。《中國民工》這首詩，是對這一階級的偉大讚歌，寫出了他們的傷痛，更展現了他們的寬厚與堅韌。「中國五六十年代的國家體制所造就的中國新型的工人階級隊伍，已形成一個很厚實的工人文化傳統，這種傳統突出體現為樂觀、無私、昂揚向上、富有創造力。這種國有企業造就的工人文化傳統仍然在王學忠的詩歌中得到表現，而這種傳統和精神在以農民工為主體的打工詩歌中是讀不到的。這種傳統和精神是一種精神的『鈣』，對於患上軟骨病的當代文學來說需要補充『鈣』，因此，王學忠的詩作具有難得的現實意義和精神價值。」[1] 王學忠的詩歌沒有粉飾現實而是直面現實，他的詩歌引發了讀者與學者的強烈共鳴，並形成了王學忠詩歌現象，寄託了廣大群體的情感訴求，

---

[1] 賀紹俊. 王學忠：當代中國的工人詩人 [J]. 當代文壇，2009（4）.

真正實現了為民抒懷的美學本質。

三、身體創傷的隱喻與意外死亡的拷問

女性、勞動、資本是考量現代社會進步的重要尺度，也是中國現當代文學切入社會的關鍵視域。20世紀30年代，當廣泛接觸底層世界之後，鬱達夫開始直面現實，批判恃強凌弱的黑暗社會，帶著愛國主義與人道主義的情懷，寫出了《春風沉醉的晚上》《她是一個弱女子》等名篇，以左翼的立場表達了底層女性對資本化過程中的現代都市的憤怒。在20世紀30年代，老舍同樣寫出了具有直面黑暗現實與社會批判色彩的《月牙兒》等作品，在主題表達上與左翼傳統具有諸多的相似性：以對舊社會整體性的否定，引發出只有社會主義才能救中國的邏輯命題。處於底層的女主人公月牙兒對於以資本、商品為中心的都市進行了一定程度的反抗，但經過幾次努力之後，還是沒有擺脫淪落為娼妓的命運。作品深刻地表達了在現代社會的資本主義化過程中，沒有生活保障的底層女性如何淪為赤裸裸的商品，散發出老舍對底層女性的憐憫與關懷。新世紀的底層文學又一次關注資本在社會發展中所呈現出的巨大力量，「改革開放已經走過30年的歷程，各個領域取得舉世公認的偉大成就，中國發生了天翻地覆的巨大變化。但隨著中國社會的急遽轉型，中國工人階級的歷史地位一落千丈，被徹底邊緣化，這無疑是個十分沉重的、許多人甚至有意無意迴避但卻不能讓人不正視的話題。而與此同時，資本的巨大魔力（抑或是暴力）卻日益凸現，成了主宰社會的巨大力量。雖然這中間也有工人的無奈而憤怒的反抗，但這並不能對資本咄咄逼人的進軍勢頭有多少遏製作用」[1]。然而，當下的知識分子基於各種因素的考慮，卻羞於直面被資本異化了的社會現實，更不願以憐憫和同情的立場為底層代言，「中國文化的當下語境恰恰缺少的就是這樣的『憐憫和同情』。在權力和資本的合謀之下，兩極分化日趨嚴重。而20世紀80年代后期劇烈的社會震盪和90年代的商業化浪潮，一方面使知識分子的情感俯首於犬儒哲學，另一方面使他們認同資本真理。知識分子被普遍地中產階級化了，文學藝術創作普遍地資產階級化了。雄壯的主流旋律粉飾著深刻的危機，溫柔的風花雪月呈現著富足安康。與此相反，普通百姓不但生活被置入了深淵狀態，而且普遍地處於失語和噤聲狀態」[2]。因此，我們在很長的一段時間內，看到的是當代文學的失真，看到的是讚歌與頌揚，拋棄了左翼批判

---

[1] 溫長青. 資本霸權下人格扭曲的生動顯現——讀曹徵路的長篇小說《問蒼茫》[J]. 文藝理論與批評，2009（6）.

[2] 方維保. 資本運作時代的人民和人民性思考[J]. 文藝理論與批評，2005（6）.

現實主義精神,「我們希望看見我們不能用肉眼看見的那部分,我們不希望看到被打包和被代表的聲音,我們希望看到作為個體的那些痛苦和傷心,這些痛苦和疼痛不是被利用的,不是被剪接和處理的,這些痛苦傷心和困惑也是不能用天平和數字來衡量的。我們渴望我們的文字不要蒼白、失真、作假、『被整容』。我們希望我們看到的一切紀實類作品都是『非虛構』。更重要的是,我們渴望看到作家作為一個人去傾聽、去書寫和去理解我們身在的現實」①。令人欣慰的是,我們看到了來自底層打工現場的鄭小瓊等詩人,對底層女性艱難生存的直視,對女性身體創傷的書寫,對她們非正常死亡的拷問。在一個個鮮活的女工形象身後,資本、勞動、身體異化為「物的邏輯」,她們的掙扎、絕望、傷痛、死亡折射出女性主體性的分裂與潰敗。

在現代工業社會中,資本對女性身體的控製無所不在,並演化為女性身體的創傷記憶。「一顆瘦弱的草　站在水泥地哭泣／風吹　它搖晃　她蜷縮在工廠門前／哭泣　連她的哭泣也變成了風／這個來自雲南的女工　兩個月前／她舉起傷殘的手指　像一位功臣／她給人說這節手指被工廠裡的機器／咬掉了　我看著她的半根手指　無名指／從第二個關節起　生生斷掉　殘缺的／手指像無聲的隱喻……」(鄭小瓊《崔俊貞》) 詩人鄭小瓊 2001 年南下廣東,曾經在東莞的五金廠、塑料廠等工廠打工,作為生活在底層的打工者,她親身經歷、見證了女工們的艱辛勞動與身體傷痛。《人民文學》作為中國最權威的純文學刊物,近年來積極倡導非虛構寫作,2012 年第 1 期刊登了她的《女工記》,同年《女工記》由花城出版社出版。她在書中說:「當我的手指曾經讓機器壓掉指甲蓋時,我內心充滿了對機器與打工的恐懼,這種恐懼從肉體延伸到精神。我在五金廠打工五年,每月都會碰到機器軋掉半截手指或者指甲蓋的事情,我的內心充滿了疼痛。當我從報紙上看到在珠三角每年有超過 4 萬根的斷指之痛時,我一直在計算著,這些斷指如果擺成一條直線,它們將會有多長,而這條線還在不斷地、快速地加長之中,此刻,我想得更多的是這些瘦弱的文字有什麼用?它們不能接起任何一根斷指,但是,我仍不斷告訴自己,我必須寫下來,把我自己的感受寫下來,這些感受,不僅僅是我的,也是我在南方打工的工友們的,我既然在現實中不能改變什麼,但我們已經見證了什麼,我想,我必須把他們記錄下來!」② 由無數根斷指所引發的身體創傷,掀開了被遮蔽了的底層女工群體的疼痛記憶。

---

① 張莉. 非虛構女性寫作:一種新的女性敘事範式的生成 [J]. 南方文壇, 2012 (5).
② 鄭小瓊. 女工記 [M]. 廣州:花城出版社, 2012:179-180.

生命中絢麗的繁星，腐朽在/工業區大道的霓虹，她用食品廠的調料/調和生活的酸甜苦辣，困與累的疲倦間/驅逐黑暗的燈光，它們的光線/包含一個母親的思念，安慰著她的孤獨/照亮黑夜中的勞動者跟工業時代的繁榮/窗外荔枝林幽藍的黑夜，那些來自/久遠的寂靜的星辰，它們閃爍堅韌的眼神/像工業時代污染的天空，用生命擠出/鑽石樣的光，點亮一個母親對故鄉的記憶/星辰會照耀工業的廣東與農業的故鄉/它們帶著一顆母親的心，照亮遠方兒子的/睡夢，照亮打工母親的想像，如果手中的麵包/會成為小學三年級兒子的早餐/如果風會帶來北方的氣息，帶來十歲/留守孩子的音訊，沒有誰會注意午夜/短暫的工休間，在窗口眺望北方的女工/如同潮水湧出的母愛，隱密而暴烈/她如星辰明亮的眼神，深深的母愛/讓工業時代的機器切斷，揉碎，放進出爐的/麵包，成為別人的早餐，柔軟的蛋糕/飽含她的思念，離別的傷痛，孤獨的/無奈，車間角落的嘆息，深深的星辰/照亮遙遠北方沉睡的兒子和南方的她/閃爍的星光像兒子隱密的低語，安慰著/她有些傷感的心，這一切淹沒/在工業時代的喧囂間，工業時代孕育的一切/將她吞沒，將她的身體，靈魂/發酵，出籠，打包，成為貨架上/一件件等待出售的食品（鄭小瓊《食品廠的母親》）

　　詩歌中的她不僅是一位女性，也是一個孩子的母親，母親為了孩子、為了家庭、為了生活，忍痛與孩子、家庭分離，到遙遠的地方打工。當城市中的人們已經進入甜美的夢想時，她和她的工友們還在準備他人明天的早餐，思念、離別、孤獨、無奈、嘆息等一一襲來。短暫的工休時間，只有凝望空中的星辰，寄托對家人的思念，工業時代的機器將她的身體、靈魂揉碎，發酵成一件件出售的商品。作品帶著一個地位卑微母親的體溫，將冰冷的工業時代對人間溫情的驅逐描繪得淋漓盡致，特別是那個在星辰下凝望遠方的眼神，還有她的身體、靈魂成了一件件等待出售的食品，字裡行間流露出溫情的審視與冰冷的痛楚，引發出比斷指更為揪心的傷痛。當人們在享用豐盛的早餐時，有誰會想到這裡面還蘊含著一個女性疲憊的身軀、孤獨的身影，蘊含著一個母親對孩子的思念。鄭小瓊的詩歌就是以身體為出發點，讓彎曲的身體發出低沉的聲音，帶給讀者一種平靜中的不安，使人們在看慣了繁華的盛世美景之後，認識到還有許多不幸的人群，他們還在為生存而哭泣，為溫飽而忙碌。由身體的創傷而生發開來，詩人鄭小瓊給讀者揭示出一個被疲倦、病痛、無奈、痛楚折磨的女工群體，同時，一個個被資本奴役的女工形象戰栗在現代工業的陰影之中。鄭小瓊再現了工業時代下豐饒的、充滿創傷的精神碎片。資本如衝出囚籠的野獸，在營造華麗時尚的現代圖景時，又導演了許許多多的人間悲劇。「她們如

同幽靈閃過　在車站/在機臺　在工業區　在骯髒的出租房/她們薄薄的身體像刀片　像白紙/像髮絲　像空氣　她們用手指切過/鐵　膠片　塑料……她們疲倦而麻木/幽靈一樣的神色　她們被裝進機臺/工衣　流水線　她們鮮亮的眼神/青春的年齡　她們閃進由自己構成的/幽暗的潮流中　我無法再分辨她們/就像我站在她們之中無法分辨　剩下皮囊　肢體　動作　面目模糊　一張張/無辜的臉孔　她們被不停地組合　排列/構成電子廠的蟻穴　玩具廠的蜂窩　她們/笑著　站著　跑著　彎曲著　蜷縮著/她們被簡化成為一雙手指　大腿/她們成為被擰緊的螺絲　被切割的鐵片/被壓縮的塑料　被彎曲的鋁線　被剪裁的布匹……」（鄭小瓊《跪著的討薪者》）這首詩中的她們是一個龐大的女工群體，她們的身體被現代工業整合為流水線中的一部分，這些血肉之軀成為與鐵片、塑料、鋁線、布匹等物質相同的地位，冰冷的工業時代與全球化資本使他們沒有鮮活的生命，只是一件件等待出售的商品。

　　被資本暴力壓榨的女工身體呈現出千瘡百孔的狀態，疾病甚至死亡成了她們生活中的一部分。「咳嗽　噁心……她遇見肺部/泥沙俱下的氣管　塞滿毛織廠的毛絨/五金廠的鐵鏽　塑膠廠的膠質……它們糾結/在胸口　像沉悶的生活卡在血管/阻塞的肺部　生活的陰影/她遇見肺部　兩棵枯黃的樹木/扎在她的肉體　衰老的呼吸//她　四十二歲　在毛織廠六年/五金廠四年　塑膠廠三年　電子廠二年/她的血管裡塞滿了塵土與疼痛/拖著疾病的軀體在回鄉的車上/疲倦蒼白的臉上泛出笑容/1994 年出來　2009 年回家/她算著這十五年在廣東的時光/兩個小孩已讀完大學　新樓已建成/剩下這身疾病的軀體　回到故鄉衰老/死后　最好埋在屋后的桔樹下……」（鄭小瓊《蘭愛群》）從鄭小瓊對女工的疾病描寫裡，我們可以看到詩人那顆跳動著的悲憫與無奈的心，字裡行間流淌著的是身體的痛楚與現代工業文明的悖論，一方面我們需要國內生產總值高漲的數據，另一方面又以無數女工枯槁的軀體為代價。特別是資本與權力合謀之后，現代工業對底層女工身體的壓榨更是到了觸目驚心的程度，當權力者與老板收穫了穩定的榮耀與效益后，把無法承受的生命難題留給了地位卑微的打工者，人性的殘忍再次暴露無遺。「有毒的化合物填充身體/在溫度　硬度　光澤度之外　如果有一種儀器/能夠測身體的痛楚度　紅色的指針/又將指到怎樣的位置　比如頭昏　喉痛/咳嗽　腹脹　噁心　漸漸模糊的眼睛/越來越重的軀體　紊亂的月經/身體的發動機在某處停止運轉/它們正傷害神經　肌肉　骨頭/漸漸疲倦的血管　痛楚是無法醫治的/它糾纏她　在這裡痛楚是可以傳遞的/她知道前一個員工在這個工位做了三年/滿身疾病回家　半年后死亡……」（鄭小瓊《劉樂群》）女工的身體被現代工業所操控，被現代機器所異化，被

现代資本所宰制，最后被無情的工業時代所吞噬。「身體是一個整體社會的隱喻，因此，身體中的有毒殘餘物也僅僅是社會失範的一個象徵反應，身體是社會組織和社會關係的隱喻。對於鄭小瓊來說，身體一旦離開了它的歷史語境便徒具空殼。鄭小瓊對女工身體的書寫，對摧殘、吞噬進行揭示、指認、命名和呈現，她打破了『閨怨』的歷史文化規範，使自我與整個時代和歷史產生深刻的感應，使通往身體的道路真正敞開。」①

底層女工群體的身體創傷與意外死亡考量著現代社會的良知，底層苦難的日積月累必然會助漲底層的怨恨情緒與暴力傾向，從社會發展的角度上講，鄭小瓊的底層詩歌是我們認識當前社會問題的一個窗口。

第二節　走出底層敘事的迷津

新世紀以來，底層敘事熱潮成為當代文壇的一個重要文學事件，大批關注底層世界的作家相繼湧現，通覽他們的作品，往往在尖銳對立的邏輯框架下，將底層民眾的悲慘境遇進行客觀化、原生態的直接呈現。從人道主義立場出發，作家們關注底層世界，表達了他們積極介入現實生活的態度，體現了他們悲憫大地的情懷，體現了他們對弱者精神創傷的撫慰，體現了他們批判醜惡社會現實、維護人間正義的精神。

但在底層敘事中並非不存在問題，「這些問題在很大程度上制約了其發展，因而值得我們關注與思考，這些問題主要有：思想資源匱乏，很多作品只是基於簡單的人道主義同情，這雖然可貴，但是並不夠，如果僅限於此，即使作品表現的範圍過於狹隘，也削弱了可能的思想深度；過於強烈的精英意識，很多作家雖然描寫底層及其苦難，但卻是站在一種高高的位置來表現的，他們將底層描述為愚昧、落後的，而並沒有充分認識到底層蘊涵的力量，也不能將自己置身於和他們平等的位置；作品的預期讀者仍是知識分子、批評家或市場，而不能為底層民眾所真正閱讀與欣賞，不能在他們的生活中發揮作用」②。同時，底層敘事在直擊社會現實、引起社會關注的同時，我們很難看到一個恒常的價值系統作為支撐，很難看到當下與文化傳統的對接，很難看到底層人物散發出來的人性光輝，「沒有人否認底層生活中沒有苦難和血腥，我們的作家

---

① 柳冬嫵. 打工文學的整體觀察 [M]. 廣州：花城出版社，2012：374.
② 李雲雷. 新世紀文學中的「底層文學」論綱 [J]. 文藝爭鳴，2010（6）.

也不應該在這種苦難和血腥面前閉上眼睛。但是，如果我們認真地睜開眼睛，仔細地打量我們的底層世界，那裡面同樣也有堅韌、寬容、曠達、樂觀和令人敬畏的犧牲精神」①。「底層不應只包含著不幸、苦難、沉淪、愚昧和暴力等，還應該包含著勤勞、友愛、樸實、智慧、幸福等。」②

儘管底層敘事存在諸多缺陷，我們還是應該看到近年來一些作家在底層敘事上的深化與發展，他們的小說逐漸超越慘烈死亡的宿命悲劇，以溫情言說的方式探尋底層世界的精神譜系，從而具有了相當豐厚的人民美學底蘊。其中，陳彥的兩部長篇小說《西京故事》和《裝臺》尤為值得珍視。從審美視角與精神旨歸來看，陳彥的小說常常站在人民的角度關注底層人物、弱勢群體的人性溫度與生命冷暖，以平民視角書寫他們的艱辛與快樂、疾苦與尊嚴，可以說陳彥所堅守的創作立場正符合人民美學觀念。

一、人民美學的創作立場

為了清晰地展現陳彥小說所堅守的人民美學觀念對底層敘事的貢獻，我們有必要重新梳理一下人民美學的歷史關聯與當代內涵。人民美學的本質內涵在於，「是否能為人民抒寫、為人民抒情、為人民抒懷。一切轟動當時、傳之後世的文藝作品，反映的都是時代要求和人民心聲。中國久傳不息的名篇佳作都充滿著對人民命運的悲憫、對人民悲歡的關切，以精湛的藝術彰顯了深厚的人民情懷。」③ 回望中國現代文學，「五四」以來，人民美學立場在中國文學創作領域占據重要地位，甚至可以說形成了底層書寫的主要範式，「20世紀中國文學之所以會如許多理論家所看到的，形成了現實主義主潮。關鍵在於，新文化以後的中國作家有著強烈的人民性追求。他們要以自己的創作反映下層社會的，也就是抹布階層的血與淚的生活。」④ 魯迅的小說聚焦於鄉鎮底層人物，揭示出精神的虐殺與「被食」的不幸結局；左翼作家柔石《為奴隸的母親》，以浙東「典妻」為題材，揭示出舊社會對底層勞動婦女的野蠻與殘忍；夏衍《包身工》中的「蘆柴棒」，散發出作者對底層人民深切的同情與憐憫；老舍的《月牙兒》，以典型的力量寫出了城市貧民中生活最沒有保障的婦女如何成為赤裸裸的商品。從「五四」以來的文學實踐來看，人民美學就是「堅持人

---

① 洪治綱. 多元文學的律動 [M]. 廣州：廣東教育出版社，2009：104.
② 江臘生. 農民工書寫「熱」的美學缺失與思考 [J]. 文學評論，2014（6）.
③ 參見習近平《在文藝工作座談會上的講話》，http://news.xinhuanet.com/zgjx，2015年10月15日。
④ 方維保. 人民性：危機中的重建之維 [J]. 文藝理論與批評，2004（6）.

民的立場,勞動人民的立場,被壓迫被剝削者的立場,是反抗剝削社會實際存在著人的不平等現象,所發出的人類正義的聲音」。① 因此,人民美學就是以大多數底層民眾為中心的審美理論。對於當下中國而言,人民指向的「更多是城市和鄉村的底層民眾,他們占中國人口總數的絕大多數,生活上無論是物質層面還是精神層面都還處於較貧乏狀態」。②

在這裡,我們重申人民美學的創作立場,意義在於重新喚醒文學的責任與擔當,因為,「誰都無法否認今天貧富之間驚人的差距,忽視甚至危害人民利益的現象觸目驚心,自民間到官方對弱勢群體給予關注本身,也印證了弱勢群體問題的嚴重性。基於此種狀況,人民美學不但要提,而且應該強調。」③ 陳彥正是以獨特的底層小說敘事展現了他人民美學的創作立場。「人民不是抽象的符號,而是一個一個具體的人,有血有肉,有情感,有愛恨,有夢想,也有內心的衝突和掙扎。不能以自己的個人感受代替人民的感受,而是要虛心向人民學習、向生活學習,從人民的偉大實踐和豐富多彩的生活中汲取營養,不斷進行生活和藝術的累積,不斷進行美的發現和美的創造。要始終把人民的冷暖、人民的幸福放在心中,把人民的喜怒哀樂傾註在自己的筆端,謳歌奮鬥人生,刻畫最美人物,堅定人們對美好生活的憧憬和信心。」④ 在底層敘事的過程中,陳彥對底層人民有充分的理解與同情,體現了情系弱者的平民姿態,但他不是在虛幻中進行意識形態的建構與宣揚,而是執著於發現底層生命中隱匿的無奈、傷害與痛楚,並挖掘出底層世界中的友愛、美德、堅韌、勤勞與善良,從而獲得意蘊豐厚的底層體驗,真實地打撈出被遮蔽的底層精神譜系。陳彥對自己的小說創作進行了明確的定位,那就是「為小人物立傳」。在陳彥的小說中,農民工、底層、弱勢群體往往與經濟的貧困、地位的卑微相連,他們有太多的苦難、無助、困苦,但是作者並沒有以放縱的姿態專注於慘烈的現實情境,走進苦難敘事的誤區,而是以必要的敘事節制與歷史理性去復活底層世界的高貴與神聖。

陳彥小說的人民美學立場是具體的、詩性的、靈動的,體現了作者重新介入現實、超越現實、創造現實的能力。細讀陳彥的兩部長篇小說《西京故事》和《裝臺》,發現與其他底層小說的敘事情景迥異,他介入現實並不滿足於對

---

① 馮憲光. 人民文學論 [J]. 當代文壇,2005 (6).
② 徐迎新. 建構人民美學的三個維度 [J]. 遼寧大學學報,2015 (3).
③ 王宗峰. 人民美學與角落書寫 [J]. 電影藝術,2007 (5).
④ 參見習近平,《在文藝工作座談會上的講話》,http://news.xinhuanet.com/zgjx,2015 年 10 月 15 日。

底層世界物象的簡單描繪，也不強調血腥與暴力匯聚，而是將歷史傳統厚植於現實境遇。如他所說：「現實是歷史與傳統的延伸，現實題材創作只有植根於深厚的歷史傳統中，才可能抓住一種叫生命力的東西。現實永遠是歷史演進的一個階段，任何企圖割裂現實與歷史的血肉聯繫，自以為是地單列出現實的樣態，並一味自戀或放大的做法，都是滑稽可笑的。現實題材創作一如歷史的人體，無論哪一部分暴露在當下，其內在血脈都是水乳交融的，當下的意義是要靠歷史的整體來實現的，從這個意義上講，現實題材創作也是歷史創作，一旦截然分割開來，創造出來的很可能就是怪胎。」① 因此，現實主義題材作品，特別是底層敘事作品，應該將具體的底層生存境遇，放置到歷史血脈中，考量人類遺存下來的寶貴精神基因。陳彥小說的人民美學，有衝突，有掙扎，有情感，有愛憎，有夢想，把底層人民冷暖、喜怒哀樂融於筆端，謳歌他們的善心與仁愛，彰顯了豐厚的人民情懷。閱讀陳彥的小說，除了瞭解當下底層生存現實的尖利與幽暗，感受更多的是底層世界在歷史傳統長期熔鑄下所散發出來的人性光輝。文學不等同於現實，那種通過描摹的方式再現出來的作品，永遠無法給讀者提供精神上的支援，「文學雖然自古以來就立足在世俗生活之中，但它存在的依據卻是靈對它的需要，這種需要就是批判和超越世俗生活，所以文學總是站在靈的角度觀察世俗生活、審視世俗生活。好的文學作品總是如一桿大旗穿透世俗的晨霧，高掛在靈的天空中，對精神的晦暗投一絲輝光，對精神的痛苦投一絲撫慰，為精神的發展尋找更多的途徑、更廣闊的空間」②。不管是《西京故事》中的農民工羅天福，還是《裝臺》中的城市底層人物刁順子，他們的人物形象都光彩照人、熠熠生輝，小說作者創造出以愛和善為根系支點的新的現實，散發出超越苦難現實的高貴與聖潔。因此，陳彥小說的人民美學立場，是一種基於歷史理性與歷史傳統的對民間底層精神的挖掘，與那些以記錄的方式，擱置歷史意識、強化現場感的現實主義底層敘事作品相比而言，更具有敦厚、儒雅、堅韌的東方血脈。

二、底層敘事的溫情言說

針對新世紀底層文學表現出來的苦難綜合徵問題，有學者提出：「這是一種遊離了文學本色的寫作，因為它不是對人的精神生活發難，而只是對人的生存處境進行極端化的演繹；它不是對人的存在的可能性的探討，而只是盤旋於

---

① 陳彥. 現實題材創作更需厚植傳統根脈 [N]. 人民日報，2013-02-22.
② 摩羅. 恥辱者手記 [M]. 呼和浩特：內蒙古教育出版社，1998：346-347.

現實生活的表象之中悲鳴不已。這種寫作是一種下墜式的寫作。在那裡，我們看不到思想漫遊的亮光，看不到靈魂飛升的姿態，看不到人類應有的偉岸、高潔與不朽。」① 在這種極端化非人民性的敘事中，良知與正義、希望與夢想、尊嚴與高貴常常虛弱無力，公共理性精神的缺失讓人們看到的是民族心靈的衰敗。真正的底層寫作應該是以詩性的情節、溫情的言說、空靈的意蘊、飛翔的姿態，給弱者提供抗爭苦難的信念，並讓他們的形象偉岸地站起來，激活他們救贖自我的勇氣，書寫他們應有的尊嚴，復活他們堅韌、曠達、寬容、仁愛、善良的靈魂。陳彥的小說顯然屬於后一種。他說：「我是覺得，一切強勢的東西，還需要你去錦上添花？即使添，對人家的意義又有多大呢？因此，我的寫作，就盡量去為那些無助的人，舐一舐傷口，找一點溫暖與亮色，尤其是尋找一點奢侈的愛。」② 在《西京故事》與《裝臺》中，陳彥對準城市中的底層人物，呈現他們的現實處境與精神困惑，但陳彥最終要表現的是超越世俗的冷酷、抵抗人性的灰暗地帶，讓溫情與詩意溶解堅硬的生存質地，體現了作者對人類精神命脈孜孜不倦地探索。

《西京故事》是陳彥的第一部現實主義長篇小說，被譽為「當代中國人的心靈史、人性救贖史」③，作者沒有著力對城鄉二元對立模式的書寫，沒有極力渲染農民工在城市中所遭遇的苦難，沒有凸顯城市的冷漠與殘暴，而是試圖打破城市與鄉村的二元結構，盡力挖掘城鄉普通人人性中的亮點，以此來彰顯他們的精神裂變與價值持守。陳彥的小說《西京故事》，以城鄉兩家人羅天福與西門鎖為中心，展開了一幅廣闊多姿的生活畫卷。農民羅天福為了給一雙上大學的兒女支付學費，與妻子進城打工，受盡了人間的酸甜苦辣。他因擺攤打燒餅，遭遇城管部門的清查；去建築工地賣燒餅，被人誤為盜賊而被毒打致傷。但是作品中更多的是表現傳統農民所具有的堅韌與善良。作品中有這樣一個細節，當被打受傷住院結帳時，他把妻子因感冒而要的一盒藥都擇了出來，連那家公司來結帳的人都傻了眼。羅天福就是這樣一個能忍讓、肯吃虧、有仁愛的底層人物，「羅天福是一個小人物，但他也是魯迅所說的那些民族脊梁之一。他以誠實勞動、合法收入，推進著他的城市夢想；他以最卑微的人生、最苦焦的勞作，支撐著一些大人物已不具有的光亮人格」④。在作品中，羅天福

---

① 洪治綱. 底層寫作僅僅體現了道德化的文學立場 [J]. 探索與爭鳴，2008 (5).
② 陳彥. 裝臺 [M]. 北京：作家出版社，2015：434.
③ 吳義勤. 如何在今天的時代確立尊嚴？——評陳彥的《西京故事》[J]. 當代作家評論，2015 (2).
④ 陳彥. 西京故事 [M]. 北京：人民文學出版社，2013：381.

的兒子羅甲成更是一個具有典型意義的人物形象，他是名牌大學的學生，卻背負著窮苦鄉下人的身分。他內心感到莫名的自卑、壓抑與仇恨，結果導致心理的畸形，最關鍵的時刻，在父親的勸導與東方雨老人的啓迪下，猛然驚醒，迴歸到正確的人生路途，在掙扎與抉擇中完成了自我的精神裂變與救贖。同時，《西京故事》塑造了眾多具有暖色調的人物，如關愛農民工的東方雨老人；體會到父母的艱辛，拾荒積攢學費的羅甲秀；樂於助人的西門鎖；對農民工具有憐愛之心的社區基層幹部賀冬梅；收養兩個孤兒的趙玉茹。作家陳彥為小說《西京故事》中的人物塗抹上了一層暖暖的詩意，提煉出民間純潔的善心與善念，使仁愛成為支撐底層世界的精神力量，讓讀者看到了作品中所跳動的精神氣息，燭照著清澈的人性亮光，給人以鼓舞的勇氣，不至於在幽暗的現實中迷失方向。

　　長篇小說《裝臺》與《西京故事》相比，在現實題材與表現底層方面進行了深化，評論家李星認為，《裝臺》是繼《白鹿原》《平凡的世界》《秦腔》《古爐》《帶燈》之后，陝西乃至全國現實主義文學的又一重要成果，至少它有著如以上作品一樣偉大而高尚的文學品質。在這部小說中，陳彥描繪的仍然是小人物，又一次體現了他心系底層、情系人民的寫作立場。小說的中心人物是刁順子，他是靠裝置演出舞臺為生的人，作為裝臺人的主心骨，他默默地承受著肉體與精神上的苦難，以自己單薄的身軀幫襯著窮苦的裝臺兄弟，關照著先后遇到的不幸女人。這個只會蹬三輪的裝臺人，在卑微與艱辛的人生中，表現出非同尋常的堅韌與擔當。小說通過一系列情節書寫出富有暖意的詩性畫卷：儘管是裝臺的「老板」，他總是帶頭干、體貼人、不貪心，他馱最重的東西，認為這就是管理；裝臺時農民工猴子被軋斷手指，他在受盡刁難與凌辱中要回幾萬元補償費；墩子在寺廟裝臺時闖下大禍，刁順子為其代過頂著香爐罰跪一晚；在作品的結尾，刁順子又收留了一個失去丈夫的女子，她還帶著一個需要救治的傷殘的孩子。當然，刁順子在生活中還有很多不順，惡毒的女兒菊花對他各種刁難，裝臺時挨宰受騙，嗜賭如命的哥哥刁大軍給他留下大筆賭債。「但是，就是這個人，在黑色的、滑稽的倒霉史中，我們逐漸看出了一種碾不碎的痴愚，他總是覺得自己該對世界、對他人好一點，就如浪中行船而手中捧著件性命攸關的瓷器，他因此陷入持久的狼狽不堪。他所有的卑微根本上都出於不舍，但這不舍不是對著別人的，而是對著自己的，不舍那心中的一點好，也因此成了這一點善好的囚徒。」[①] 因此，刁順子雖然命運坎坷、身分卑

[①] 李敬澤. 在人間——關於陳彥長篇小說《裝臺》[N]. 人民日報，2015-11-10.

微，但卻對身邊的農民工有著強烈的責任感與愛心，在艱難的境遇與生命的悲歡中折射出他的俠骨柔腸與人性溫暖。小說《裝臺》的敘事空間中所彌散的就是底層世界的關愛、理解與幫襯，「這種溫情的源泉正像別林斯基所說，它並非經常深刻，但卻經常是正確的，並非經常熱烈，但卻經常是溫暖而生動的。溫情的深層根源是責任意識和承擔精神：為他人想，為他人活，某種程度上，甚至於就是為他人而死。他人成為一種價值信仰和現實秩序。」①

至此，我們對陳彥的底層小說敘事有了新的認知，城市貧民階層、農民工群體儘管有著卑微的人生、坎坷的命運，但是在他們的生命中卻蘊含著良知、勤勞、美德、堅韌與正義。這些永恆的人類精神主題，成為支撐底層世界信仰的生活方式與思維方式，它們不會，也不應該因現實的苦難而發生變異。

三、恒常價值的執著堅守

閱讀陳彥小說的底層世界，我們深刻地感覺到，在「無常」的現實人生中總是潛藏著「有常」的文化根基，這「有常」的文化之根就是作者對傳統的持久回溯與激情演繹。我們不可無視，在現代化的戰車下傳統呈現出衰敗的趨勢，或是有感於這種現代與傳統的撕裂，作家陳彥特別注重在現實中發掘傳統。他認為，「傳統，在某些時候或者某些事情上，聽上去似乎不是太鮮亮的字眼。但傳統又不以任何人的意志為轉移地頑固存在著，人類生活，不管你是東方還是西方，南方還是北方，都須臾離不開傳統的滴滲、內化與外部的圍追堵截，也可以說，人類永遠生活在傳統之中。如果沒有傳統累積，我們的生命，可能永遠也不會擁有如此廣泛的價值意義。很多時候，生命甚至是超越了生命本身的意義而存在。因此，傳統是比當下更靠得住的已知生命過程，它就像一顆千年老樹，年輪裡盛裝的生命信息，已足夠讓我們認清它的過去、現在與未來的發展趨勢。」② 也就是說，陳彥是希望借助於傳統中的優秀品質，直接抗擊底層生活中的各種災難，從而實現救贖與濟世的意願。確實如此，傳統作為一種元話語結構方式，是我們當下生活的總體性指導綱領，是在求新求變的社會演進中獲取精神持援的重要途徑。陳彥這種超越世俗生活表象的超功利的文化觀，正好發揮了新世紀以來底層敘事所缺失的文化審視與倫理規訓作用。

在偉大的傳統中，勞動創造出了中華民族的文明史，一個個璀璨的歷史節

---

① 牛學智.「詩意」「溫情」與西部現實——從漠月小說說開去 [J]. 文學評論, 2005 (1).
② 陳彥. 理直氣壯講好優秀傳統 [N]. 人民日報, 2014-07-08.

点，无不是人民辛勤劳动的结晶。随着城市化进程的推进、欲望的膨胀，人们对于劳动的感受也发生了明显的变化，劳动成为卑贱与苦难的代名词，劳动呈现出全面异化的局面。而陈彦的小说就是要恢复劳动的诗意与庄严。在《西京故事》中，忠厚守信的罗天福始终认为，财富的获取必须依靠自己勤劳的双手，他与妻子起早贪黑打烧饼，以味美价廉的烧饼赢得了顾客的青睐，在罗天福看来，这就是持守正道。老家的两棵紫薇树在老母亲看来是树神爷爷与树神奶奶，它曾经陪伴几代人度过了艰难的岁月，是圣洁的神物，价值百万，生活再困难，罗天福都没有动过以树换钱的念头。儿子罗甲成打金锁住院，其母郑阳娇讹诈赔偿费，在没有办法时，罗天福想卖掉紫薇树渡过难关，但最终经过心灵的煎熬和母亲的劝导，还是持守了原来的道德。对劳动的赞美，在《装台》中表现得更为出色。夯实的舞台、华丽的背景、五彩的灯光，哪一次成功的演出，不都和装台人辛苦的劳动有关？特别是《人面桃花》进京演出，装台过程更是被作者描绘得荡气回肠。如作品中写道：「瞿团发现，顺子连头发都像是刚从水里捞起来的一样，把满脸灰尘，冲洗得黑一道白一道的。再近距离看，他脸上、胳膊上、胸口上、腿上，到处都划着细小的血口子，一个脚指头，还用卫生纸缠着，血迹已渗到外边了。」① 刁顺子等人是一群以装台为生的农民工，却有着专业舞美队的水准，让最简陋的设备，在最短的时间，安全地运转起来。正式的演出中，装台人承担的追光、升降、舞台特效的重任，更是对装台人的礼赞：「注意，运铁架子的弟兄们，你们是艺术家，不是搬家公司，不是装台的刁顺子啦，是行为艺术家，呼吸，深呼吸，冲决，冲决，把愤怒的桃花送上天空……好，缓下来，再缓一点，这一段运动要像绸舞……」② 刁顺子装台队通过创造性的劳动，对演出的成功做出了巨大贡献，作者的书写更像是一首撼天动地的劳动者的心曲。

在新世纪的底层文学中，呈现出比血腥、比悲苦、比怨恨、比愤怒、比无奈的极端叙事局面，提供的是一种下坠式的写作姿态，因而无法给弱者提供精神的驰援。陈彦的小说则不同，他在传统中发掘仁与善等文化根基，并把它安置在当下的现实语境中，细心培植与呵护，使其成为小说的精神骨架，体现了作者深厚的人文底蕴。这也使得陈彦的《西京故事》与《装台》远远地超越了一般的底层小说，具有一种传统回溯与文化审视的意味。陈彦说：「创作就需要持守人类经过几千年文明探索累积所形成的恒常价值。今天我们所说的国

---

① 陈彦. 装台 [M]. 北京：作家出版社，2015：402.
② 陈彦. 装台 [M]. 北京：作家出版社，2015：418.

際化寫作視野，同樣是一種對人類精神家園的集體守護，包括中華民族在內的世界所有民族，都為人類探索貢獻了公平、正義、善良、仁愛、和諧、誠信、正直、民主、自由、互助、謙卑、禮讓、憐憫、扶弱以及敬畏自然等等價值譜系與道德範式，這些恒常之道，在今天這種紛繁擾攘的生活中，尤其需要進行深水打撈，並使其在駁雜的色彩中，放射出穩定人類生活秩序和照亮人心的光芒。」① 從《西京故事》與《裝臺》中的人物來看，作者給我們塑造出眾多仁善者的形象，如持守正道的羅天福、仁善濟世的刁順子、體貼父母辛苦的羅甲秀、仁慈厚道的老奶奶、大愛人間的趙玉茹、獻身裝臺的大吊等。從他們身上，作者讓讀者重新找回人類曾經有過而被當下擱置的高貴品質，並通過熠熠生輝的人物形象和托物言志的情景塑造，在充滿戲劇性的演進中，真正地展現出人類的永恆品質與價值譜系。仁善的發掘，還在於作者通過運用隱喻與象徵的方式，以虛入實、虛實結合，開啓了一種魔幻般的底層敘事形態，這種看似「避重就輕」的表意策略，讓現實插上了飛翔的翅膀，豐富了介入現實的路徑與方法。在《裝臺》中，當刁順子受盡了裝臺的辛苦與精神的凌辱時，他想徹底放棄這個職業，過上像其他城裡人一樣的生活，然而面對裝臺兄弟大吊被燒傷的女兒，他的心又顫動起來。這晚，他做了一個夢，夢見了一群螞蟻齊心協力、相互救助的場面：救援的聲音出現了，「有掉隊的嗎？有掉隊的嗎？」他那伙計急忙發出聲音：「有。在這邊。」很快，幾只救援螞蟻就跑上來了，其中一只腦袋很大的螞蟻問：「怎麼回事？」另一只螞蟻說：「頭兒，它的兩只后腿沒了。」「扛上走！」「這位怎麼回事？」另一個螞蟻摸了摸他那條斷腿說：「骨折了。」「扛上走！」只聽身后那只大螞蟻說：「繼續尋找，一個都不能少。」② 第二天，刁順子又領著農民工兄弟走上了裝臺的道路。作者以夢境等虛幻景觀來表現刁順子的柔腸與善心，體現了他的社會擔當與仁義之心。

這就是陳彥小說中的精神特質，為我們提供了面對現實困境的心靈資源，特別是他對中華民族優秀傳統的執著發掘，這些堅韌、善良、仁義的亮光，可能在生活中只是細小的碎片，但足以給人們提供堅定的生活勇氣與信念。「中華民族在長期實踐中培育和形成了獨特的思想理念和道德規範，有崇仁愛、重民本、守誠信、講辯證、尚和合、求大同等思想，有自強不息、敬業樂群、扶正揚善、扶危濟困、見義勇為、孝老愛親等傳統美德。中華優秀傳統文化中很多思想理念和道德規範，不論過去還是現在，都有其永不褪色的價值。我們要

---

① 陳彥. 現實題材創作更需厚植傳統根脈 [N]. 人民日報，2013-02-22.
② 陳彥. 裝臺 [M]. 北京：作家出版社，2015：350.

結合新的時代條件傳承和弘揚中華優秀傳統文化，傳承和弘揚中華美學精神。中華美學講求托物言志、寓理於情，講求言簡意賅、凝練節制，講求形神兼備、意境深遠，強調知、情、意、行相統一。我們要堅守中華文化立場、傳承中華文化基因，展現中華審美風範。」① 陳彥小說堅持底層敘事，重新迴歸人民美學的創作立場，執著堅守中華民族的恆常價值，這樣的寫作信念值得我們敬仰與欽佩。

第三節　底層敘事如何介入現實

孫春平是一個對底層現實世界始終保持高度關注的作家，他總是滿懷理想主義精神，穿行於各種社會底層現實空間，去尋找支撐人性之善的基點，用溫情與詩意對抗人性與現實的幽暗。他將明亮的理性之光，編織在一個個充滿緊張、懸念、離奇、動人的故事之中，然后附麗上敦厚的理想情懷與詩性的敘事品格，在沉重的現實背景下以輕盈的一擊，讓讀者對他筆下的世界有精美的發現。這種獨特的審美理想與藝術境界，在當前大眾化、世俗化、慾望化的文學語境中顯得尤為珍貴。孫春平的小說可稱為「美夢」創作，在重組底層現實世界秩序時，總是以鮮明的責任與使命意識，極力呵護人們生活中即將被遺忘的高貴品質。這就決定了孫春平的創作以底層現實世界為堅實的依託，但逐漸走向對底層客觀現實世界的超越，進入精神地帶的勘探與發掘，如對人間正義的倡導、對日常美德的維護、對弱者的體恤之情、對和諧人生的關照等，都體現出了作者出類拔萃的精神高度。因此，孫春平的小說創作，讓我們看到了文學內部所跳動的精神氣息，是一種烏托邦式的人性關愛，是對人類精神保護圈的極力尋找，這就意味著孫春平的小說正以綠色、健康的寫作姿態進入公眾精神渴求的期待視域。

一、理想主義的有效介入

對理想主義的執著探尋，為困頓的人生與現實提供精神支持，構成了孫春平小說創作的一個重要支點。孫春平的小說，「總是燭照著清澈的理性光亮：正氣包舉，勸善懲惡，導引良知，伸張愛心，是一以貫之的題義。孫春平的小

---

① 參見習近平，《在文藝工作座談會上的講話》，http://news.xinhuanet.com/zgjx，2015 年 10 月 15 日。

說，通俗卻不媚俗，嚴正卻不說教，褒貶批判力透紙背，而幽默詼諧又溢於言表。尤其可貴的是，這些深刻而形象地反映當下社會多重矛盾關係的創作，既能給人以亮色的鼓舞，又絕不搭售廉價的誇飾」①。回顧當前的文學創作，對底層現實困境的摹寫已到了觸目驚心的程度，一個個荒誕、陰鬱、潰敗的人性景觀處處可見，沒有理性的燭照，沒有高尚的情懷，沒有心靈的叩問，沒有溫暖的詩意，這固然表現了作家深入生活、直面現實的勇氣，但一定程度上喪失了對人間理想的人文關照。孫春平則與眾不同，「從早期的小說《遠方有綠燈》《逐鹿鬆林園》，到晚近之作《老師本是老實人》《怕羞的木頭》等，我們都可以看出作者深沉的主題指向，淳樸的理想追求，強烈的憂患意識，鮮明的愛憎表述」②。顯然，理想主義的有效介入，使孫春平的小說獲得了一種整體性的提升，逐漸超越了寫實囚籠的藩籬，從而關注人類的整體命運，實現了對生命價值的叩問。

　　理想主義首先表現為對底層世界正義的守護。在《螳螂》這部小說裡，孫春平敘述了一個關於鄉村青年教師袁書博用生命維護底層正義的故事。袁書博本來憑藉優異的成績可以留在省城工作，但他主動放棄，懷著「利他」的人生理想，支教邊遠山區。他在家訪中發現，很多農民陷入了一個驚天的「螳螂」騙局：一個生物藥劑公司打著收購螳螂籽的名義，詐騙集資。為了揭穿這個陰謀，他只身一人，到假公司裡當臥底，最終以自己的生命維護了農民的利益。如果說《螳螂》是書寫當代青年對理想世界追尋的話，那麼，《晚霞乘務》則洋溢著溫暖的情誼與對正義的守護。在春運期間，即將退休的乘務員蘇赫錦，面對被圍追堵截的上訪者顧杰峰，動了惻隱之心。在蘇赫錦的幫助下，反映違規徵地、打傷農民的材料被轉運了出去。《倔騾子關巧雲》敘寫了關巧雲與眾不同的一生，事事都要找出一個合乎道理的原因，為了這個簡單的邏輯，為了堅守道義與責任，甚至付出了生命的代價。孫春平這幾部作品堅持了他一貫的寫作風格，對當下社會矛盾、社會現實、底層民眾的重視，但小說的關注點卻發生了轉移，借現實這扇門，挖掘理想精神的向度，透視人性的真善美。應該說，理想精神是文學之燈，常常能「刺穿現實的平庸與黑暗，穿透世界的表面現實，使處於遮蔽狀態的人們窺見烏托邦的詩意棲居。所以，作家既不能逃避現實，也不能在現實中迷失，逃避現實，作家失去大地的依託而陷入孤芳自賞與想入非非的妄想裡。在現實中迷失，作家因失去理想精神與價

---

① 關紀新. 當代滿族小說的普世價值關懷 [J]. 重慶師範大學學報，2011（4）.

② 鄭麗娜. 在傳統敘事中彰顯民族特質——對孫春平小說滿族元素的文化考察 [J]. 民族文學研究，2013（1）.

值意義的承擔,而過分匍匐在表層現象裡並無法洞明人生和世界的本質狀態。真正的作家不應拘泥於日常生活,而應在其中發掘生命的悲劇與終極關懷,呼喚應該有而沒有的東西,遊歷於生命的探索與意義的追尋」①。孫春平十分重視在現實中發現理想世界,如《晚霞乘務》中的顧杰峰,《螳螂》中的青年鄉村教師袁書博,《倔騾子關巧雲》中的關巧雲,本來與他們的利益無關,但為了公平、和諧的道義,他們毅然選擇了責任與承擔。

在對底層世界進行正義守護的同時,孫春平還把理想主義的筆端伸向了對博愛情懷的讚美。《皇妃庵的香火》是孫春平近年來創作的最有審美意蘊的作品:一個善良的鐵路段臨時工蔡林忠,在饑荒年代救起了一個患有重病又有身孕的馬菊香,當馬菊香即將被遣送時,他毅然決定與馬菊香結婚,在以後的生活中,連續生了兩個有殘疾的女兒。在鐵路段即將被撤銷之際,用工亡的代價為母女換取生存的空間。馬菊香與女兒相依為命,在以後的十多年裡,陸續收養了十二個棄嬰。這篇小說,整體上是善與美的結晶體,蔡林忠與馬菊香是善與美的化身,他們用大愛感染著身邊的每一個人。這標誌著孫春平創作上的提升,以及對現實世界新的理解:讓博愛的情懷代代相傳。「到這裡,孫春平的小說無論表達內容,還是表達方式,都完成了一次成功的蛻變。從晦暗的智力角逐到明媚的善的稱頌,從文本的樸實笨重到敘述的輕盈靈動,語言上唯美的努力,氛圍上宗教氣息的彌漫。」②沿著博愛情懷的理想主義紋理,孫春平創作出一系列充滿人性關愛的溫暖作品。《風雪中的綠頭巾》展現出鐵路職工之間的相互關愛,丈夫、妻子之間的相互掛念,開機車的丈夫拉響汽笛,列車又一次開出車站,妻子揮舞著那飄揚在風雪中的綠頭巾,簡單的符號會面儀式,卻成為經典永恆的暖人畫面。《送你一束山菊花》則在變幻莫測的現實境遇中,注入了淳樸的關愛,失學女生葉曉帆曾經得到過副市長宋兆恩父愛般的關心與幫助,宋兆恩被雙規後,葉曉帆前去探監,奉上一束象徵友情的山菊花,作品把生活的多變與友情的溫暖表現得淋灘盡致。《鄰里公約》則取消了城鄉二元對立,實現了不同階層的融合,城裡的教師蘇立言夫婦對進城務工夫婦及女兒雯雯的關心與照顧,就像對待親人一樣,雖然有過誤會,但這份真情足可融化人性的幽暗。

不同作家有不同發現世界的方式,但是,「堅持寫作的難度,保持對人生和世界的驚異之情,和對人類命脈永不疲倦的探索,以自己的文學實踐去捍衛

---

① 高秀芹. 理想精神與文學建設 [J]. 文學評論, 1997 (5).
② 韓春燕. 寫作: 隱密的皈依之途——孫春平近年小說創作研究 [J]. 當代作家評論, 2009(3).

人類精神的健康和心靈真正的高貴」①，應該是作家們共同遵循的美學法則，這正是孫春平所堅守的。孫春平是理想主義的勘探者，他的小說可看作「美夢」機制的運作，他的小說世界裡沒有痛徹心扉的苦難景觀，有的只是對理想精神的追求與發掘，這一點足以對抗物質慾望、生存困境的盤壓帶來的人類精神的異化與萎縮。

二、敘事品格的詩性書寫

理想主義的有效介入使孫春平小說的底層敘事品格充滿了詩性與陽光。當孫春平以人性的純真、善良、高尚為視角去觀照底層現實世界時，他不僅看到了工人、農民、城鎮居民的艱苦生活、慾望面前的心靈扭曲，那光怪陸離的事件，甚至隱匿的罪惡，還看到了人與人之間的寬容、理解與關愛，並且把這種傳統的美德昇華為晶瑩剔透的話語空間，使它承擔著賦有感染力與擴散力的理想精神向度。這種獨特的審美追求賦予了小說詩性品格，許多看似平常的生活場景，經過他的情感溫潤即可獲得醇美的滋味。如果比較孫春平前期與當前的小說，這種醇美的獲得是孫春平經過多年的磨礪而形成的，他逐漸擺脫重寫實而輕寫意的缺陷，「著力地處理好故事、生活與敘事詩學三者的內在關聯，更好地彰顯潛隱在敘事背後的心靈激情和人性的豐富，讓敘事看上去更加耐人尋味，讓語言在飽蘸生活的汁液之后更富有詩性和智性」②。敘事的詩性書寫使孫春平的小說增添了空靈與飄逸的格調，呈現出某些浪漫、溫馨、柔美的懷想，即使是對現實還原的小說，一旦經過詩性的潤色，那不堪重負的苦難也會散發光亮。

孫春平底層敘事品格的詩性首先來自對純真人性的發掘。孫春平說：「市場經濟，激烈競爭，每一個人都不可避免地要在這場競爭中有所表現。一些純樸善良的東西被金錢銹蝕了，吃虧的似乎永遠是傳統的真誠、美好與善良。作為一個文學工作者，我覺得有責任為『吃虧的』一方呼喚出理解與支持。裁判輸贏的尺度，絕不應僅僅是看誰先多掙了幾個錢吧。激烈等於無情嗎？那我們的純真的人性在哪裡？高尚的精神境界在哪裡？」③ 正是基於這樣的關愛，孫春平挖掘現實世界，使人性的天平永遠站在真善美的一端。《拆了牆是一家》面對的是家庭的不幸，耿玉林為救既是鄰居又是工友的夏天雷而死，耿

---

① 鐵凝. 文學是燈 [J]. 人民文學, 2009 (1).
② 張學昕. 質詢人性與權力的鄉村敘事——評孫春平長篇小說《蟹之謠》[J]. 當代作家評論, 2004 (4).
③ 孫春平. 每個人都是一個世界 [J]. 當代作家評論, 2001 (6).

家大兒子在戰鬥中犧牲，三兒子又身患重病，小說充滿了現實中的苦難，但作品卻處處洋溢著人性的光輝，散發著民間世界溫暖的生命情懷。在《賀年片》中，回老家省親的一對老人突遇困難，卻遇到了陌生人的極力幫助。《追尋古風》則展現出平遙古城老者的仁厚與淳樸。《父親的保姆》《存款憑條》倡導的是人與人之間的相互理解與寬容。《窩邊草》是一部極富張力的作品，原本善良的魏小兔面對父親巨額的醫療費用，走上了盜竊的犯罪道路，但他從未拿過細心關心他的郭玉蓉的任何財物，小說在苦澀的現實裡融入了無限的溫暖。這些小說看似簡單卻富有深意，讓我們看到了現實世界中的陽光與詩性，整體上有一個尋找和諧家園的精神結構。面對現實中日益擴張的人性慾望與精神困苦，人與人的對立已到了驚怵的地步，因此提出對人性的關懷，呼喚純真人性的歸來，把人從生存困境中解放出來，迴歸到理想的精神狀態，這顯得尤為重要。

　　底層詩性意蘊的營造還表現在表達方式上的陽光書寫。孫春平非常重視對表達現實的尺度拿捏，一方面要展現出平常人生存的艱辛，另一方面要表現出生活中的陽光與溫暖。他通過對苦難適合限度的控制與微弱光亮的無限擴展等手段，把現實生活演變成一種愛心的傳遞。如《皇妃庵的香火》，像是一場帶有神性意味的精神寄語，蔡林忠一家遭受了常人看來無法承受的災難，一個女兒無法看見多彩的世界，一個女兒無法聆聽世間的音樂，雖然他們有過憂傷，但還是把這些看作生活的常態。孫春平在敘述時不把苦難誇大、變形，反而以內斂的姿態，創造出一種靜穆、中和的氛圍。在對兩個女兒進行塑造時，作者極其強調陽光般的書寫，比如作品中有這樣的詩性描寫，「兩個女孩一天天長大了，出落得都很漂亮，兩個人形影相隨，那也許真是天地的絕配，妹妹聽不見說不出，姐姐卻音如百靈，說出的話好聽，跟著收音機學唱的歌子更好聽；姐姐看不見，妹妹的眼睛卻如鷹如隼，山裡間竄過一只小兔，高空中飛過一只小鳥，都逃不過她那雙明亮的眼睛。小姐倆出門，都是手牽著手的，不知那十指間是一種怎樣的交流，該看的該聽的該說的，全無耽擱。兩人一起去幫媽媽勞作，那亮丫尤其是媽媽的一個好幫手，健碩敏捷得就像一只小鹿，不比別人家的半大小子遜色分毫」①。在這裡，孫春平從殘缺的生活深處卻發現靈動的詩情，被認為是苦難的源泉，卻生發出人間的歡愉。《春秋平分》通過交叉平行敘述的方式，描寫了張秋萍與羅春芬兩個陽光女孩的青春歲月。小說沒有驚心動魄的英雄壯舉，一切都在波瀾不驚的日常生活中滑行，但是在綿綿不絕的

---

① 孫春平. 皇妃庵的香火 [J]. 小說月報, 2009 (2).

細流中，兩個女孩相互關愛、幫扶，展現出無限的溫情。《非典型正當防衛》中的謝秉玉，為了給父親看病和供弟弟上大學，以自己婚姻為籌碼，嫁給了有點痴傻的尚森。為了在家庭中站穩腳跟，她緊緊握住小叔子與小姑子的軟肋，但是當婆婆找到讓自己幸福的另一半時，她卻和丈夫為老人築造愛的巢穴。從以上小說我們可以看出，孫春平要創造出一種溫暖與陽光的和煦，以此照亮邏輯含糊的現實，其作品具有同構於生活又超越於生活的意義，這使得孫春平的小說更加富有詩性與智慧。

詩性是一種存在的智慧，詩性是一種烏托邦式的寄語，詩性的世界就是一種理想世界，它可以賦予人生以意義，它可以撫慰人類逐漸異化的情感。《送你一束山菊花》中，那「紫絨絨、白亮亮、金黃黃，在冬日的陽光下扎人眼目」的恩情與友誼，不正是融化冰封世界的一道亮光嗎？因此，只有詩性的世界才能照亮人生的幽暗。

三、精神生態的培植與重建

理想主義的介入並不代表孫春平的小說沒有批判精神與憂患意識，他常常單刀直入、直面現實，揭露由人性系統崩潰、慾望極度膨脹、人格全面異化、精神蒼白無力等帶來的荒謬圖景，如《出門遠行》《沽婚》《何處栖身》《城裡的黎明靜悄悄》《二舅二舅你是誰》《一樹酸梨驚風雨》《糾結的老院公》，展現了人類精神生態全面失調的現實處境。在沉重的現實面前，我們已深深地感受到，「科學越來越發達，而人卻越來越無力；技術越來越先進，空間卻越來越狹窄；商品越來越豐富，生活卻越來越單調；世界越來越喧嚚，心靈卻越來越孤寂。」面對人類的精神污染，「我們可否從『物欲』的世界退回一步，可否往『精神』的世界探出一步，也許，我們將發現一個多麼遼闊、清朗、溫馨、優美的天地」①。因此，只有通過重建綠色、健康的精神生態，讓人們迴歸到自由、單純的精神空間中去，才能恢復生命應有理想維度。從精神生態的培植與重建角度上講，孫春平的小說批判過度的慾望、人性的潰敗，揭示社會的病象，顯示了作家偉岸的靈魂。

《出門遠行》是物欲的攀岩與滑落，孫春平將人的存在放置於事與願違的絕境之中，並由此展現出現實中無法言說的人性傷痛。丈夫羅玉林與妻子孟芙蓉原本是一對恩愛的夫妻，面對日新月異的變化與誘惑，妻子孟芙蓉無法忍受物質生活的壓力，決意與一位喪妻的科長做合同夫妻，以獲得經濟補償與支

---

① 魯樞元. 精神守望 [M]. 上海：東方出版中心，2004：9.

持。八年后孟芙蓉滿載而歸，然而得到的並非她想像的幸福，丈夫與自己在情感上已經產生了隔膜與分離，本來學習優異的兒子走上了充當「槍手」的道路。小說的結尾更富有意味，兒子開著孟芙蓉用肉體之軀換來的轎車撞向了停在路邊的法拉利，「為修法拉利，車主孟芙蓉賠付了人民幣120萬元，她賣掉了剛買到手的包括從業資格證在內的兩輛出租車，一夜之間，羅玉林和孟芙蓉重又變成一窮二白的下崗工人」。與《出門遠行》相比，《沾婚》則把婚姻當作物慾的道具與籌碼，情投意合、相濡以沫的聞維堅與呂曉雯，為了單位的房子，偷偷辦了假離婚，隨后聞維堅為了五萬元的酬金，與需要市區戶口的曹慧辦了假結婚。故事幾經波折，似乎要圓滿收場，最后卻是一個夫妻感情分離的蒼涼結局。兩部小說充分顯示了人性在物質慾望面前的扭曲與異化，以及對婚姻情感堅守的匱乏。孫春平在小說的構思上，並沒有通過一個極端化的事件來描寫人性本能的騷動，而是以現實常態為根源，娓娓道來，再加上具有戲劇性、顛覆性的結局，以一種懲戒的方式提示人們：遠離慾望的苦海，退守一步，也能獲得美滿的人生。

　　物慾下的現實荒謬景象並非僅僅如此，《二舅二舅你是誰》《一樹酸梨驚風雨》《糾結的老院公》將批判的鋒芒直指鄉村世界。《二舅二舅你是誰》中的霍小寶不幸溺水身亡，父親霍林舟在金錢的驅使下，在親戚朋友以及「專業團體」的策劃下，走向了索賠的道路，運作過程有條不紊，場面宏大壯觀，媒體也來助陣，人性的卑微與殘忍被表現得淋漓盡致，現實悲劇演變成滑稽的集體表演。作者始終懷著悲憫的情懷註視著這個被金錢扭曲且帶有酸楚的景觀，最后以一種超越常規敘事手法，在陰霾的天空發出尖利的一叫，對失衡的倫理價值系統進行攻擊，「在火葬爐前，面對即將被推進烈焰化為灰燼的兒子的小小遺體，霍林舟突然怔了。恍惚間，小寶的眼睛似在眨，嘴唇也在動，似還咧嘴笑了笑，可那是孩子的冷笑。忙了一天，鬧騰了一天，鉤心鬥角的，都是為了什麼？不過是爭那筆賠償金，怎麼就幾乎把剛剛死去一天的寶貝兒子徹底忘了？忘了孩子躺在那裡一天沒吃沒喝，忘了小寶活著時的千般乖巧，也忘了自己曾經有過的悲傷，連昨晚還要尋死覓活的媳婦在將鄉長親筆寫的欠條抓在手裡時，臉上都有了掩飾不住的笑意，票子真比我的小寶更重要嗎？這麼一想，霍林舟的心酸上來，疼上來，忍不住放聲大哭，鼻涕一把淚一把，如狼丟了羔子一樣哀號，哭失去的兒子，也哭不義的自己」[1]。這一聲尖叫，使小說裡湧動著的痛徹心扉的悲憫迸發出來，讀來令心靈獲得一種驚怵的震顫。《一

---

[1] 孫春平. 二舅二舅你是誰 [J]. 人民文學, 2010 (2).

樹酸梨驚風雨》是以上河灣村搬遷補償為中心而展開的一場集體鬧劇，在「物欲」的驅使下，幾天內灰濛的塵土便彌漫了整個村莊，各家只爭朝夕，建設自己的臨時建築，然而培訓中心最終卻另選它址。《糾結的老院公》也是一篇批判「物欲」的作品，陳老澤夫婦在兒子的勸說下，把祖屋出售給一個集團公司的劉總，自己卻成了為劉總看家護院的長工。從以上小說可以看出，孫春平在對當前的底層現實世界進行深度挖掘時，其實是對現實境遇中的人性進行叩問，在書寫現實的囚禁時，也道出了物欲的異化對靈魂的腐蝕，以及腐蝕后所帶來的精神灼痛。

除了展現物欲下精神的全面敗退，孫春平還把批判的內涵擴展到某些特殊的現實空間，這方面以悲劇體小說《城裡的黎明靜悄悄》《何處栖身》為代表。《城裡的黎明靜悄悄》通過打工仔袁寶亮幾天的生活經歷與精神流變，揭示出城市的凶險。作品以他調查情人唐姐的身分為中心，隨著迷局的揭開，「袁寶亮只覺身上冷上來，寒徹心扉，直入骨髓。有些事，是不能往深處想的，也不敢想，越想越可怕。眼下的城裡人，怎麼這麼多的彎彎繞？都說海域鬼影，明濤暗湧，都很凶險，原來城市裡更可怕，誰知哪個人是條凶殘無比嗜血如命的大鯊魚」①。出於對城市凶險的恐懼，袁寶亮執意離開城市，但在那一刻，卻死在了老板的暗算裡。《何處栖身》則講述了上訪戶謝益蘭的故事。謝益蘭經常遭受丈夫的毒打，便潛逃到大山裡的一個村莊，隨后與喪妻的馬杰相識，又因重婚罪被捕入獄。釋放后由於沒有賴以生存的土地，她走上了上訪的道路。好心的易局長同情謝益蘭的遭遇，為她找了一個臨時女工的職位。當謝益蘭在草坪干活時，被朱縣長發現了，朱縣長批評了易局長，謝益蘭被辭退。幾天后，謝益蘭趁三輪車司機換錢之際，開上三輪車直接撞上了朱縣長的奧迪車。滿身是血的謝益蘭呻吟著說：「快去報警，打110，我不跑——我是存心的，故意的，法律上叫蓄意，蓄意損壞公物——我知道我有罪，有罪就該坐牢，我願意坐牢……」面對一點希望都沒有的現實生存空間，謝益蘭以不如待在牢房裡的方式對命運進行了絕望的反抗。我們試想，如果人間多一些溫暖，多一些關愛，多一些對弱者的憐憫，一個生命個體不可能如此絕望。

孫春平的小說素材大都來源於底層現實世界，他將詩性、智性、烏托邦元素有效地鑲嵌在那日常的生活圖像之中，使凌亂的現實更有發現的意義。正如他所說的：「作家的文學創作尤其是小說創作與其自身的生活累積是緊密相關的，作家的生活範圍、生活體驗等，會在其小說中有意無意地顯現出來，並能

---

① 孫春平. 城裡的黎明靜悄悄 [J]. 民族文學，2012 (12).

夠影響甚至決定小說的取材範圍、語言表現乃至思想內涵的傳達。同時，這也需要作家善於觀察日常生活、捕捉靈感、注意生活細節，能夠從平凡甚至瑣屑的日常生活中發現常人沒有注意到的題材，然后再進行加工提煉，將這樣一件或幾件典型事例，昇華到哲學、美學的高度。」在這裡，孫春平強調了永恆價值根植於現實土壤中的重要性。面對當前嚴重失調的價值系統，面對焦慮無望的心靈，面對精神上的種種污染，人類逐漸失去富有詩意的家園，作家有必要以哲學家的眼光，去發掘出新鮮、亮麗、厚重、普世的認知。孫春平是底層現實世界的掘金者，是精神世界的勘探者，他呼喚綠色、健康的精神生活，呼喚純真、陽光的人性，呼喚和諧的存在與發展，進行精神生態的呵護與培植，他的小說為人們擺脫當前的精神焦慮提供了一個衝出絕地的出口。

第四章　影像與傳播

　　本章主要論述影像傳播的規律與影像創作的實踐。電影藝術與政治宣傳有著不解之緣，新中國成立后，在毛澤東文藝政策的驅動下，新中國電影配合主流政治，承擔起意識形態國家機器的重任。影視藝術特質具有多維性，當審美主體被富有張力的影像激活時，觀眾即進入對自身審美心理結構的重塑境界。影視藝術審美具有價值構建的功能，普適的倫理、高尚的道德符號成為大眾精神信仰的聚合地。影視藝術的審美精神是一種超越精神，審美創造中日常感性昇華為藝術感性，從而走向審美自由之路，達到詩意人生之境。電視文本具有開放性，是充滿了多義性的生產式文本，這種文本在符號中留出大量裂隙，電視受眾與之進行對話，從而產生各自不同的意義。費斯克在德塞圖抵制理論以及霍爾編碼與解碼理論的基礎上，提出電視受眾具有積極主動性，他們並非消極被動地接受，而是能夠按照自己的需求從文本中生產意義，因此電視的受眾是生產式受眾。費斯克的電視觀是在后現代語境下對電視傳媒的獨特認知，融合了巴赫金的對話理論、福柯的權力話語、后結構主義等多種后現代哲學思潮，對當前中國的電視理論與實踐的創新具有重要借鑑意義。中國經典水墨動畫重在民族審美品格的追求，自然和諧的審美理想、寫意詩化的審美境界、形動傳神的審美創造、空靈清逸的審美韻味是其最顯著的特徵。中國經典水墨動畫創作堅守民族特色與民族品格，散發出極具中國特色的文化底蘊。張藝謀的電影是一個獨特的文化世界，影片試圖運用二元對立法則來揭示人性與社會發展的矛盾，即揭示自然之性與社會文化、規則、秩序的二元對立，自由與必然的二元對立，在影片的敘述機制上表現為拯救與失望的對立。張藝謀的電影給觀眾提供了視覺上的奇觀，這表現在導演對視覺符號的獨特運用，在有限的畫面空間內，將抽象的思想轉化為可視的造型空間，從而完成對生活與現實的創造。《身邊的感動》是中央電視臺綜合頻道推出的一檔人物專欄節目，該節目以「從小事中品味大愛，在平凡中發現崇高」為宗旨，通過講述普通人身上

發生的感人故事，引起了強烈的社會共鳴。《身邊的感動》通過敘事審美穿透力的彰顯，展現出中國特色的文化價值觀，為社會主義核心價值體系的傳播提供了成功範本。隨著中國社會的發展，改革進程的推進，公民生活的社會空間變得越來越民主化、自由化。民主與自由在電視媒介中的體現就是讓觀眾從被動地接受發展到主動地參與，從而盡力建構民主化、自由化的公共傳媒領域。至此，電視傳播媒介形態的這種轉變，既體現了大眾文化消費形式的轉變，又表達了民眾對傳媒民主自由的進一步確認，提供給人們重新想像社會協同性的各種新形式的諸種企圖。

第一節　影像傳播的理論闡釋

一、宣傳理論與影像傳播

電影藝術與政治宣傳有著不解之緣，第二次世界大戰期間，各國充分利用電影的煽動效應為各自的政治服務。新中國成立后，在毛澤東文藝政策的驅動下，新中國電影配合主流政治，承擔起意識形態國家機器的重任。

1. 宣傳理論的溯源與闡釋

儘管宣傳一詞在當今社會中仍然被廣泛運用，但是對它做一個學理性的闡釋並非易事。對宣傳理論的重視與研究發生在 20 世紀 30 年代，宣傳被認為具有很大的威力，因為它可以改變人們對事物的態度和看法，因此兩次世界大戰之間有許多以宣傳為題目的書籍問世。哈羅德·拉斯韋爾關於第一世界大戰中宣傳策略運用的博士論文於 1927 年出版，在本書中他給宣傳下的定義是，「指以重要的符號，或者，更具體一點但欠準確地說，就是以消息、謠言、報導、圖片和其他種種社會傳播方式來控製意見的做法」。大眾文化學者約翰·費斯克等在《關鍵概念：傳播與文化研究辭典》中指出：宣傳是「為了實現某些政治目標而對信息與形象有意進行的控製、操縱與傳播」，「某個政治目標並不意味著某個政黨的政治目標。相反，宣傳倒可能出自社會制度中某些主流意識形態的立場」，「由於意識形態與宣傳的密切關聯，將宣傳置於社會結構之中也許更為確切」，「這個術語最常見的歷史關聯，是戰爭或國內危機時期。在這些情況下，人們按照情緒化、規模化與系統化的意圖動用大眾媒介，以宣揚某些針對特定問題的觀念與態度。因此，最好是將宣傳看作歷史上一種特殊的大眾說服形式，其目的是在大眾化的受眾中產生或激發某些反應」，「這些文本得以建構的方式與它們被用來達到的政治目標與目標間的密切關係，是宣

傳的核心。僅僅是為了某個政黨、事業或政策獲得支持而捏造、限制或操縱媒介信息與輿論的權力,直接有違自由民主社會的政治理想。毫不奇怪,它往往被視為負面的東西,並與極權國家(totalitarian states)相關。這不應轉移人們對那些已經發生並繼續發生在民主語境中的宣傳活動的注意力」①。由以上傳播學學者的闡釋可以看出,宣傳對於國家政黨來說有重要的作用。自從電影、電視出現以來,影視由於其獨特的視聽特性,歷來受到領導者的重視。影視是藝術、商品、政治的綜合體,其中主流思想的宣傳、意識形態的灌輸是它的重要政治目標。因為影視作為大眾傳媒,不可避免地包含特定社會形態的價值觀念、意識形態,對社會主流價值起引導與控製作用。因此,國家領導者必然利用大眾傳媒特別是影視傳媒引導大眾,以達到規範社會價值、維護國家利益、統一社會行為的目標。在當代社會影視的影像傳播中,傳媒組織者通過對信息的選擇加工表明自己的觀點和價值立場,實現直接的宣傳意圖。觀眾長期依賴媒體,不知不覺中在價值觀、意識形態上就會受到潛移默化的影響,影像傳播可以製造現實,引導觀眾對事件的理解,並達到特定的宣傳目標。即便是影視劇以及娛樂節目,把意識形態素潛置於虛構的敘事表象中,同樣能夠達到特定的宣傳目的。

2. 二戰期間各國電影宣傳的鏡像表述

第二次世界大戰期間,美國、蘇聯、中國、德國、日本等國,都認識到電影作為一種宣傳工具所具有的政治功能。一般認為,以好萊塢為代表的美國電影是一種商業模式運作的娛樂電影,但是在二戰中卻出現了反常情況。這一時期戰爭主題被引入電影之中,戰爭片逐漸形成了一個單獨的重要領域。在戰爭片初期的生產中,與戰爭有關的並且產生重大影響的是卓別林的《大獨裁者》。在影片中卓別林扮演了兩個人物,一個是貧窮的猶太理髮匠,另一個是獨裁者希特勒。當理髮匠和他的未婚妻在大街上被獨裁者叫囂屠殺猶太人的廣播聲音追迫得東躲西藏的時候,那種恐怖氣氛達到了極點。1941年美國參戰后,羅斯福任命洛厄爾·梅里特為政府電影協調人,羅斯福在任命書中指出,在國家安全允許的範圍內,電影仍然享有充分的自由,但羅斯福明確表示電影業應對戰事給以完全的支持。1942年好萊塢戰爭片逐漸進入全面戰時生產狀態,為了戰爭的需要,好萊塢戰爭片改變了原有的經典敘事模式,在這方面最有價值的影片是《卡薩布蘭卡》。「以個人英雄為主角的、衝突結局善惡分明

---

① 約翰·費斯克,等. 關鍵概念:傳播與文化研究辭典 [M]. 李彬,譯. 北京:新華出版社,2004:226。

的好萊塢經典模式,為了適應戰爭形勢而經歷了一番暫時的,而又深刻的改變。」「經典電影敘事的結局必定是有情人終成眷屬,從而使矛盾得到消弭。但是戰爭的需要提出了另外的要求,把兩情相悅的美好時刻無限期地推遲,反而讚美有情人自覺地分手去獻身於更偉大的事業。」由以上分析可以看出,二戰期間的好萊塢電影在政府的主導下,自覺擔當起宣傳戰事的責任與使命。為戰事服務,為國家服務,這大概是特殊時期電影從業人員以及各界人士共同的呼聲。如上文所述,僅僅是為了某個政黨、事業或政策獲得支持,個人的權威得以樹立,從而捏造、操縱媒介信息,這直接有悖於自由民的政治理想。20世紀30年代,德國法西斯掌握政權,希特勒為了實現自己的政治理想,有意識地對大眾傳媒進行控制,而電影作為一種最大眾化的視覺傳媒形式自然就被政治集團所操縱。納粹德國的宣傳部長約瑟夫·戈培爾曾經說過:「我們相信電影是影響大眾最現代化和最科學化的工具。」[①] 1933年瑞芬斯塔爾被指令攝制1934年納粹黨紐倫堡集會的紀錄片《意志的勝利》,這個紀錄片以罪惡的內容和完美的形式成為納粹德國宣傳電影的「範例」。但是影片卻沒有明確宣傳納粹黨的任何政策,相反直接訴諸大眾情感層面的是非文字表達的象徵影像和含蓄的愛國寓言。在影像造型中,影片常常將納粹領袖同天空、大地聯繫在一起。在影像內容上,影片宣揚的是一種集體的、樂觀的愛國意識,傳達出一種廣大民眾對新政權的「認同感」。瑞芬斯塔爾運用長焦鏡頭將數十萬參加集會的民眾壓縮在一起,傳達出民眾緊密團結在領袖周圍的觀念。影片通過影像內容與造型形式的緊密構建,創造出一種全新的納粹精神幻象。《意志的勝利》是納粹進行宣傳的典範,它不是文字序列的表達,而是大眾情感控制的影像機器。大眾不是被動地服從與接受,而是「心甘情願」地臣服。20世紀30年代,在戰時機制下中國的抗戰電影形成了一套特殊的傳播理論,普遍重視電影的宣傳教育功能;同時汲取蘇聯電業的經驗,將電影體制從民營轉變為國有。這時期電影理論對電影的要求,在本質上如同戰爭動員令。有人告誡創作人員「一切從業人員必須以國家民族為前提,不能斤斤計較到私己對藝術過分愛好,使自己對作品過分陶醉而過分鋪張,置抗戰宣傳於不顧」,主張用理想主義改造現實,重教育宣傳作用,重精神激勵作用。有人概括電影的創作原則時說:「有著一個現實的主題,通過一個不可缺少的故事,表達一種思想,以宣傳教育他們的觀念。」為了維護思想上的統一,動員全民族抗戰,電影理論家們發表自己的觀點,形成了一套戰時體制下的電影宣傳理論。第二次

[①] 遊飛,蔡衛.世界電影理論思潮[M].北京:中國廣播電視出版社,2002:75.

世界大戰期間的蘇聯衛國戰爭時期，蘇聯電影在大眾傳播方面取得了輝煌的成就，影片及時報導和宣傳蘇聯反法西斯戰場上的局勢，有力地鼓舞了廣大國民的戰鬥精神。在這種由國家控製電影的體制下，可以有效地組織起電影生產、發行、放映各部門，並可以把國家的意識形態注入影片內容中。中國電影業從形成時就採用的是美國模式，抗日戰爭全面爆發后，國統區實行了國營體系，雖然這是因戰爭所迫而為，但對抗戰宣傳起到了重要作用。抗戰時期仿造蘇聯電影模式把電影私營改為國營無形之中強化了意識形態領域中的國家意志，更加有利於在電影中發揚民族精神，這是在戰時條件下電影傳播的必然規律。

3. 新中國電影的宣傳契約

1949年10月，中華人民共和國成立，新的政治體制建立。與社會主義政治體制相適應，需要建立一套完善的價值體系，由於電影具有極強的政治宣傳力，這個時候，電影自然承擔起了確立新的國家意識形態的重任。新中國電影在一定程度上成為國家意識形態的宣傳者與代言人，通過影像敘事的建構，引導一種有序的標準與規範，從而維護社會主義政治制度的穩定與發展。新中國成立後，這個時期的文藝方針是，文藝為政治服務，為工農兵服務，因此，為政治服務，為工農兵服務成為新中國電影的主要任務。而表現在主題領域，歌頌共產黨，歌頌新中國成為時代賦予新電影的歷史使命。為了保障這種主題在電影領域中的實施，新中國電影在體制上進行了全面的變革，進行了全行業的國有化。至此電影的投資、拍攝、放映進入高度集中的體制之中，這樣有利於在思想上、創作上與現實的政治方向保持高度的一致。此時的新中國電影承擔了比其他文藝部門更加沉重的政治使命。當電影藝術家滿懷激情進行創作時，就不得不將自己的個性與時代的要求相協調，電影藝術家正是在這種不斷的自我修正中，把自己的個性逐漸融入國家的意識形態中，以一種特殊的方式，既實現自我的藝術價值，又符合國家的政治宣傳功用。該時期的新中國電影影像系統，往往通過二元對立的方式來進行敘事，電影將歷史與現實中的矛盾二元化，通過敘事策略的處理，最終得到一個善惡分明的道德譜系。電影在善惡的二元對立中往往進行意義的擴大化，即由善惡引向兩個階級的鬥爭，一個屬於過去，是罪惡與黑暗，一個屬於未來，是光明與美善。正是在這樣的階級鬥爭與影像傾向中，觀影者的階級情感得以明晰地展現，政治的意識形態得以復現。新中國影像符號系統呈現出一種奔放明快、積極向上的審美特徵，這種審美風格的單一性與一致性可以說是意識形態不斷強化的結果。儘管新中國電影題材、數量眾多，但不同的影像符號卻有著共同的主題與內容，影像符號的能指不斷變化而所指不變，其根本原因在於意識形態素的置入。所謂意識形態

素，指在不同的文本結構中相連接的符號物質，是在每個文本結構的不同層面上可以讀到的、物化了的互文功能。根據克里斯蒂瓦的界定，意識形態素集中體現為某個特定歷史時期的思維範式。話語系統是一個由能指和所指構成的雙層結構，能指層面的轉換生成並不影響所指的穩定性，所指作為一個先在的意義始終保持不變。新中國電影之所以出現影像符號的能指（形式）不同，而所指（意義）不變的情況，正是由於受到特定時期思維範式的支配。新中國電影是在國家政治系統的支配下進行的一種程式化寫作，因此影像符號系統也就預設了先於表達而存在的意義。

二、影視藝術審美特質的多維透視

當審美主體被富有張力的影像激活時，觀眾進入對自身審美心理結構的重塑境界。影視藝術審美具有價值構建的功能，普適的倫理、高尚的道德符號成為大眾精神信仰的聚合地。影視藝術的審美精神是一種超越精神，在審美創造中將日常感性昇華為藝術感性，從而走向審美自由之路，達到詩意人生之境。

美學家蘇珊·朗格認為，藝術是人類情感的表現形式，「藝術品是將情感呈現出來供人觀賞的，是由情感轉化成的可見的或可聽的形式。它是運用符號的方式把情感轉變成訴諸人的知覺的東西，藝術形式與我們的感覺、理智和情感生活所具有的動態形式是同構的形式……因此，藝術品也就是情感的形式或是能夠將內在情感系統地呈現出來供我們認識的形式」[1]。從影視本體上講，影視藝術是人類情感的視聽呈現，即人類情感的形式化，從而實現了無形到有形的轉化，於是影視藝術的外在表現形式與審美情感之間就有了某種對應關係。同理，當這些審美情感被熔鑄於特定的藝術形式後，它們便會喚起欣賞者相應的審美情感。

影視藝術作品視聽呈現的直觀性、內在韻律的情感性，使其內含了多種審美能量。然而審美能量的釋放還必須依賴於觀眾審美實踐的不斷運動，當審美主體觀眾與審美客體影視藝術作品相互作用，當作品的美學結構與主體的審美心理達到契合，影視藝術的審美感性才會生成。由影視作品審美客體外在形式的情感內置，到觀眾審美主體的感性生成，實現了情感到感性的轉換，這種感性是充滿了生命力的新感性，是傾注了欣賞者真人格的靈魂震撼。那麼，這種審美情感到審美感性的轉換是如何生成的呢？西方的文藝現象學認為，文學作品一方面產生於作者的創造行為，另一方面產生於接受者的閱讀過程。其代表

---

[1] 蘇珊·朗格. 藝術問題 [M]. 滕守堯，朱疆源，譯. 北京：中國社會科學出版社，1983：24.

人物英伽登強調了讀者的重要性，同時更加注重讀者與文本的能動作用。他認為在文本中存在著許多未定點，這些未定點必須依靠讀者加以想像補充，英伽登將這一過程稱為審美的「具體化」。審美的「具體化」體現了由淺入深的接受過程，實現了審美重心由文本向讀者閱讀活動的轉移。同樣，影視藝術的接受也是觀眾由淺入深的「具體化」行為。首先，觀眾對影視作品視聽符號的破譯，使作品外在形式直覺地引起審美主體悅目悅耳的初級美感。美感效應稱這一先導形式為誘導效應，即用直觀的形象展示，把觀眾的情緒引向預定的路線。電影《大決戰》，影像的開始展現的是黑暗、混沌的視覺場景，但是馬上占滿整個銀幕的是冰河解凍、冰排撞擊、冰河奔流的恢宏景象。電視文獻紀錄片《旗幟》，以直觀的視覺符號展現出中國共產黨90多年的偉大歷程，奔流的鋼水熔鑄成鮮紅的黨旗，祖國的面貌發生巨大的變化。這些影像符號對於觀眾的審美心理具有強烈的衝擊力，外在形式上的初級美感效應也由此而產生。影視藝術的初級美感效應正如杜夫海納所說：「美的對象首先刺激起感性，使它陶醉。因此，美的對象所表現的意義，既不受邏輯的檢驗，亦不受實踐的檢驗，它所需要的只是被情感感覺到存在和迫切而已。」[1] 然而，直觀的影像符號是隱喻體，如果觀眾想進一步把握作品的情感指向，達到由直接意指到含蓄意指的領悟，就需要審美主體與審美客體的相互交融。美感效應的第二階段為震撼效應，影視藝術作品以情節、意境、氣韻等與觀眾的主體心靈相互交融，達到悅心悅意的中級美感，這時觀眾對作品深刻領悟，在情感上產生強烈共鳴，這既是理智的接受，又是情感的滲透。法國電影理論家讓·米特里以格式塔心理學為依據，探討了影像的格式塔質。他認為，影像可以分為三個層次：知覺層次，影像是現實的物象，影像的第一層意義便是被再現物的意義；敘事層次，影像具有表意符號功能，影像的表意不取決於一個孤立的影像，而是取決於影像之間的關係；詩意層次，這是影像形式框架之外建構的抽象意義。我們認為，影視藝術的初級美感產生於第一個層次，即影像的知覺層次。中級美感產生於第二個層次，即影像的敘事層次。影視藝術作品是一種線性表現法，觀眾必須一個鏡頭接一個鏡頭，一個段落接一個段落逐次欣賞，當播放時間與欣賞時間同時完成時，欣賞者才能對作品有一個全局的把握，這時觀眾被作品中的思想情感、理想願望以及人物命運所打動，從而形成了一種強烈的心靈感應。美感效應的第三個階段為淨化效應，審美主體充分發揮審美能動性，對作品的言外之意、意外之境進行總體把握，呈現出對客觀事物必然性的瞬間感悟

---

[1] 米蓋爾·杜夫海納. 美學與哲學 [M]. 孫非, 譯. 北京：中國社會科學出版社, 1985：20.

和對人生、理想的執著追求，達到悅志悅神的高級美感階段，此時靈魂受到震撼，精神得以調節，人格得以提升。這也是審美活動的最高境界——高峰體驗，「在觀影情緒的發展高潮和歡暢宣洩階段，有時觀眾可能獲得一種高峰體驗……這時候他的情緒達到一種狂喜和極樂狀態，他的情緒能夠得到徹底的釋放、盡情的傾瀉。高峰體驗過后，欣賞者可能獲得對自然、對人類、對民族、對父母，對一切幫助主人公獲得奇跡的人和事的感恩之情，這種感激之情可能轉化為崇拜、信仰、熱愛，表現為對一切善良人們的愛，或者報效民族、祖國、獻身人類進步事業的渴望」[1]。

影視藝術作品的審美主體經過上述三個審美活動階段的逐步昇華，內置於形式中的情感已經轉化為「新感性」，這是審美主體與審美客體靈魂的對話。影視藝術的審美欣賞不僅是對作品的情感體驗，更是一種審美創造，當觀眾用靈魂去激活那些影像符號時，審美主體的情感、生命便會誕生出新的審美意象，這時審美主體已經超越了對作品的單純欣賞，而進入對主體自身審美心理結構重塑的境界。

影視藝術的審美價值，指通過影像的再現或表現，客觀地反映了世界的審美價值財富。另外，它還包括觀眾通過對作品的欣賞獲得審美體驗，從而形成的新的審美趣味和新的審美心理結構。學者胡經之指出，藝術審美價值的本質在於，藝術具有審美超越性，它使人不在現實生活中沉淪，而是堅定地超拔出來，達到人格心靈的淨化。藝術是由美而求真的進程，它將真理置於藝術作品的同時對個體人生和整個人類重新加以塑造。藝術的審美價值在於藝術創造和人格塑造的雙重創造之中。[2]

從影視藝術作品創作角度上講，影視作品應當具有社會價值與審美價值，應當具有藝術品位和美學風格。電視系列節目《話說長江》，以富有張力的影像真實地記錄了神奇的自然、原始人文和長江流域人們的生存狀態。一個個難忘的畫面，成為觀眾心中揮之不去的時代印記，這條巨大的母親河帶給人們澎湃的激情和強烈的民族自豪感。由此可見，優秀的影視藝術作品所具有的審美價值是不言而喻的，它將成為億萬觀眾精神價值的聚合地與理想信念的放射點。中外影視史上，經典的優秀作品，曾經給觀眾留下了難以忘卻的美好記憶。然而當今的影視藝術創作在相當程度上缺少科學理論的指導和美學精神的支撐，有的作品為了追求商業利益而任意踐踏人類的倫理底線，有的作品有意

---

[1] 章柏青，張偉. 電影觀眾學 [M]. 北京：中國電影出版社，1994：103.
[2] 胡經之. 文藝美學 [M]. 北京：北京大學出版社，1999：135.

展現無端的暴力、變態的性愛、價值的混亂，扭曲了觀眾對時代的記憶，總而言之，在中國的影視創作現場，還沒有形成一個共同恪守的審美價值坐標。在亂象紛呈的影像時代下，擺脫消費、娛樂文化的絕對控製，確立影視藝術的審美價值尺度，提升影像審美的文化品格，是擺在我們面前亟須解決的問題。影視藝術是中國特色文化價值的揚聲器，在推進社會主義核心文化價值的建設中，具有重要作用，因此，我們的影視創作者應該有鮮明的文化自覺意識，應該在不同形態的作品中確認一種普遍認同的審美價值觀，「把和諧、仁愛、自然作為核心的文化觀念來整合不同藝術作品的精神圖景，使中國的傳統文化核心價值觀念成為支撐不同敘事形態的共同根基，並且在此基礎上昇華出以社會主義、愛國主義、集體主義為核心的國家主流意識形態觀念」①。

從大眾傳播的角度上講，影視藝術具有極強的傳播效力，能在潛移默化中改變人們對世界的看法，引導人們的價值信仰與社會行為。人們的行為與三種環境密切關聯，第一種是實際存在的客觀環境，第二種是大眾傳播媒介信息符號形成的擬態環境，第三種是人們大腦中的關於外部世界的主觀環境。而在信息社會裡，人們對客觀環境的認識，在很大程度上需要以大眾傳播媒介提供的擬態環境為仲介。美國傳播學者李普曼認為，在人們和客觀環境之間，存在一個擬態環境，而人們的行為往往是根據這個擬態環境做出反應的。「大眾傳播具有形成信息環境力量，並通過人們的環境認知活動來制約人的行為，這是大眾傳播發揮其社會影響力的主要機制。」② 美國學者 G·格伯納認為，電視媒介所形成的信息環境可以潛移默化地「培養」受眾的價值觀。培養理論以「共識」為基點提出，社會要作為一個統一的整體存在和發展下去，就需要社會成員對該社會有一種「共識」，也就是對客觀存在的事物有大體一致或接近的認識。提供這種共識是大眾傳播的一項重要任務。當前中國社會的共識觀就是社會主義核心價值體系，影視工作者應該把普適的倫理、高尚的道德符號根植於電視作品中，以生動直感的人物形象演繹社會主義核心價值體系，把積極的人生追求、高尚的情感世界、健康的生活情趣傳遞給大眾，讓人們在真善美的享受中得到熏陶，獲得啓迪。

從觀眾接受的角度上講，影視藝術審美價值的實現是通過觀眾對影視作品的再度體驗獲得的，當觀眾以澎湃的激情觀看作品時，總是把自己的情感投射到主人公身上，在曲折感人的敘事流程引導下，就會產生認同的心理機制，以

---

① 賈磊磊. 中國電影的精神地圖 [J]. 當代電影, 2007 (3).
② 郭慶光. 傳播學教程 [M]. 北京：中國人民大學出版社, 1999：127.

及共鳴、淨化的審美效果，這是影視藝術審美價值實現的重要途徑。經過上述審美心理的逐層影像轉換后，作品激發出觀眾心靈中潛在的真善美的追求，從而進入一種高尚的純潔之境。電視人物專欄節目《身邊的感動》，真實地再現了理想的社會主義精神文化圖景：好人甘金華，草鞋書記楊善洲，我們的所長祝建國，丈夫背上的鄉村醫生牟雪華，中國館前的清潔工……這些人物符號共同構築起中華民族當代社會的精神長城。這些普通人物的大愛與崇高精神，在道德缺失的今天，無疑是一首精神的讚歌，觀眾在作品人物至善的感召下對自我道德進行審視，從而完成對善的皈依。《身邊的感動》聚焦善行，演繹善念，讓觀眾沉浸在盡美盡善的飽和影像之中，為高尚的行為所感動，被高潔的靈魂所感染，從而產生了情感的共振與精神的昇華。因此，影視藝術的審美接受雖然不能直接影響人們的行為活動，但是它可以逐步改變人的心理結構，通過影視藝術的審美，觀眾的心靈會潛移默化地受到影響，心理結構在不知不覺中發生變異，從而走向心靈和諧的自由狀態。建構主義為我們提供了理論上的支撐點，瑞士心理學家皮亞杰認為，主體的認知結構具有「同化」和「順應」的機能，這兩種機能貫穿於主體的認識發生與建構的過程中。同化是指把外部環境中的有關信息吸收進來並結合到自己原有的認知結構中；順應是指外部環境發生變化，所引起的主體認知結構發生重組與改變的過程。依據主體的認知結構具有同化與順應的機能，我們認為觀眾的審美心理同樣具有同化與順應的功能，同化是從量的方面豐富審美心理結構，順應則是從質的方面改變觀眾的審美心理圖式，當影視媒介所再現的擬態環境給予觀眾足夠的信息刺激時，觀眾的人格、價值觀念將會發生根本轉變，從而實現了藝術審美對人類心靈的鑄造功能。

  影視藝術的創作是詩意的創造，影視藝術的審美接受是詩意的接受，當富有情感張力的影像浸透觀眾的心靈時，觀影主體產生的審美情緒不僅僅是視覺上的快感，更重要的是精神上的審美愉悅與昇華。這種精神上的愉悅與昇華是無功利的，是一種擺脫了佔有慾望的心靈自由狀態。當這種純意象物與觀眾的生命形式共振時，就會在靈魂深處激發出生命的感動，從而使靈魂達到超越現實的高遠境界。影片《我的父親母親》以優美含蓄的影像再現了永恆的愛情，電視連續劇《四世同堂》以戰爭背景下民眾的日常生活為依託展現了民族大義，影片《可可西里》引發觀眾對人與自然的思考。總而言之，在影視藝術的審美境界中，主體的情感昇華了，精神超脫了，在靈魂的震撼中，觀眾超越了自我，提升了精神境界，進入更加自由的心靈空間。在中國古代美學中，美學家王夫之談到審美昇華的作用，「能興者謂之豪杰。興者，性之生乎氣者

也。拖沓委順，當世之然而然，不然而不然，終日勞而不能度越於祿位田宅妻子之中，數米計薪，日以挫其氣，仰視天而不知其高，俯視地而不知其厚，雖覺如夢，雖視如盲，雖勤動四肢而心不靈，惟不興故也。聖人以詩教以蕩滌其濁心，震其暮氣，納之於豪杰而后期之以聖賢，此救人道於亂世之大權也」①。在這裡，王夫之將審美昇華談得很清楚，它對人的精神起著一種激活的作用，人變得富有生氣和胸懷，超越了現實的種種束縛，進入心靈自由的境地。

影視藝術是人類日常生活的審美呈現，我們在影視劇中可以體味人間情愛的脈動，在新聞節目中可以感受到真善美的召喚，在電視紀錄片中可以領略到自然、歷史、文化的神奇與壯美。總之，影視藝術融入了更多普通人的情感與生活方式，這就為「日常生活的審美化」提供了豐富的精神源泉。德國哲學家海德格爾主張人詩意地棲居，所謂詩意地棲居就是通過審美的方式使人生藝術化，從而抵制工具理性所帶來的感性泯滅。因此，「日常生活的審美化」與「詩意地棲居」就是用審美的方式來認識自我，改變自我，創造自我，從現實生活的工具理性壓迫中解脫出來，用審美的方式編織自由詩意的世界。宗白華先生講道：「我們能否再從這唯物的宇宙裡尋回自己和自己的心靈，使我們不致墮入理智的虛無或物質的奴隸，而在豐滿的充實的人格生活裡，即愛的生活裡，收穫著人生的意義。」② 這裡宗白華先生確立了藝術的人生法則，通過審美方式將現實人生與客觀世界看作一種審美存在。影視藝術審美活動的深刻人生意義在於，它尋求的是現實的超越、道德的完善以及對人類終極價值的關懷。在審美與詩意的人生境界裡，人性超越了物質的束縛，人格得到充分張揚與昇華，生命的價值得到完整體現，此時人的心靈處於和諧自由狀態，這是一種形而上的慰藉。

影視藝術的審美精神是一種超越精神，其精神內核是超越日常的現實生活，使審美主體的日常感性昇華為藝術感性，從而走向審美自由之路，達到詩意人生之境。國內一些學者提到了審美文化的超越性。張晶指出：「在諸種文化形態之中，審美文化是最具超越性的。在很大程度上，它又是前瞻性的。它是一種應然的文化形態。」③ 聶振斌等也指出：「審美文化是人類發展到現時代所出現的一種高級形式，或曰人類文化發展的高級階段，它把藝術與審美諸原則（超越性、愉悅性以及創造與欣賞相統一等）滲透到文化及社會生活各個

---

① 葉朗. 中國美學史大綱 [M]. 上海：上海人民出版社，1985：52.
② 宗白華. 宗白華全集：第二卷 [M]. 合肥：安徽教育出版社，1994：290.
③ 張晶. 電視藝術的審美文化尺度 [J]. 現代傳播，2010 (3).

領域，以豐富人的精神生活，使偏枯乃至異化的人性得以復歸。」① 影視藝術具有詩意的審美層次，即影像感性形式之外構建的抽象意義，也就是文藝現象學家英伽登所說的「形而上學的品質」，它是藏在具體的觀念和形象的背後更具有普遍性的意義，這是影視藝術家對社會的深切體味而昇華出來的生命意味，是求真求善求美的精神結晶。當影視藝術家面對現實生活的磨礪而產生創作衝動時，他會以自己獨有的個性進行藝術形象的審美把握，從而使他的作品達到自我情感表現與普遍人生真理的雙重合一。這既是對身邊現實世界的感知，又是對現實世界的超越，作品也就獲得了普遍與永恆的意義。影視藝術作品揭示現實，但超越現實，指向未來，並對未來人類的生存處境予以昭示、啟迪。當社會進入 20 世紀，人類被桎梏在無形的鐵籠裡，人類被工具理性所控製，世界被程序化、符號化，世界也就失去了審美的意義。在理性的重壓下，人感到的是寂寞與孤獨，人的精神世界尋求不到永恆意義的歸宿點，呈現出精神碎片化的趨向。為了糾正人類所面對的這一處境，馬爾庫塞提出，唯有藝術與審美才能形成人類的新感性。馬爾庫塞所說的新感性，就是把感性從理性的壓抑中解放出來，使感性與理性達到和諧統一，從而以審美的方式感知世界，實現對現實生活的超越。影視藝術作為藝術中的一種樣式，為人們提供了一個精神陶冶和滿足想像的空間，這就打破了現實生活強加在個體身上的種種局限。當觀眾進入那充滿感性的自由幻覺體時，我們的靈魂深處就會升發出一種激動而美好的情緒，這種情緒中蘊含著深刻的人生意味和高尚情操，我們在這種情緒中更加深刻地體驗自我，體驗人生，體驗世界，從而使靈魂達到超越現實、超越自我的自由狀態。在這些審美超越中還給予我們形而上的精神慰藉，以及終極的價值關懷。

三、文本意義的生產與重組

美國傳播學者約翰·費斯克認為，電視文本具有開放性，是充滿了多義性的生產式文本。這種文本在符號中留出大量裂隙，電視受眾與之進行對話，從而產生各自不同的意義。費斯克在德塞圖抵制理論以及霍爾編碼與解碼理論的基礎上，提出電視受眾具有積極主動性，他們並非消極被動地接受，而是能夠按照自己的需求從文本中生產意義，因此電視的受眾是生產式受眾。費斯克的電視觀是在后現代語境下對電視傳媒的獨特認知，他融合了巴赫金的對話理論、福柯的權力話語、后結構主義等多種后現代哲學思潮，對當前中國的電視

---

① 聶振斌，等. 藝術化生存 [M]. 成都：四川人民出版社，1997：530.

理論與實踐的創新具有重要借鑑意義。

1. 多義開放的電視文本空間

早期的結構主義研究，把文本看作一個統一的整體，從而對應穩定有序的現實世界，作者實際上已經內置了主流意識形態的意義，讀者只是被動地接受。費斯克認為，在電視文本中，主流意識形態仍然試圖控製意義的生產與流通，但是任何一種意識形態都面臨其他意識形態的挑戰，因此電視文本混合了多元聲音，形成了多種話語的雜交，各種不同的意義相互抗爭。由於社會體系由不同的群體組成，因此電視文本意義的表述就會傳達出多元聲音、多重意義，正是電視的多元聲音，才使電視文本與觀眾產生對話關係。電視文本沒有一個單一的意義，而是一個開放的空間，一個支配力量與反抗力量的競技場。

費斯克借鑑艾柯封閉式、開放式文本和巴特讀者式、作者式文本的概念描述，將電視文本定義為大眾的生產式文本。在封閉性讀者式文本中，文本意義簡單明了，受眾被動接受，意義傳達單一，事實上封閉性讀者式文本吸引的是本質上消極的、接受式的、被規訓了的讀者。在開放性作者式文本中，受眾具有積極性與主動性，不斷地要求讀者去重新書寫文本，參與文本意義的建構。在以上文本理論基礎上，費斯克提出了生產式文本觀，生產式文本具有讀者式文本與作者式文本的雙重特點，生產式文本像讀者式文本一樣容易理解，生產式文本同時具有作者式文本的多義性與開放性。不同之處在於，生產式文本包含的意義超出了它的規訓力量，內部存在的一些裂隙大到足以從中創造出新的文本意義。

電視文本作為生產式文本，具有開放性與多義性，電視只有具有這樣的特點才能受到普遍的歡迎，因為電視觀眾由不同的群體組成，不同的群體對電視進行不同的解讀，以便從中獲取與他們各自社會體驗相關的快樂與意義。電視文本開放性與多義的獲取是和語言修辭方法的運用緊密相連的。雙關語、反語、暗喻等修辭手法的運用造就了多義電視文本的出現。雙關語提供了多重含義，觀眾在尋找解決雙關語的含義過程中獲得快感，並且，當人們從相互碰撞的話語中取得適於自己的語意時，將獲得更大的快感。反語也是一種語言修辭方法，反語使多種話語結合起來，而這些話語的碰撞是文本結構、主流意識形態不能完全控製的。「作為修辭手段的反語從來就是多義性的，而且總是可以進行明顯『不當的』解讀。」[1] 暗喻和反語一樣，需要兩種話語，它總是以另一種話語來描述某個事物。當話語碰撞時便產生了意義的爆炸，這很難使閱讀

---

[1] 約翰·費斯克. 電視文化 [M]. 祁阿紅, 張鯤, 譯. 北京: 商務印書館, 2005: 122.

主體產生統一的立場。費斯克指出，組織文本有兩種方法，一種以邏輯因果關係為基礎，它試圖把世界的意義局限於統一、普遍的意義之中。另一種組織原則以聯想為基礎，這是一個比較開放的原則，能產生更多的意義。雙關、反語、暗喻等組織文本法都是根據聯想法則進行的，它們無法確定觀眾會做出怎樣的解讀。

費斯克認為，過度性、淺白性、複雜性、片段性是生產式文本的主要特徵。「過度性指的是意義掙脫控製，掙脫意識形態規範的控製或是任何特定文本的要求。過度是語義的泛濫，過度的符號所表演的是主流意識形態，然後卻超出並且擺脫它，留下過度的意義來逃脫意識形態的操控。」[1] 過度性有兩種，一種是誇張的過度，另一種是符號的過度，這兩種形式都是多義的。誇張的過度具有矛盾的意義，一個是由語言的表層意義表達的直接意義，與主流意識形態相吻合；另一個是表達主流意識形態之后剩下的過度渲染的意義，觀眾可以用它詆毀直接意義，這為觀眾開拓了一個等值的雙重主體立場。符號的過度性具有與誇張的過度類似的作用，在電視上，主流意識形態要控製的意義太多，而觀眾總是可以對一些相互抵觸的話語進行選擇性解讀。電視文本由多重符號代碼組成，這些符號代碼的複雜表現使電視文本產生了更多的過度意義，這些過度的意義遠非文本所能控製。

電視節目作為工業文化產品的一部分經常遭到學者的批判，因為電視節目的通俗性與意義的明了減弱了大眾的批判能力。費斯克卻對電視文本的淺白有著自己的解釋。「淺白是對『有深度的』真理的拒絕。歸根到底，真理是一種控製性的話語，而淺白並不提供有洞見卓識的解釋，而是讓它本身懸而未決。」[2] 電視把運動的畫面、人物的聲音展現在觀眾的面前，展現的是淺白的東西，內在的意義未被言說，這樣在電視文本中留下了大量的裂隙與空間，從而使得觀眾可以填入自己的社會體驗，獨特的文本意義也將被觀眾所書寫。

電視文本作為生產式文本，具有複雜性，複雜性來自它的文本結構。費斯克認為，電視文本是由初級文本、次級文本和三級文本組成的。初級文本是指「播出的圖像」，它是意義的潛在體；次級文本是由完整的媒體宣傳產業所生產的諸如記者述評、明星傳聞、電視迷雜誌、電視劇本的「小說化」等，它們常常被觀眾帶回到初級文本中進行解讀；三級文本是指作為「社會主體」

---

[1] 約翰·費斯克. 理解大眾文化 [M]. 王曉玨，宋偉杰，譯. 北京：中央編譯出版社，2001：140.

[2] 約翰·費斯克. 理解大眾文化 [M]. 王曉玨，宋偉杰，譯. 北京：中央編譯出版社，2001：143.

的人們對電視的解讀、談論和閒聊等，它是觀眾根據電視節目生產的文本的一部分。因此，文本的意義存在於複雜的關係網中，文本的意義是由觀眾創造的而不是由節目的生產者創造的。

費斯克認為電視文本還具有片段性。電視文本是由一系列經過壓縮的、快速移動的生動片段組成的，片段與之間的干擾式間隙比任何意在統一文本的連續性或因果關係都重要。這些間隙使電視文本成為最開放的生產式文本，它將邀請觀眾進行缺席寫作。電視文本的片段性還可以使觀眾不斷切換頻道，不斷切換頻道使觀眾產生了片段的觀看體驗，這顯然是后現代主義的形象拼貼。后現代主義文化是一種碎片文化，觀看體驗與影像的支離破碎是對結構與意義的拒絕。

2. 積極主動的生產性受眾觀

生產式文本必然造就生產式受眾，「那些具有生產者式參與的讀者」可以「從文本中選擇性地生產出意義」①，因此觀眾觀看電視的過程也就是和電視文本對話、協商的過程。多義開放的電視文本被觀眾閱讀後就成了擺脫控製與規訓的生產式文本，因此電視節目的生產者很難保證觀眾順從性地閱讀，事實恰好相反，觀眾會對文本霸權進行對抗性的解讀。費斯克認為主流意識形態試圖控製文本意義的傳達，以單一的聲音彌合複雜矛盾的現實世界，但作為接受者的觀眾總能以自己的閱讀方式進行有效的抵制。費斯克的這種電視受眾觀深受法國理論家德塞圖的影響。

德塞圖在1974年發表的《日常生活的實踐》中論述了他的抵制理論。他認為，大眾文化中處於弱勢地位的大眾在權力缺失的情況下是可以戰勝處於支配地位的社會集團的，因為大眾雖然不能決定文化的生產，但可以控製它的消費，甚至顛覆它的意義。在他看來，處於弱勢地位的大眾不是直接的對抗，而是採取間接、迂迴偷襲式的戰術，對於那些強加的規則、權力、話語，弱勢者可以通過遊擊戰術反對正規軍的主宰，這就是在日常生活實踐中大眾對霸權意識形態的抵制。「由是觀之，大眾文化不但具有創造性，而且這創造性具有顛覆意味，代表弱者對強者的勝利。」②

將德塞圖的抵制理論運用到電視傳媒中，即受眾無法決定節目的生產，但是可以自由地選擇節目的消費，受眾對文本的解讀是積極的，節目製作者的本意未必一定傳給受眾，因為受眾可以根據自身的社會環境創造出屬於自己的意

---

① 約翰·費斯克. 理解大眾文化 [M]. 王曉玨，宋偉杰，譯. 北京：中央編譯出版社，2001：173.

② 陸揚，王毅. 大眾文化與傳媒 [M]. 上海：上海三聯書店，2000：128.

義。在費斯克看來，未被馴化的大眾對文本的解讀總是選擇性、斷續式的，觀眾從節目中選擇某些特定的意義和快感，以組成他們所消費的快餐。「這種有選擇性的、斷續性的觀看方式是一種抵抗，或者說，這至少是對文本結構中意識形態與社會意義的一種逃避行為。它躲開了文本結構的取向，而使文本可能面對不同的和多元的相關點。」① 和德塞圖一樣，費斯克指出，受眾可以積極主動地閱讀大眾文化產品，對抗、抵制支配意識形態同質化力量的限制。在文化符號的競技場中，同質的支配力量總是遭遇異質力量的抵制，這種抵制給予受眾一種能動性、創造性的權力。權力不僅自上而下，自下而上對權力的抵制同樣也是權力的一部分，通過對支配力量同質化意圖的抵制，從而產生不同於主流意識形態所推行的意義。

　　費斯克使德塞圖的抵制理論在大眾文化以及電視文化中得以充分實踐，並且把文本意義的生產交給了讀者而非文化產品的生產者。另一個對費斯克生產式受眾觀產生重大影響的理論家是斯圖亞特·霍爾，斯圖亞特·霍爾在《電視話語的編碼與解碼》一文中提出偏向解讀理論。霍爾認為，電視話語意義的生產階段就是電視工作者對原材料加工，也就是所謂的編碼階段。當電視作品一旦完成，此時的電視作品變成了一個開放的、多義的話語系統。接下來就是觀眾的解碼階段。霍爾提出三種解碼立場：其一是支配性解讀，觀眾與主流意識形態保持一致；其二是對抗式解讀，觀眾根據自己所處的社會環境，與主流意識形態對立，他們會反對文本中的意義；其三是協商式解讀，大多數觀眾對主流意識形態既不完全同意，又不完全否定，他們總體上接受主流意識形態，但要根據自身的特定環境對其進行修改。霍爾的電視解讀模式給大眾傳媒的啟示是，文本的意義不是傳播者傳遞的而是接收者生產的，讀者是文本的積極意義的生產者，而非一個被構造的被動接受者。

　　費斯克接受了霍爾偏向性解讀理論，但指出了理論的局限性。「它過多地強調了階級」，「實際上，並沒有多少完全主流的或者純粹反對的解讀，因此，看電視的過程是文本與各種社會讀者之間典型的協調過程，這一理論的價值在於，它把文本從完全意識形態的封閉狀態中解放出來，同時也在於，它偏離文本，朝著讀者的意義場轉移。」② 霍爾偏向性解讀理論開啟了將觀眾作為積極角色進行研究的先河，但是霍爾閱讀理論僅僅是理論的假設，費斯克指出，霍

---

① 約翰·費斯克. 理解大眾文化 [M]. 王曉珏，宋偉杰，譯. 北京：中央編譯出版社，2001：171.
② 約翰·費斯克. 電視文化 [M]. 祁阿紅，張鯤，譯. 北京：商務印書館，2005：91.

爾閱讀理論偏向於主流意識形態的閱讀與生產。實際上，霍爾所關注的仍然是大眾傳媒中如何生產出符合主流意識形態的文化產品，在此支配與霸權立場的偏向隱隱可見。在霍爾閱讀理論的基礎上結合德塞圖的遊擊戰術，就可以產生積極參與的生產式讀者。有選擇性的或部分的閱讀方式能夠避免這個意識形態的限制，打散文本的整體結構，使之成為一個非既定的文化資源。這種遊擊式的閱讀方式使觀眾躲開了文本結構的取向，觀眾根據自己特有的社會環境和人生體驗從文本中選擇性地生產出自己的意義。

　　電視觀眾具有積極主動性，並能生產出自己的快樂與意義，這與觀眾的異質性而非同質性是分不開的。同質性的觀眾指他們思想一樣，接受同樣的信息，產生同樣的意義，這也是支配意識形態所希望出現的觀眾。意義的同一可以產生普遍的認同，從而實現編碼者與文本話語的共謀。然而觀眾實際上是異質性的，作為社會主體的讀者由於各自所處的環境不同，他們之間有著差異。同時作為社會主體的觀眾是一個矛盾的複合體，在某些方面認同主流意識形態，在某些方面反對主流意識形態，在某些方面與之協商。因此，「解讀不是從文本中讀取意義，而是文本與處於社會中的讀者之間的對話」①。當觀眾的話語與文本的話語發生碰撞，當這些話語具有不同的利益，解讀就成了衝突的妥協。在這一過程中，文本結構中的意識形態並沒有不受任何抵制地把觀眾的主體並構成意識形態中的主體，而是文本中發現的意義朝著觀眾的主體發生偏移。

　　3. 費斯克后現代電視觀的理論價值及啟示

　　費斯克的電視理論對中國的電視理論研究具有重要的借鑑意義。費斯克認為，信息的傳播不是一個傳者與受者的線性過程，從信息的編碼到解碼，要受到複雜的社會環境與受眾自身環境的制約，支配階級的意識形態很難不變地傳達，觀看電視的過程是觀眾與文本的協商過程。電視文本具有開放性與多義性，是生產式文本。當觀眾以自身的社會體驗進行文本閱讀時，必然造就的是生產式受眾。費斯克的生產式文本與生產式受眾觀是建立在對眾多電視節目研究基礎之上的，是電視實踐的學理性總結。

　　誠然中國電視理論與實踐飛速發展，但仍然存在不少問題。電視理論研究方法單一陳舊，無法應對複雜多變的電視實踐，通過單方面的內容分析、受眾分析、效果分析等，雖然能夠說明一些現象，但卻忽視了多種方法、多種學科

---

① 約翰·費斯克. 電視文化 [M]. 祁阿紅, 張鯤, 譯. 北京：商務印書館, 2005：93.

的綜合運用，從而無法揭示電視、社會、政治、文化的複雜關係。費斯克在眾多傳播理論的基礎上，結合巴赫金對話理論、福柯的權力話語、后結構主義、接受美學、文本理論等方法，同時把電視放置在複雜的社會網路中，圍繞意義的生成，對電視文本與觀眾進行研究。費斯克的這種綜合性的多維研究視角正是當前中國電視理論研究所缺失的，因此，費斯克的電視理論研究具有方法論的價值與意義。電視理論研究走向學理化與現代化，這是與科學的方法分不開的。中國電視理論研究應該吸收與借鑑西方電視理論研究以及各門學科研究的最新成果，並結合中國的本土實際，從而形成具有民族特色與現代性追求的電視理論。

　　費斯克的電視理論對中國的電視實踐具有一定的啟示意義，從而為中國的電視實踐提供了革新的增長點。

　　在電視節目傳播的過程中存在著一個使電視理論研究者與電視實踐者頭疼的現象：一方面為了傳播主流意識與主流價值，電視節目被製作成意義單一、形象干癟、情感匱乏的作品，這樣的作品令觀眾感到厭倦，實際上傳播者的意圖並未達到，反而引起受眾的抵制性閱讀；另一方面，為了吸引觀眾，生產一些低級趣味甚至超越人類道德底線的作品，這樣的作品價值尺度失範，電視傳媒也沒有盡到應盡的社會責任。如何生產出既能傳播主流意識與主流價值，又能娛樂觀眾與吸引觀眾的作品，這也是費斯克在電視理論研究中所關注的。為瞭解決這一問解，費斯克在電視理論研究中提出了生產性與相關性這兩個重要的理論點。

　　生產性文本是多義開放的，其中存在大量的間隙與空白，這為電視文本與受眾的對話提供了空間。電視節目在形式上越開放，越存在著內在的質疑，被談論的也就越多。不去宣揚某個終極真理，而應多角度描繪事件的複雜性，這樣觀眾才有可能參與進去。事實上，信息的傳播是一種對話交流的行為，只有在對話與協商中才能達到信息傳播的最大化。電視文本只有增強開放性，才能吸引觀眾，增強觀眾的參與性，這也是生產性文本理論帶給我們的啟示。費斯克同時認為，觀眾是積極的，能創造出自己的意義。事實上，電視節目的製作者為了傳播主流價值無視觀眾的差異，往往把受眾置於想像的統一體。廣大觀眾由許多亞文化群體組成，他們有不同的社會關係與不同的社會體驗，只有考慮到這些方面，電視節目才能受到觀眾的歡迎。考慮到受眾的異質性，以及解讀文本的多樣性，就必然要求電視節目的製作者站在受眾的立場上，進行節目的選題與製作，而不是以權威者、布道士的身分去宣揚真理，從而真正貫徹以

受眾為中心的傳播理念。

　　相關性是費斯克電視理論中重要的支撐點。「電視要受到大眾喜愛，就必須包含與各種社會群體相關的意義。」[1] 費斯克把電視節目是否具有相關性作為判定能否受到歡迎的標準。所謂相關性，指的是文本內容與觀眾實際社會體驗的關聯點，如果一個文本能提供豐富的關聯點，那麼觀眾就會使自己的日常生活體驗與文本發生共鳴，這個文本就會受到觀眾的歡迎。因此，相關性主要關聯的是觀眾的實際社會情境。只有當觀眾進行解讀時，相關性才有可能出現，它是觀眾生產出來的，是電視文本具有的生產性潛質。電視文本的相關性，「要求文本意義多元化與相對性，拒絕封閉性、絕對性和普遍性」[2]。它必須「言說讀者想要說的東西，並且必須允許讀者在建構和發現文本與他們的社會情境具有的相關點時，同時參與選擇文本所言說的東西」[3]。相關性的引入，很好地解決了電視傳播有責任的信息與電視節目被廣泛接受之間的矛盾。這對中國的電視傳播實踐具有啓發式的意義。

　　在電視節目的製作中應充分考慮與觀眾的相關性，尋找與觀眾日常生活緊密聯繫的相關點，靠近生活，貼近群眾。如果電視節目與觀眾的日常生活毫無關聯，觀眾就不會有觀看的動力。相關性的獲取不僅表現在形式上，更重要的是挖掘精神實質，尋求與觀眾情感、心靈上的溝通。近年來中國的電視節目實踐獲得了可喜的變化，以民眾的日常生活為內容，以民眾的生存狀況為關注點，以民眾的視角為出發點，從民眾的空間開拓電視節目製作的資源。這種製作理念充分考慮了觀眾的相關性，改變了傳媒領導者的作風。總結中國電視的傳播實踐經驗，借鑑國外學者的傳播理論，兩者之間的有效互動，有望成為中國電視變革的增長點。

　　費斯克的電視理論不是金科玉律，他是站在資本主義電視文化實踐上的理論總結，我們只有在批判的基礎上，並結合中國的本土與民族實際，才能更好地為中國的電視理論與實踐的創新獻言獻策。

---

[1] 約翰・費斯克. 電視文化 [M]. 祁阿紅, 張鯤, 譯. 北京: 商務印書館, 2005: 103.
[2] 約翰・費斯克. 理解大眾文化 [M]. 王曉玨, 宋偉杰, 譯. 北京: 中央編譯出版社, 2001: 167.
[3] 約翰・費斯克. 理解大眾文化 [M]. 王曉玨, 宋偉杰, 譯. 北京: 中央編譯出版社, 2001: 173.

第二節　中國影像的民族品格與本土化構建

一、中國經典水墨動畫電影的民族品格

　　動畫電影的民族品格，指在動畫電影創作中以本民族的物質生活、精神生活為內容，以優秀的藝術傳統、美學傳統為手法，創造出反映本民族審美理想、審美需求的作品。《小蝌蚪找媽媽》《牧笛》《山水情》《鹿鈴》《九色鹿》《百鳥衣》《水鹿》等中國經典水墨動畫電影，以獨具華夏傳統特色的民族品格，為世界動畫史奉獻出「中國學派」的華麗篇章。中國經典水墨動畫電影重在對民族審美品格的追求，自然和諧的審美理想、寫意詩化的審美境界、形動傳神的審美創造、空靈清逸的審美韻味是其最顯著的特徵。中國經典水墨動畫電影創作堅守民族特色與民族品格，散發出中國特色的文化底蘊，在日益全球化的今天，對當下動畫電影的創新具有重要的借鑑意義。

　　1. 自然和諧的審美理想

　　中國經典水墨動畫電影創作，通過藝術假定性營造了一個象徵化的世界，影像的畫面、敘事、音樂、節奏等符號獲得了自然和諧審美理想範式的普遍性傳達，這是一種無法用理性邏輯建構的精神感覺，是一個民族整體宇宙觀、哲學觀的具體表達。

　　自然和諧的審美理想，首先表現為人與自然、主體與客體的和諧。《小蝌蚪找媽媽》以擬人的手法給觀眾再現了一個象徵化的世界，借助於池塘中的自然世界，人的情感得到外化，通過外化的自然世界，人的情感又獲得了審美的愉悅。簡約的敘事影像，卻成為觀眾內心永恆的生命情節，甚至成為自然和諧的民族審美理想的具體體現。《牧笛》以江南水鄉為背景，在悠揚的笛聲烘托下，描繪出夢幻般的田園風光：春風陣陣，楊柳依依，牧童吹笛，魚兒嬉戲，高山流水，深潭碧綠。動畫電影作品結合中國水墨畫情景交融的寫意手法，營造出自然和諧、天人合一的審美理想。中華民族的審美系統中特別重視人與自然的和諧，這就要求在藝術創作理論上強調情與景的統一，主體與客體的統一，在水墨動畫電影的各種視聽造型元素中，這叫作一切景語皆情語。《山水情》既有師生相遇、授業、分離的纏綿情誼，又有高山峻嶺、雄鷹展翅的宏大意象，再配以渾厚的古箏曲，畫面、聲音、敘事、節奏等動畫造型手段情景交融，傳達出人與自然高度和諧統一的審美理想。

　　自然和諧的審美理想另一個表現是重視情與理的統一。《小蝌蚪找媽媽》

並無複雜的矛盾衝突，在眾多友善者的幫助下，小蝌蚪最終實現了與親人的團聚。在《鹿鈴》中，小姑娘救助受傷的小鹿，而小姑娘受傷后，小鹿用鹿角頂著籃子買肉回來。當小鹿找到媽媽，與小姑娘分別時，一步一回首的場面，實現了情景交融、情理統一。取材於敦煌壁畫的《九色鹿》，根據苗族傳說創作的《百鳥衣》，來自臺灣民間故事的《水鹿》，從民族文化、民族歷史等角度發現善，表現善，以仁愛、善意作為靈魂統帥，以理立情，以理節情，情理結合，從而體現出中國哲學所特有的和諧、圓融之美。「情與理互相滲透、互相制約、互相發生，由此構成人的心靈，這心靈又與自然形象相呼應，異質而同構，實現統一。一切都顯得那麼飽滿、和諧、圓融、順暢。多變成了一，有變成了無。於是，這種情理統一、主客統一的境界也可以說是一，或者說是無。」① 在《牧笛》中，水牛與魚兒嬉戲，牧笛與鳥鳴合奏，自然與人性相通，作品由景到情，由情至理，這是一個變有限為無限，化瞬間為永恆的審美過程，天籟、地籟、人籟融為一體，滲透出宇宙道體的光輝。

中國經典水墨動畫電影作為一種審美對象，反映出華夏文化中自然和諧的民族美學精神，開拓出天人合一的審美形式。和合為美是中華民族的審美理想，和既是宇宙的存在方式，也是人類社會的理想狀態。我們從中國經典動畫電影中可以領略到人與自然共存的規律，他們將自然放在自身之上，或者平等對視，山即為神，每一顆植物都是生命的體現，崇拜和信仰與自然融為一體。這種天人合一的抒寫方式正是中國審美文化的精髓，為中國美學的當代傳播提供了重要的精神範式。

2. 寫意詩化的審美境界

中國經典水墨動畫電影是寫意詩化的，寫意詩性的介入意味著藝術家需要調動影像所特有的視聽造型元素，創造出一種象徵性的意境，以此彌補有限物質空間與無限精神空間的距離，從而使欣賞者對人生獲得審美感悟。《小蝌蚪找媽媽》從頭到尾匯集了許多相當精致的詩意化視聽造型元素：古箏和琵琶柔美的音聲與淡雅、簡約的水墨呈現，一個個小蝌蚪開始擺動；池塘邊兩只小鷄在媽媽的陪伴下嬉戲；青蛙媽媽尋找孩子們時急切的心情；小蝌蚪找到媽媽時歡快的動作表現。這一幅幅極具審美張力的詩意化空間抒發出東方詩學所特有的審美情感。

中國傳統藝術審美理論講究「立象以盡意」，以象寫意，寓意於象，以象盡意，象有盡而意無窮。「這種意象合一的境界所表現出來的是無限廣闊的人

---

① 陳望衡. 審美倫理學引論 [M]. 武漢：武漢大學出版社，2007：154.

生空間，它從表現生活中的具體事件和具體場景的有限空間中跳躍出來，從某個角度揭示人生的意味，從而對整個人生、宇宙獲得一種哲理性的感受和領悟。」① 在中國經典動畫電影中，詩化的鏡頭畫面強化了意義的深層內涵，幽美的田園風光、奇峻的重巒疊嶂，配上竹笛、古箏等民族樂器，展示出一種清靜淡遠的東方神韻。藝術家充分認識到影像語言修辭表達哲學意蘊的重要性，創造出許多象外之意。《牧笛》中，一只黃鶯唱起了嘹亮的歌曲，牧童拿起竹笛與之和鳴，最后黃鶯甘拜下風，獨自離去；水牛與蝴蝶嬉戲后，被天籟之音所吸引，靜臥山下聽瀑；牧童削竹吹笛，水牛聽到召喚，回到牧童身邊……視覺意象、聽覺意象、動覺意象構成了一幅完整的春牧圖，這些包含象外之意的審美意象，構思奇妙，境界深遠，即非純然物景，又非純然人境，象與意的完美融合，開掘出中國水墨畫以景抒情、托物言志的巨大能量，創造出中國哲學天人合一的最高審美境界，是審美主體與審美客體、心與物、情與景高度心靈化而形成的詩性空間。

這種由意象合一為傳達手段而形成的高度心靈化詩性空間，在《山水情》中有著更為完美的體現。山水間悠揚的笛聲傳來，河鴨被驚起，少年駕扁舟而來；少年跟隨老者學習琴藝，琴聲陣陣，四季春去寒來；老者垂釣，少年撫琴，魚兒被琴聲吸引。這一組組寫意詩化影像，直抒胸臆，自然渾成，勾勒出國畫般的風格與意境。在《山水情》的最后部分，影像詩性空間的張力達到了高潮：師徒分離，少年撫琴送別，蕩氣回腸的琴聲回響山水之間，老者佇立回望，駕扁舟遠去。這一組送別場景充分把握了「立象以盡意」，以近景、遠景來展現廣闊的宇宙空間，以音樂渲染情誼豐厚的場面，影像樸實無華，景中有意，意中有情，情景交融，創造出「氣韻生動」的審美境界，頗有「孤帆遠影碧空盡，唯見長江天際流」的古典詩韻。

通過對立象以盡意、意象合一等傳統美學方式的運用，中國經典水墨動畫電影在影像空間上最大限度地彰顯了寫意詩化的民族美學精神，在意蘊表達上釋放出中國詩畫以景抒情、托物言志的巨大精神能量，創造出唯一性的東方詩學境界。

3. 形動傳神的審美創造

「中國動畫中的形神觀與傳統繪畫的形神觀有異曲同工之妙，傳統繪畫講求以形寫神、虛實結合，注重意境的描繪；動畫最大的特色就是動，在動中追求形意結合的意境美。同時借鑑了傳統繪畫中以形寫神的創作手法，主張在似

---

① 周月亮. 影視藝術哲學 [M]. 北京：中國廣播電視出版社，2004：162.

與不似之間的形態中，著重追求一種動態的意趣，從而含蓄、溫婉地表達情感。」① 在中國經典水墨動畫電影中，形動傳神的審美創造主要包括奇妙的動靜處理與優雅的虛實互換。

　　在動畫電影場面調度中，從動與靜的關係角度做美學干預，是實現審美意蘊顯現的催化劑。在傳達靜態情感時給予適當的動態處理，在傳達動態情感時給予適當的靜態處理，在動靜相襯中可以達到傳神的審美效果。《牧笛》在動與靜的關係處理上提供了豐富的動畫視覺經驗，我們以牧童尋牛為例。牧童站在山崖上放眼望去，只見重巒疊嶂，雲霧彌漫，古樹蔥鬱，畫面顯現出一片靜穆的自然景觀；接著是高山懸瀑奔流而下的雄偉景象。通過動靜相襯的渲染后，牧童發現水牛在懸崖之下仰首靜臥聽瀑，奔跑而至的牧童把水牛驚起，水牛發現是自己的主人后與主人緊緊地依偎在一起，突然水牛被瀑布所發出的奇音吸引，奔跑而去。在這一場面中，靜中有動，動中有靜，動靜處理相得益彰，如果提升到民族文化的層次進行審視，這源自導演對傳統藝術創作手法的深刻把握，從而達到傳神的藝術效果。在中國經典動畫電影場面中，關於動靜關係的考察，還有同一畫面中不同元素所構成的動靜關係。如《牧笛》的開始，通過一個移動鏡頭，江南水鄉風光歷歷在目，再配上歡快動聽的笛聲，用移動鏡頭拍攝靜止物體，以動表靜，靜中有動，動與靜在同一畫面中相互陪襯，充滿了內在的韻律。

　　在中國經典水墨動畫電影場面敘事中，鏡頭語言的運用是靈動的，「山之精神寫不出，以煙霞寫之；春之精神寫不出，以草樹寫之」。化虛為實、化實為虛，優雅的虛實互換同樣是實現傳神效果的重要利器。在《小蝌蚪找媽媽》中，為了表達小蝌蚪尋找媽媽的情誼，先後用小雞與媽媽在一起玩耍、烏龜與孩子們在水中遊弋等畫面進行烘托，原本虛化的內心情感期待充分實體化了，可以說是化虛為實的典型。《牧笛》中，水牛因留戀懸瀑之音而跳到水中，無奈之下，牧童拾起一塊石頭，欲扔向水牛又慢慢放下。鏡頭畫面把牧童摯愛水牛的無形大象心理進行感情物化，這一由虛到實的轉換，使意境別開生面，餘味無窮。在動畫場面中，通過鏡頭語言變換，化實為虛，虛實相襯，可以使「景外之景」「象外之象」浮現於觀眾的內心世界中。在《牧笛》的開始段落，再現田園風光后，悠揚的笛聲傳來，接著牧童騎著水牛悠然而至，這個動畫場景的妙處就在於未見其人先聞其聲，以虛寓實，虛實相生。《山水情》中有化實為虛的巧妙筆致。開篇山水間，一位老者的虛影飄然而至，通過如雲如煙的

---

① 李旭. 形動傳神，虛實寫意——中國經典動畫的形神觀探究 [J]. 裝飾，2012 (6).

簡約勾勒，化實為虛的審美意味油然而生。少年跟隨老者學藝的場景處理更是達到出神入化的程度，少年撫琴與春、夏、秋、冬四季變換的鏡頭相互穿插，通過換境渲染，把常規的敘事情景轉化成極具詩情畫意的場面，如果沒有以虛寓實，是很難達到這種妙境的。

中國經典水墨動畫電影，動靜處理相得益彰，虛實互換空靈雅致，借形傳神，創造出許多象外之旨，可謂「言有盡而意無窮」，給觀眾留下了一個餘味無窮的想像空間。

4. 空靈清逸的審美韻味

華夏美學最高的審美境界是「大音希聲」「大象無形」，具體就中國經典水墨動畫電影創作而言，影像畫面是有限的，而延伸的想像空間是無限的。這就決定了創作中在敘事、構圖、音樂、攝像、造型、色彩等方面不拘泥於「象內之象」的約束與控製，追求一種「超以象外，得其環中」的無形大象，從而達到對人生之相、宇宙之道的深刻頓悟。中國經典動畫在動與靜、情與景、實與虛、顯與隱、有與無之間追求一種「弦外之音」「味外之味」，這「弦外之音」「味外之味」就是追求一種空靈清逸的審美韻味。

要表現中國經典水墨動畫電影空靈清逸的審美韻味，首先在於空鏡頭的靈活運用。空鏡頭指畫面內沒有人物的鏡頭，「空鏡頭在影片中的作用，顯然絕不止於說明人物在什麼環境中活動，那僅是空鏡頭最基本的、最原始的用法。景最好和人結合起來，寫景是為了寫人。影片中的景物是一定的人眼中的景物，這不單指所謂主觀鏡頭，而是說景物如果和人的心情相呼應，它給予觀眾的感受跟人物的動作、遭遇給予觀眾的感受就可以相輔相成、融成一體」[1]。在《牧笛》《山水情》中有大量表現自然之景的空鏡頭，它們與人物情感交相呼應，或清新恬靜、古樸雋永，或山高雲遠、澄澈空明，或淡荇流水、飄忽不定，或懸瀑奔騰、情愫波動。總而言之，情中有景，景中有情，實中有虛，虛中有實，營造了一個空靈清逸的世界。空鏡頭作為中國經典水墨動畫電影的一種表意手段，是對華夏美學精神的繼承與運用，通過對情與景、虛與實的合理調適，創造出中國詩畫的神韻與氣度。

其次是重視藝術留白的審美召喚力。留白是中華民族美學的重要表現手段之一，「留白作為無形之象，更是在筆墨之外傳遞著更為幽深的情理意趣，並以最簡明的程式——以白當黑，表達著對宇宙人生的深邃思考，表達著人與

---

[1] 鄭君里. 畫外音 [M]. 北京：中國影視劇出版社，1979：137.

人、人與社會、人與自然、人與自我最精致的情感」①。作為審美對象的藝術作品，有許多「未定點」和「空白點」，正是這些「未定點」和「空白點」，促使受眾發揮想像去尋找作品潛在的意義。中國經典水墨動畫電影在構圖上往往留有大量的空白，僅僅用簡約的線條進行人物、形象的勾勒，追求一種空靈清逸的東方神韻。在《小蝌蚪找媽媽》中，幾個小小的墨點，就把小蝌蚪的情感表現得真實動人，而在構圖背景上卻留有大量空白，給觀眾留下了一個充足的詩意想像空間。在《山水情》中，蒼鷹飛翔天空，背景是茫茫天穹。中國經典水墨動畫電影中的留白點體現了華夏哲學最基本的天人合一的宇宙觀，從實到虛，從有限到無限，從而形成了空靈清逸的韻味。從敘事角度上講，中國經典水墨動畫電影不講究衝突，故意弱化動畫的敘事屬性，而強調表意功能，《牧笛》以夢境入，以夢境出，是夢境田園詩，《山水情》中老者飄然而至，最后又駕舟而去，畫面空間幾乎完全是移動的水墨畫卷，在敘事上留下了最大限度的空白。

空靈清逸體現了中華民族的哲學思想，輕物質而重精神，是中國傳統的審美心理圖式。中國經典水墨動畫電影創作，正是在民族傳統美學的薰陶下，形成了獨特的藝術表現形式。

總而言之，中國經典水墨動畫電影在創作上，發掘民族文化傳統，堅守民族美學品格，尊重民族審美心理，弘揚民族精神，呈現出強烈的東方哲學內涵，創造出極具中國文化底蘊的一流作品，為當下動畫電影的創新與發展提供了重要參照依據。進入新世紀，影視文化傳播日益全球化，面對國內動畫電影市場中日益增長的外來「物種」，國產動畫電影卻日顯單薄。況且外來文化產品的單向輸入，使得「民族的同一性與凝聚力被削弱」。② 在全球化環境下，中國動畫電影創作應以提升民族品格為追求目標，增強民族傳統元素的表現力，擴大對外傳播的影響，只有這樣，我們的動畫電影作品才能在全球格局下佔有一席之地。

二、電視紀錄片《魅力發現》的本土化構建

20 世紀 90 年代以來，四川紀錄片異軍突起，以西部獨特的地域文化賦予了紀錄片特有的魅力，先后拍攝出《藏北人家》《三節草》《英和白》《抉擇》等作品，王海兵、張以慶等紀錄片導演也被國內外所認知。縱觀四川紀錄片的

---

① 劉麗輝，徐俊六.「留白」的審美功能及其華夏美學意蘊 [J]. 當代文壇，2012 (3).
② 彭吉象. 影視美學 [M]. 北京：北京大學出版社，2002：231.

創作，在自然與文化的抒寫中與當代社會人生進行對接，形成了西部特有的人文價值體系。《魅力發現》是四川廣電集團推出的一檔紀錄片欄目，以本土化為出發點，以中華民族的審美圖式為基因，通過通俗性的故事敘述，展現出特有的文化內涵。這種本土化的戰略在電視傳播日趨全球化的今天，無疑具有重要意義。

1. 欄目創作的本土化策略

本土化就是依據中國的特殊國情，立足中國的社會現實，按照中國電視媒體自身的運行規律，遵循中國電視觀眾的接受習慣與實際需要，組織、製作與傳播具有中國民族特色、氣派、風格、口味的電視節目。① 本土化是中國電視節目創作應遵循的重要原則，是中國電視生存的立足點，也是應對西方電視文化侵襲的有效武器。

美國傳播學者約翰·費斯克在有關電視文化的研究中提出了相關性原則，「電視要受到大眾喜愛，就必須包含與各種社會群體相關的意義」②。所謂相關性，指的是文本內容與觀眾實際社會體驗的關聯點，如果一個文本能提供豐富的關聯點，那麼觀眾就會使自己的日常生活體驗與文本發生共鳴，因此在電視節目的製作中應充分考慮與觀眾的相關性，尋找與觀眾日常生活緊密聯繫的相關點。我們認為相關性即為本土化，只有地域上的親近感，才能使觀眾產生共鳴，獲得審美認同。從文化的角度上講，本土化是指與自己文化相近的生活方式、藝術方式。《魅力發現》將鏡頭對準四川的各個地區，講述四川人自己的故事，從心理上與四川觀眾相契合。四川地域廣闊，自然景觀奇特，民族眾多，各民族的生活方式、習俗各不相同，獨特的西部優勢為電視紀錄片提供了豐富的資源。如《揭秘黑水》《鍋莊疑雲》《獵塔湖水怪》等，這些題材內容都立足於四川本土，充分體現了電視紀錄片《魅力發現》的本土化特色。

題材是電視紀錄片最主要的部分，在我們的生活中紀錄片的題材無處不在。但並不是所有的題材都值得拍攝記錄，只有那些能夠反映現實或歷史生活本質，具有社會價值和歷史價值的題材，才值得我們用影像去記錄。本土化的題材具有地域特色，擁有較強的親和力，不僅能夠開闊觀眾的視野，同時能夠為民族與文化的豐富性和多樣性提供鮮活的論據。《魅力發現》所選的題材，是和我們生活相關的題材，表現人與人、人與社會、人與自然的關係，記錄發生在生活中具有歷史意義和現實意義的事情，並通過對現實社會的記錄，引發

---

① 胡智鋒. 中國電視策劃與設計 [M]. 北京：中國廣播電視出版社，2004：12.

② 約翰·費斯克. 電視文化 [M]. 祁阿紅，張鯤，譯. 北京：商務印書館，2005：103.

人們的思考。《魅力發現之血湖》通過對湖水顏色由清亮變成血紅色的記錄，用科學的方法證明了湖水變色是一種自然現象，破除了四川達州當地人對湖水變色有不詳之事降臨的猜疑，讓人們相信科學，具有重要的現實意義。《樂山大佛笑面背後的玄機》則是對樂山大佛奇特建築的一次記載，通過對樂山大佛千年不壞的秘密的揭露，肯定了古人高超的智慧，具有寶貴的藝術價值和深遠的歷史意義。《羌族村寨不倒的古堡》則講述了在四川的羌族村寨，在經過「5·12」強震后，在眾多房屋嚴重受損的情況下，這個年代久遠的碉樓卻安然無恙的故事。碉樓作為一種民族特色，開闊了觀眾視野，為民族與文化的豐富性和多樣性提供了鮮活的論據。

實施本土化策略要根據受眾對所選題材內容進行適當的調整，即所謂的因地制宜，因為實施本土化戰略能夠增加與當地受眾的親和力。為迎合受眾的需求，《魅力發現》選擇了許多與人們生活相關的題材，探尋四川人自己的魅力生活，把最新發生的事情以及不同的生活狀態傳達出來，同時也給觀眾提供一個自由交流的平臺。《魅力發現之穿越吃人谷》介紹了一個魔鬼三角洲——黑竹溝。為什麼黑竹溝常有奇怪的事情發生？黑竹溝這個神祕的地方，發生了許多新奇故事，這種與眾不同的地方特色，就是吸引觀眾的有力武器。

2. 通俗化的敘事追求

電視節目的本土化還體現在表述方式的本土化，電視節目的表述方式必須符合電視觀眾所處的特定時空關係。電視節目的敘述方式必須體現民族特色。中國電視的敘事方式建立在中國傳統思維方式之上，注重整體性與完整性。《魅力發現》在敘事結構上追求整體性與完整性。所謂整體性與完整性，指文本的主要情節、時間、地點交代清楚，敘事的開端、發展、高潮、結局線條明了。這種敘事結構的完整性顯然符合中國觀眾的欣賞習慣。《魅力發現》特別注重打造高潮部分之前的預敘，從而使高潮點具有非凡的情緒感染力。《川西北秘密花》講述了一種象徵死亡與恐懼的毒花，每天下午雍措和卓瑪都會來到山坡上尋找這種植物。山坡下聳立著一座藏族寺院，這座寺院與狼毒花之間有著怎樣的秘密，紀錄片引而不發，卻把鏡頭對準寺院建築歷史，以及寺院印刷工人印刷經文的現場。經過長時間的影像極度渲染之后，觀眾才知道秘密就藏在這些印刷經文的紙張裡。原來用狼毒花根製造出來的紙，雖然質地比較粗糙，但有很好的韌性，而且狼毒花特有的毒性，可以防止紙張被老鼠咬、被蟲蛀。文化是一種世代的累積，正是那些用狼毒花製造的經文，在不斷的延續中，留下了難以磨滅的印記。《魅力發現》中多數紀錄片都採用了開端、發展、高潮、結局的完整敘事模式，特別是在高潮部分著力進行預敘與渲染，極

大地增強了紀錄片的感染力。

在紀錄片中，細節是展現人物性格、事件發展、社會環境、自然景物，以及刻畫人物心理最小意義的單位，它將有利於情節的發展、主題思想的表達。細節的捕捉，意味著在情節的發展過程中，抓住那些看似瑣碎平常的東西，卻能夠以小見大，從而增加作品的藝術感染力。《魅力發現》中有很多觀眾不熟知的故事，如何讓這些內容在觀眾的心中更加鮮活，這就需要細節的展現。只有用生動鮮活的諸多細節支撐起片子的整體結構，細膩地表現事實真相，才能賦予紀錄片飽滿的血肉。《川北皮影》展示出閬中特有的民俗文化，作品不僅在於影像的講述，更重要的是細節的展示，在惟妙惟肖的戲場演繹中，無論是人物的坐立起臥、顧盼俯仰，還是打鬥拼殺、騰雲駕霧，無不栩栩如生。正是通過細節的展示，《川北皮影》讓民間文化給觀眾留下了難以磨滅的記憶。

紀錄片用懸念、矛盾衝突以及具有連續性、富有感染力的情節來講述故事、表現主題，它豐富了紀錄片的表現力，提高了紀錄片的觀賞價值。懸念指的是引而不發，提出問題，但不急於告訴觀眾答案。懸念的設置意味著打破常規的敘事邏輯，將可以正面、直接鋪敘的內容、情節、人物等用暗示、隱喻、烘托等方式來表現或暫時擱置，造成完整敘事中一個不確定的因素。懸念的設置，往往在常規敘事被阻斷後，可以引發觀眾強烈的期待慾望，從而達到極佳的敘事藝術效果。《魅力發現》講述了以四川為主的人文故事，有衝突，有懸念，有戲劇性的設置，以達到引人入勝的目的。故事中不斷提出懸念，再提出懸念，到故事的最后再告知事實的真相，使得故事內容環環相扣，發展跌宕起伏。《變臉的秘密》講述了川劇的魅力。在川劇中變臉是獨門絕技。在轉瞬即逝的時間裡，藝人用什麼方法變換臉譜呢？這其中隱含著怎樣的秘密？藝人演出時隨身攜帶的皮箱中有披風、帽子、臉譜，這些服裝、道具在變臉中究竟有著怎樣的作用？其中又有怎樣的秘密？一系列戲劇性的懸念便擺在了觀眾面前。

愛聽故事是人的天性，而作為一種藝術形式的電視紀錄片，可以汲取中國古典小說、戲曲中的優秀敘事傳統文化營養，注重情節的安排，有意識地設置懸念，講述引人入勝的故事。

3. 真善美相統一的華夏審美圖式

中國電視節目的本土化應建立在中華民族的審美圖式上，因此，向悠久的中國傳統文化尋求滋養，堅持民族文化精髓和傳統美學的熏陶，建立富有民族特色的電視節目主體，將是中國電視今后發展的軌跡。華夏審美基因包括美真同體、美善同義、和合為美，在此基礎上形成了真善美相統一的華夏審美圖

式。電視紀錄片作為中國電視節目中的一個樣式，在本土化的建構中應該把中華民族真善美相統一的審美圖式整合於內容之中，在不同的紀錄片形態中讓華夏審美基因成為共同的精神支柱。

真實性是紀錄片的生命。所謂真實性，指電視紀錄片所表現的事物具有的客觀實在性，它以真實的人物、時間、環境、情景等一系列自然的、社會的原生形態，來反映以及再現客觀世界、現實生活。紀錄片的真實性又分為外在真實與內在真實。所謂外在真實，指紀錄片影像所再現的客觀事物形式的真實，內在真實可稱為哲理真實，是指事物深層的內容真實。紀錄片要達到外在的真實，可通過原生態的影像堆砌，但是這種外在的真實很難引起觀眾對生活與歷史意義的思考。因此紀錄片創作要從外在真實進入哲理真實，要從對原生態的影像堆砌進入對民族文化心理乃至個體生存境遇以及人類生存境遇的展示。從《魅力發現》文本中可以看到，創作者由外在真實到哲理真實的追尋。《異地家園》以湖廣填四川為背景，講述了賀氏家族異地建立家園的艱辛歷史，紀錄片不僅真實地展現了民族文化的歷史，同時以鮮明的個體為視角，揭示了人類與民族演進的內在真實。華夏審美的精神之一是美真同體，紀錄片達到外在真實與內在真實的統一，美的圖式也就自然地顯現出來了。紀錄片建立在真實的基礎上，是外在真實與哲理真實的有機結合，是真與美的自我顯現。

在中華民族的審美圖式中美善同體，孔子提出盡善盡美的審美觀念，「美善統一，在儒家思想，主導面是善，也就是說，在美善統一體中，善是靈魂，是統帥。這一思想，也體現在藝術領域中」[1]。善就是人的目的性，善包括思想方面的善念、行為方面的善行，向善是人的一種天性。因此，電視紀錄片應該把善的普世價值涵養在影像之中，從歷史、文化、社會的演繹中尋覓善、發現善、認識善、表現善，從而完成勸善懲惡的道德意圖。紀錄片創作者要善於發現善、表現善，讓善成為統帥紀錄片的靈魂。《古鎮之謎》通過展現孝泉古鎮的歷史與今朝，讓觀眾感受到了孝文化在中華民族中的源遠流長，在普世道德缺失的今天，無疑是一首精神的讚歌，觀眾在作品人物至善的感召下對自我道德進行審視，從而完成對善的皈依。電視紀錄片應該聚焦善行，演繹善念，讓觀眾沉浸在盡善盡美的飽和影像之中，為高尚的行為所感動，被高潔的靈魂所感染，從而使精神得以昇華。

和合為美是中華民族又一審美圖式，和既是宇宙的存在方式，也是人類社會的理想狀態。中國電視紀錄片儘管風格各異，但追求和合為美的審美品格應

---

[1] 陳望衡. 中國古典美學史：上卷 [M]. 武漢：武漢大學出版社，2007：32.

該是其共同目標。儘管它的表現方式是多元化的，但在不同的表現形態中，在對立、矛盾、衝突中追求和諧、統一，將是我們中華民族美學的傳承與再生。紀錄片《魅力發現》充分展示了華夏美學和合之美的審美圖式。《夢幻彩池》展現了九寨溝奇異的自然風光，然而由碳酸鈣組成的夢幻彩池在將來的某一天會消失，大自然創造了奇特的風景，但作為大自然的一部分，始終擺脫不了誕生與毀滅的輪迴。這種天人合一的抒寫方式正是中國審美文化的精髓所在。

第三節　張藝謀的影像世界

張藝謀的電影是一個獨特的文化世界，影片試圖運用二元對立法則來揭示人性與社會發展的矛盾，即揭示自然之性與社會文化、規則、秩序的二元對立，自由與必然的二元對立，在影片的敘述機制上表現為拯救與失望的對立。張藝謀的電影給觀眾提供了視覺上的奇觀，這表現在導演對視覺符號的獨特運用，在有限的畫面空間內，將抽象的思想轉化為可視的造型空間，從而完成對生活與現實的創造。

一、張藝謀電影的二元對立性

法國著名學者列維-斯特勞斯，通過對古代神話敘事結構的研究，提出了二元對立性。列維-斯特勞斯認為神話結構由神話中各基本元素的對立組成，於是二元對立法則成為一切神話的結構原則。列維-斯特勞斯以神話中的基本故事作為分析對象，努力尋找神話中內在不變的因素和結構形式。他受語言學中音素、詞素等概念的啟發，把神話中的最小單位叫「神話素」。在對神話進行研究之後，他發現「神話素」就像詞素中的一些二元對立現象一樣，也是按照二元對立的原則建立起來的，神話的意義就存在於這些「神話素」的組合之中。他認為這是浩如菸海的神話底下隱藏著的某些永恆的「深層結構」，任何特定的神話都可以被濃縮成這些結構，其中的變項是一些普遍的文化對立和處於這些對立項之間的象徵符號。這些深層結構在不同文化中可以演變出具有不同價值的表層結構。

在列維-斯特勞斯二元對立的基礎上，格雷馬斯提出了行動素模式（model actantiel）。該模式包括以下分屬三種行動素範疇的六種行動素，即三組二元對立：①施動者：發布行動的命令。②接受者：接受施動者的命令或接受行動的后果。③主體：執行行動（英雄）。④客體：行動的對象（寶物）。⑤幫助者：

幫助完成行動。⑥敵手：阻撓完成行動。格雷馬斯所追求的目標不在於對個別作品做出解釋，而在於闡明生成這些作品的「語法」本質。通過使用兩個關係不是對立便是否定的行動素，敘述便體現在這一模式中。「從表面上看，行動素的那種關係因此會產生諸如分離和結合、獨立和統一、鬥爭和調和等基本行動。這種從一方轉向另一方的運動，包括在某種實體（性質、對象）的表面，從一個行動素轉到另一個行動素，構成了敘述的本質。」①

從列維-斯特勞斯到格雷馬斯，都是從縱聚合軸上來發現敘事作品的深層結構，並探求共同的語法規則。二元對立原則為我們提供了新的思維模式，適用於對各個作家不同的作品以及一個作家所有作品的分析。縱觀張藝謀的作品，我們發現其內在結構具有驚人的相似性：揭示人類社會發展過程中的最根本的對立，自然與文化、自由與必然的對立。

《紅高粱》是張藝謀第一部性革命的實驗場，在這裡透露出的是原始的自然之景，沒有文化，沒有傳統，沒有規則，沒有秩序，有的只是充滿野性與自然生命力的紅高粱。這種強勁的原始生命力扼制了一切非生命的力量，從而達到了人類原始之初的和諧之美。性革命者「我爺爺」和「我奶奶」與被革命者李大頭之間的暴力關係在瞬間便完成了，他們在對統治者進行革命的時候是如此堅決，沒有任何猶豫。「我奶奶」上轎前的一把剪刀呈現出強烈的反抗意識，「我爺爺」消除李大頭是如此利索乾淨。他們發動的這場性革命是如此豪壯，沒有任何扭捏：在一陣嗩吶的齊鳴聲中，一片片血紅的高粱隨風勁舞，「我爺爺」凶狂地踩倒高粱，踏出一塊圓形的「祭壇」，「我爺爺」把一身紅妝的「我奶奶」平放上面，身子呈「大」字形，我爺爺慢慢俯下身去，野性十足的紅高粱為他們狂舞。這是對他們性革命的讚美，透露出一種原始的本真，超越理性、文化秩序而追求本性的灑脫。可以說這是一次成功的暴力革命，通過對壓迫者權力的剝奪，從而實現了人性的和諧。

但是到了《菊豆》，人類社會原始的和諧時代一下子跌入秩序社會的萬丈深淵，革命者與被革命者、壓迫者與被壓迫者之間的關係就不是那麼容易被顛覆了。在這裡並非僅僅楊金山一人，而是有著強大的統治集團，從而造成了對天青、菊豆致命的威脅。影片同樣揭示了人的自然之性與社會規則、自然與文化之間的二元對立。在《紅高粱》中它們作為一對對立的行動素，從一方向另一方移動，由不平衡達到平衡，即在移動的過程中，英雄（主體）取得了行動的勝利（獲得寶物）。而在《菊豆》中，這兩種行動素的運動是如此艱難

---

① 特倫斯·霍克斯.結構主義和符號學[M].瞿鐵鵬,譯.上海：上海譯文出版社,1997：90.

以致達到勢均力敵的狀態，因而英雄（主體）想獲得勝利顯得力不從心。那麼導致行動受阻的對手是什麼呢？即封建社會幾千年來所建立的宗法制度，那封閉的四合院是制度秩序的象徵，如同囚籠般禁鎖著人的自由，因而天青和菊豆只能在染坊裡偷情。楊金山癱瘓，天青並不是如「我爺爺」那樣痛快地給上一刀而是供養著他，這是對統治者、壓迫者畏懼的象徵，這是對宗法制度潛意識的認同。天白始終拒絕天青作為父親的合法性，並繼承了楊金山父系統治階級的權力，最終用大棒把他的父親砸死在大染池裡，從而宣告了性革命者的失敗。我們的男女主人公經過一次徒勞的掙扎最終在宗法制度下走向了毀滅。

如果說在《菊豆》中革命者與被革命者、壓迫者與被壓迫者還進行了拉鋸式的鬥爭，並以壓迫者的勝利而告終，那麼在《大紅燈籠高高掛》中，這種關係還未來得及展開便結束了。這是一個由規矩組成的世界，陳老爺和哪個太太睡覺，哪個太太就榮幸地點上燈籠，這是規矩；如果擁有點燈的權利，也就有了捶腳的享受，這也是規矩；如果哪一個違反了規矩，輕者要封燈，重者被處死，這都是規矩。陳家大院的禮儀規矩已經遠遠地超過了楊家染坊，這一切都塑造了統治者的權威。在這個由規矩組成的社會裡，統治者的性權力是絕對不容易被顛覆的，陳家大院上那碉堡般的黑屋時時給革命者敲響警鐘。由高粱地到染房再到陳家大院，可以說是一個由開放到封閉的過程，也就完成了人性的秩序化過程。我們在等待這次革命的過程中，始終看到的只是革命者的缺席。當「我奶奶」身藏剪刀被人抬進十八里坡時，頌蓮則是以自願者的身分走進陳家大院，在強大的宗法制度下已經沒有絲毫反抗的勇氣。頌蓮和飛浦本應該成為性革命者，飛浦的笛聲在這幽深的院子裡如一縷春風，但飛浦兩次匆匆離去，使這微弱的亮光成為泡影。飛浦在徘徊猶豫中最終遠去，這是對父權、宗法社會的懼怕。這樣，英雄（執行行動的主體）根本就未行動因而也不會取得成功，最後以對手的勝利而告終。縱觀這三場暴力活動，它們發生了喜劇性的變化：由成功到相持到最終慘敗，這說明自然與文化制度的衝突決定了性革命者成功的程度，當社會處於人類原始之初時，這種衝突與對立是微小的，因而暴力革命者輕而易舉地取得了勝利；隨著人類文明的發展，人性與文化制度二元對立逐漸加劇，最終導致革命者的失敗。

如果說第一階段是以自然之性與文化制度的二元對立為主的話，那麼在第二階段則是以人的自由與必然的對立結構而進行的敘事。《秋菊打官司》所尋求的只是要個「說法」，所謂說法只不過是讓村主任向她低頭認錯。其實這是一個不簡單的說法，因為這是讓權威者（官）向普通百姓認錯，這是對權威話語的破壞，這是向傳統秩序挑戰。然而權威話語卻建立了一套相當完善的體

制，從村到鄉到縣再到市，這一級級所建立起來的話語體制是不容易被破壞的，所以從她走上告狀徵途的開始就形成了個人話語與權威話語之間力量的懸殊，個人無論怎樣努力也走不出權威話語的控製。那麼權威話語是如何建立起它的權力機制的呢？這種權力機制的建立應該說是從《紅高粱》到《大紅燈籠高高掛》逐步完善的。雖然說李大頭僅僅是權威話語的虛設並輕易地被「我爺爺」鏟除，但畢竟初現端倪，隨著人類文明的發展、文化的進步，權威者逐漸建立起森嚴的文化規範。秋菊與現實社會的對立其實就是個人自由、尊嚴與文化制度、社會秩序的對立，中國封建社會建立起嚴格的等級制度，這種統治者與被統治者、主與奴的不平等關係已經形成了根深蒂固的語言規範，這就勢必造成個體與強大權威話語的衝突。秋菊與村主任的衝突實質上就是個人話語與權威話語之間的衝突。雖然說在社會主義社會體制下已經建立起人人平等的法治觀念，但封建社會的文化規範卻作為文化符碼潛在地根植於人們的思想之中。

我們通過上述分析，對人類文化、人類文明進行了歷時性的回顧，雖然說人類的自由獲得了橫跨式的飛躍，但沉重的文化規範卻帶來了自由性的萎縮，自由與文化規則的二元對立不是減弱了而是加強了。人類一方面獲得了認識的相對自由，一方面又獲得了認識的絕對不自由，於是自然與文化、自由與必然的二元對立則構成了人類社會發展中的根本對立模式。

《一個都不能少》以一種原生狀態的寫實方式給我們講述了一個尋找的故事，這是一次冷漠與溫情的對抗、金錢與友情的較量。它的所指內涵並不僅僅限於呼籲人們關心農村教育，而是轉向了對人際關係的憂慮與感嘆。通過影片，我們可以歸納出以下幾對二元對立項：魏敏芝與城裡人的對立、農村與城市的對立、尋找與失望的對立、激情與冷漠的對立。

遠古時代人類社會處於人人平等的和諧狀態，而隨著文明的進步、文化制度的建立、私有觀念的形成，物質與金錢的地位逐步建立起來。在《紅高粱》中九兒是被李大頭用一頭驢換來的，在《菊豆》中菊豆是被楊金山用20畝[①]地換來的，在《大紅燈籠高高掛》中頌蓮則是被嫁到有錢的陳家做妾；可以說金錢、物質已經操縱著人的生活，擺布著人的命運。而在當今社會裡，它更起著鬼使神差的作用，金錢可以決定你是否受教育，金錢可以維護你的自由與尊嚴。魏敏芝在「尋找」過程中與人的衝突，從根本上說是與金錢的衝突、文化的衝突。魏敏芝孤身一人來到城市尋找學生，先到車站廣播找人無效，進

---

① 1畝≈666.67平方米。

而用毛筆書寫尋人啓事無果，最后求助於電視臺。電視臺看門的老太婆顯示出特有的傲慢，這是不同階層之間的對立。魏敏芝蜷縮在街邊，一種獨立於潮流般人群之外的孤獨感油然而生。電視臺先是拒絕然后樂意幫助，起初拒絕是嫌她付不起廣告費，而后同意，其中又是金錢起著操縱作用，這樣的尋找新聞可能吸引市民的「獵奇」心理，從而有可能刺激收視率的回升，賺取更多的廣告費。顯而易見，影片始終揭示金錢的本質，從更廣的意義上講也是人性的本質，人類社會文明與文化發展的過程同時又是人的情感物質化的過程、人性衰弱喪失的過程。

　　人類社會文明發展是人類不斷掌握規律，獲得自由的過程，人類社會的發展和人的本質的發展就是一個從必然王國不斷向自由王國飛躍的歷史過程。然而自由與必然的二元對立是無法調和的，按照熵的定律，宇宙的運動逐漸緩慢，一切組織最終將衰亡，物質世界有走向秩序紊亂的趨勢，物質的演化永遠是從有序走向無序、由高級退化為低級的過程。在人類誕生的前夜（約數百萬年），長期積澱了極高的自然人化的能量，然而按照熵的定律，這種多少萬年積聚起來的自然人化的高能量不可避免地要逐漸耗散，這種必然耗散的趨勢就是哲學家們所說的「必然性」。自然人化耗散的必然性其中一個表現方面是人的內心自然人化耗散的必然性，也可以叫作靈魂的墮落。原始社會之初人與人是自由平等的，這正是長期自然人化的結果，但隨著人類社會的發展、私有制的產生、階級的分化，自私自利、物欲、權欲等隨之而來，人性被改變，和諧狀態被打破，取而代之的是人與社會、文化的對立，所以說自然人化的耗散所造成的無序狀態的必然性將與人類試圖掌握規律的自由始終處於二元對立狀態。張藝謀影片中人性與宗法制度的對立也就是人類自由與必然性的對立，在《秋菊打官司》中個人話語與權威話語的對立也是自由與必然的對立。從《紅高粱》原始之和諧到《一個都不能少》，人與社會的矛盾正好反映了人類走向耗散、走向茫亂的過程。

　　《有話好好說》全方位地表現了人類的無序化，人的內心自然人化的耗散（靈魂的墮落）已經使人回到了動物非理性狀態。這是一部關於都市男女的電影，個體書商趙小帥在多次談朋友告吹的情況下對新結識的女青年安紅狂追不捨，不惜花錢雇民工在其樓下反覆高喊「安紅，我想你！」這一舉動惹惱了安紅的新情人劉德龍，率眾暴打趙小帥。自衛中趙小帥搶來圍觀看熱鬧的電腦愛好者張秋生新買的手提電腦，作為武器砸人致使電腦摔壞，並發誓剁下劉德龍的右手。這一影片反映了在現代社會裡，人的行為不再以理性進行控製而是憑著衝動的情緒，從而傾向於動物世界的迴歸。女青年安紅在戀愛觀上表現

為極大的隨意性：「睡就睡」，「比試就比試」。趙小帥不顧公共道德，在樓下雇人狂喊「安紅，我愛你」。圍觀看打鬧的電腦愛好者張秋生，並未招惹誰，當手提電腦成為廢品后生活從此發生了極大的變化，從一個老實人變為一個在公共場所提刀找人的砍殺者。可以說，在《有話好好說》中，人與社會已經到了全方位的對峙狀態，社會與人生變得無序非理性，《紅高粱》中原始狀態的和諧之美完全被顛覆了。

以二元對立模式分析了張藝謀影片所具有的相似性結構，我們可以發現張藝謀的電影已不僅僅停留在敘述故事本身，而是有著深刻的文化內涵。在當今以追求商業利潤、感官刺激享受為目的的電影世界裡，張藝謀的影片如一縷春風給人以精神上的提升，體現了一個電影人獨特的社會責任感、歷史使命感。正如張藝謀所說：「電影除了好看以外，還能告訴大家什麼，讓大家想什麼，關心什麼，愛什麼。」

以上是共時性二元對立結構分析，如果我們進行線性橫軸歷時性分析，可以發現更有意味的東西，作品往往在不平衡狀態下進入平衡狀態，最終又處於失衡狀態。在性革命的影片中，女主人公被賣給權威者處於失衡狀態，其後被英雄拯救處於平衡狀態，最終女主人毀滅又處於失衡狀態。反映黑幫的影片《搖啊搖，搖到外婆橋》則以女性主人公小金寶被活埋而處於失衡的張力之中，反劫機片《代號美洲豹》以營救者的失敗而告終，以及《秋菊打官司》中秋菊最后討個「說法」後的茫然，無不說明張藝謀的影片在敘述機制、推動影片「動力因素」上有驚人的相似性。由此我們發現了作品又一深層次的結構母題：拯救與失望的二元對立。

二、張藝謀電影的藝術特質

自電影誕生以來，就存在著兩種不同的風格，路易·盧米埃爾開創了世界電影中以歐洲電影為代表的寫實主義傳統，而喬治·梅里埃則開創了世界電影中以好萊塢電影為代表的技術主義傳統。經歷了聲音的出現和第二次世界大戰后，關於電影的本質（essence of cinema）再次成為爭論的焦點。爭論的一方是「造型派」，他們堅持認為電影藝術特徵在於其與現實的迥異性，而爭論的另一方「寫實派」則宣稱電影藝術特性在於對日常生活的真實反映。造型派代表人物魯道夫·愛因漢姆提出，電影藝術來自它與現實的「差異」。「寫實派」代表人物巴讚則認為：「唯有攝影機鏡頭拍下的客體影像能夠滿足我們潛意識提出的再現原物的需要，它比任何幾可亂真的仿印更真切，因為它就是這

件實物的原型。」① 另一位「寫實派」代表人物克拉考爾認為，電影的本質是物質現實的復原。總之，造型派以表意為目的，借鑑繪畫構圖，講究畫面的整體佈局，注重形式美法則，講究色、光的運用，通過強有力的對比給人以強烈的視覺美感並引起聯想。「寫實派」強調畫面造型的自然真實、生活化，在實錄中完成造型，畫面具有真實自然的現場目擊感，傾向於「非排演的現實」（unstaged reality）。張藝謀的電影傾向於表意性造型風格與寫實性造型風格兩種截然不同的藝術特徵。

1. 表意性造型風格塑造

表意性造型風格即導演運用「造型空間」一切可以調動的元素（色、光、構圖等）創造意境，達到象徵、隱喻、詩化的表現效果，它使電影的藝術表現力突破線性情節的限制向空間擴展。例如在《紅高粱》中，導演充分調動色彩造型元素的作用從而起到構築整個影片、渲染主題、營造氛圍的作用。在影片中「紅色」是主色調，一塊紅色的蓋頭蒙在「我奶奶」的頭上，紅色的轎子上下強烈運動，紅襖、紅褲、紅綉鞋，給人以強烈的視覺衝擊力，從而表現「我奶奶」強盛的生命力以及原始性的激情。在這裡少了猶豫的色彩，紅色主調與剽悍的轎夫共同構成對民族精神強力的禮讚。將無限的實在空間統一於紅色的基調中，紅色的張力效果滲透於影片中各個因子之間，不僅起到對生命力的讚美，而且起到統攝全片的作用，使其渾然一體，既起到了詩意的表達作用，又使人感覺不到結構的鬆散。馬克思曾經說過：「色彩的感覺是一般美感中最大眾化的形式」②。可見，色彩作為一種視覺語言，不僅作用於人眼的感受，而且還要進入人的心靈，引起人的聯想。

《菊豆》的成功在於張藝謀又一次充分調動影像造型空間的各個因素，通過運動的畫面直接傳達思想。電影將場地由十八里坡空曠的原始野地移向了楊家染坊，染坊的主體是由高空垂懸而下色彩豔麗、遮天蔽日的長布屏障，隨著機械的快速運轉，染布飛速地瀉入血紅色的染池，這是對女主人公蓬勃生命力的顯示，暗含著一場性革命即將開始時強大力量的集聚。當菊豆和天青第一次在染缸旁偷情時，菊豆一不小心踢掉了染布機上的銷栓，於是整個懸掛於上面的紅色布匹像開閘的激水奔瀉而下，紅色的性色調以及畫面造型空間的快速運動感表現了對自然之性的禮讚。光線、色彩作為造型元素刺激著人的神經，並

---

① 安德列·巴贊. 攝影影像的本體論 [M] //李恒基，楊遠嬰. 外國電影理論文選. 上海：上海文藝出版社，1995：250.

② 馬克思，恩格斯. 馬克思恩格斯全集：第13卷 [M]. 中共中央馬克思恩格斯列寧斯大林著作編譯局，譯. 北京：人民文學出版社，1962：145.

激發人的思維，紅色使人想到強有力的生命、犧牲、性愛等，而昏暗之色則使人想到壓抑與恐怖。天青和菊豆七次攔棺徹底打破了影片的紅色氛圍，低機位拍攝的巨形棺木徐徐前進，棺木上端坐著手捧靈牌的楊天白，棺木將菊豆和天青一次次壓倒在地。楊金山肉體雖然已經死亡，但整個宗法制度、封建秩序仍然存在，從而顯示了死人的統治力量。導演充分調動影像的視覺因素，通過光線、色彩的對比，對場面強有力的調度，以及畫面的運動效果，從而給人以心靈的震撼。導演把線性敘述語言轉化為影像造型語言，用造型空間進行敘事，直接通過視覺敲擊人的心靈。作品中由紅色所代表的人性之愛與由暗色氛圍所代表的封建文化秩序對立構成，兩種暴力符號相互碰撞，從而促成了影片深層意義的表達。

當我們說一部影片的主題及其意義的時候，實際上我們已經完成了對影片的歷時性閱讀，即通過影片運動的畫面、具體的人物形象所歸納出來的概念。那麼作為影片的創作者——導演實際上是進行著逆回式的閱讀，即怎樣把抽象的主題意義以形象化的畫面表達出來，這方面的工作導演應該比小說家更強，更具有形象思維能力，因為畢竟「小說的結構是時間，電影的結構原則是空間」①。在《大紅燈籠高高掛》中，張藝謀把封建制度轉化為一系列的儀式如點燈、吹燈、封燈，陳老爺與哪位太太睡覺，哪位太太就榮幸地點上燈籠，這是規矩，如果哪一個違反了陳家的規矩，輕者用黑布套上燈籠稱為「封燈」，重者被處死。這些儀式規矩實質代表了陳老爺作為封建統治者的權力，此時的「紅色」則沒有前兩部戲平等自由的性愛的象徵，而是統治者對性權力的絕對佔有以及女性對權威男性的臣服。《大紅燈籠高高掛》全部敘述場景都在陳家大院內完成，影片一再突現全景下的陳家大院，這是一個封閉的、與外界隔絕的宗法系統，走出這個秩序的違抗者將受到處死的嚴懲，陳家大院上那座處死三太太梅珊的碉堡般的黑屋透露出陰冷的寒氣，時時給叛逆者敲響警鐘。

電影的造型空間主要是通過畫面來體現的，但畫面造型並不能完成電影所有的造型空間，比如畫外空間聲音也起到營造電影空間的作用，因為聲音作用於人的大腦就會激發聯想並產生形象，因而它也有造型性。「對話、內心獨白、音響效果、音樂，歸根結底決定於因而也從屬於視學形象的要求。」② 聲音作為一種造型符號在張藝謀的電影中得以充分展現，在《紅高粱》中「我爺爺」「我奶奶」的野合被放置於嗩吶的齊鳴聲中，迸發出狂歡的野性之美，

---

① 喬治·布魯斯東. 從小說到電影 [M]. 高駿千, 譯. 北京：中國電影出版社，1982：66.
② 喬治·布魯斯東. 從小說到電影 [M]. 高駿千, 譯. 北京：中國電影出版社，1982：33.

與紅高粱的勁舞相互輝映，烘托出超越理性、文明而返回人類原始本真的深遠意蘊。「我爺爺」所唱的民間小調「妹妹你大膽地往前走，莫回頭」，不是柔美的抒情而是粗獷的狂吼，以顯示原始生命力。《在大紅燈籠高高掛》中，響徹天空的捶腳聲，這是女性對男權社會臣服后的自我痛飲，緊密的鑼鼓點以及三姨太那被拖長了的京劇伴唱，是對封建宗法家長制度的控訴。在布滿了規矩的社會裡，人的話語權已經被剝奪了而只能用隱喻的非語言方式來表達。

張藝謀的電影之所以能夠走向世界，在於通過世界性語言即造型語言來進行敘事，從而通過運動的畫面與不同語言的觀眾直接進行交流，張藝謀的電影可以說是中國電影由電影美學向造型美學發展的里程碑。

2. 紀實風格的追求

前面我們已追憶了自電影產生以來兩種不同的風格：寫實與寫意，繪畫與紀實。繪畫派往往用高超的造型技術，鮮明地表達自己的觀點，如前所述張藝謀的電影《紅高粱》。紀實電影則盡可能掩蓋自己的創作意圖，試圖用生活的本來面目來反映生活，如同克考爾所說電影的本質：物質現實的復原。20世紀40至50年代的義大利新現實主義電影可以說是紀實電影的實踐者，導演維多里奧·德·西卡的代表作品《偷自行車的人》，通過紀實方式再現了第二次世界大戰后下層市民的悲慘生活。羅伯托·羅西里尼在影片《羅馬，不設防的城市》中建立了新現實主義運動美學的主要元素，「寫實主義的，逼真的場景，由職業和非職業演員扮演的普通人，日常生活的社會問題，以及隱蔽自然的攝影和剪輯技巧」①。

自《秋菊打官司》張藝謀把自己的風格推向了另一個極端即紀實，按照事物的本來面目再現生活的原生態。《秋菊打官司》呈現出紀實電影的一些特徵，首先以「隱蔽自然的攝影」來進行拍攝。影片寫秋菊為討一個說法而告官的事件，為了實現事件的自然狀態，按照生活的自然流程來完成，保持其紀實的風格，攝影者將自己隱藏起來進行「偷拍」，這樣攝影師由於機位的限制而不能充分運用各種技巧，很難對畫面構圖進行組織，因而自然狀態更加顯示了紀實的特性。機位的相對固定，從而形成一種客觀的視點，有時根本無法預計鏡頭中會出現什麼，因而事件的發展具有不確定性、模糊性，「對人來說，現實本身是意義含混的，不確定的，而正是電影的活動照相可以把本身含意模糊的現實場景與事件表現出來，『使影像不致出現藝術家隨意處置的痕跡』。

---

① 遊飛，蔡衛. 世界電影理論思潮 [M]. 北京：中國廣播電視出版社，2002：195.

因而，在巴贊看來，表現客觀現實的真實性，就是表現出現實的這種內在含混性」①。其次在用光上以自然光為主，另外大量運用非職業演員，在語言上表現為運用地方方言。不管是偷拍還是運用自然光，以及非職業演員和地方方言，這一切都表現在技術層面上。《秋菊打官司》作為一個獨特的紀實文本，它的真實性還在於揭示人性孤獨的存在，透露出人性的悲哀。秋菊為討一個說法，其目的是希望村主任認錯，以此來確立自己的主體性，然而權威話語是不可能給個人話語以言說的權力，這最終都指向了人類的生存課題。在影片最後，秋菊那茫然的神色，最終使她進入兩難的境遇。這樣，影片已經超出了普法的一般意義而進入哲理性的深思。

《一個都不能少》，張藝謀把紀實電影推到了極致。一個職業演員都不用，全都起用業餘演員，並且令人驚奇的是，演員在生活中叫什麼名字，在電影中也叫什麼名字，電影中的村名、校名全都與現實中一樣。女主人公魏敏芝在現實中也叫魏敏芝，電影中每個人是什麼身分、職業，在現實中他也是什麼身分、職業，村主任在現實中也是村主任，教師在現實中也是教師。這樣，他在現實中怎麼說，在戲中就怎麼說，和自己的職業、身分完全吻合，這就保證了影片中人物角色的真實感。紀實電影並不僅僅在於對現實的紀錄，而且還在於揭示現實，義大利新現實主義和法國「新浪潮」強調電影的紀實性，要求真實自由和民主地反映現實，反對弄虛作假、粉飾太平。《秋菊打官司》不是停留在普法上而在於揭示人的存在狀態。《一個都不能少》也不是停留於關注教育的表層，而在於揭示人性：魏敏芝從農村到城市尋找學生，所遇到的是冷漠的人群，她在街邊蜷縮著無人理睬，一種孤獨感油然而生，和秋菊的茫然一樣，魏敏芝的尋找主題以及所面臨的孤獨揭示了紀實電影最為真實的人類存在狀態。

當然電影的紀實並不同於現實的真實，紀實電影同藝術片一樣是導演對現實生活的再創造，電影不可能實現對現實真實的完全再現，我們只能說紀實電影是「現實的漸進線」。

---

① 李幼蒸. 當代西方電影美學思想 [M]. 北京：中國社會科學出版社，1996：96.

第四節　社會主義核心價值的影像敘事

一、中國特色的文化價值導向

中國電視傳媒是中國特色文化價值的揚聲器，在推進社會主義核心價值的傳播中，具有重要作用。事實上，電視傳媒與文化價值的構建有著明顯的互動關係，中國特色的社會主義核心價值是中華民族的認同基礎，是理想信念的聚合地和放射點。《身邊的感動》圍繞社會主義核心價值體系所規定的目標和導向展開，在電視節目信息的傳播中彰顯出恒定的時代主題。

電視人物專欄節目《身邊的感動》以富有張力的影像真實地再現了理想的社會主義精神文化圖景：《好人甘金華》《草鞋書記楊善洲》《大山園丁——侯萬家》《我們的所長：祝建國》《大沙河擺渡工》《丈夫背上的鄉村醫生》《牟雪華：中國館前的清潔工》……這些人物符號共同構成了中華民族現代的精神長城。這是影像的盛宴，一個個感人、難忘的畫面，成為觀眾心中揮之不去的時代精神記憶。由此可見，優秀的電視節目所具有的審美價值是不言而喻的，它將成為億萬觀眾精神價值的聚合地與理想信念的放射點。《身邊的感動》在不同的普通人物中確立了一種普遍認同的審美價值觀，「使中國的傳統文化核心價值觀念成為支撐不同敘事形態的共同根基，並且在此基礎上昇華出以社會主義、愛國主義、集體主義為核心的國家主流意識形態觀念」[1]。

電視傳媒總是負載著人類的價值理想，是思想文化傳播的重要載體，是推廣主流價值觀念的主要渠道。在這方面，主流媒體在傳播先進文化、塑造美好心靈、弘揚社會正氣、構建和諧社會、培養共識觀念等方面起到了主力軍的作用。中國特色的文化價值導向需要血肉鮮活的典型符號進行傳承，在《身邊的感動》中，既有冒死救人的消防戰士，又有一心為民的共產黨員，既有堅守清貧的人民教師，又有無私奉獻的鄉村醫生，既有善意之舉的質樸農民，又有愛崗敬業的工人群眾。這些普通人物在平凡中見偉大，細微之處見精神，他們是時代的先鋒、社會的楷模，他們以自己堅定的理想信念、崇高的精神境界、高尚的道德情操，詮釋了我們社會的主流價值，對廣大人民群眾有著積極的激勵與感召作用，這正是民族精神與時代精神的集中體現。《身邊的感動》作為一檔人物專欄節目，所選擇的人物貼近現實生活，使典型可親可敬、可信

---

[1] 賈磊磊. 中國電影的精神地圖 [J]. 當代電影，2007 (3).

可學，他們感人的事跡成為鮮活的教科書，使主流價值觀變得更具體、更生動，更容易為人民群眾所認同、所接受。美國學者 G·格伯納認為，電視媒介所形成的信息環境可以潛移默化地「培養」受眾的價值觀。培養理論以「共識」為基點提出，社會要作為一個統一的整體存在和發展下去，就需要社會成員對該社會有一種「共識」，也就是對客觀存在的事物有大體一致或接近的認識。當前中國社會的共識觀就是社會主義核心價值體系，提供這種共識是電視傳播的一項重要任務。因此，電視工作者應該把高尚的道德符號根植於電視作品中，以生動具體的典型人物演繹社會主義核心價值體系，把積極的人生追求、高尚的情感世界、健康的生活情趣傳遞給觀眾，讓人們在真善美的享受中得到熏陶、獲得啟迪。

電視節目審美價值的實現是通過觀眾對作品的再度體驗獲得的，當觀眾以澎湃的激情觀看節目時，總是把自己的情感投射到人物身上，在感人的場景下，就會產生認同的心理機制，以及共鳴的審美效果。在《身邊的感動》中充滿了感人的畫面與場景《五歲女孩早當家》中的黃鳳，由於家庭的變故，從五歲開始照顧癱瘓的父親，承擔起家庭的重擔；《為愛堅守十一年》中的張玉華，照顧植物人妻子，用歌聲喚醒知心愛人；《火中真情》中的王茂華，在大火中用自己的生命救出六個孩子；《杜老師的故事》中的小學教師杜順，以自己殘疾的身軀在講臺上堅守十七年；農民工顏展紅，一人打三份工，資助貧困學生五十多人。這些普通人的感人故事給觀眾留下了強烈的情感體驗，並使觀眾在對這些人物的認同中產生了強烈的共鳴。認同與共鳴是電視作品審美價值實現的重要途徑，只有通過引起眾多觀眾的認同與共鳴，節目才能真正達到認識、教育、審美的社會效果。

二、彰顯敘事審美的穿透力

社會主義核心價值的導向與傳播需要找到相應的敘事方式，從而達到宣傳效果的最大化。學者胡智鋒指出，電視節目生產與傳播在敘事層面應形成一定的模式與規範，進而提出電視節目應做到宣傳話題化、話題故事化、故事人物化、人物細節化、細節情感化等，在主流文化價值的傳播中彰顯敘事審美的穿透力。

宣傳話題化是指，「電視節目進行宣傳不能對報告文件照本宣科，而應想辦法結合百姓生活的實際，轉化、提煉出與百姓的興趣點相吻合的、貼近百姓

的日常生活的、能夠引發他們繼續關注和探討的話題」①。人物專欄《身邊的感動》所選擇的故事，多數是與觀眾密切相關的故事，人物生活在群眾中間，他們中有工人、農民、學生、幹部，共同構成了一個強大的民眾群體，他們的大愛與崇高滿足了觀眾對崇真、尚善、向美的情感要求，從而引起了強烈的社會共鳴。《身邊的感動》尋找到了信息的傳播與價值訴求的最佳相關點，在碎片化的世俗生活中樹立起一座精神價值坐標，充分體現了「貼近實際、貼近生活、貼近群眾」的以民為本的大眾傳播理念。美國傳播學者約翰·費斯克在電視文化的研究中提出了相關性原則，「電視要受到大眾喜愛，就必須包含與各種社會群體相關的意義」②。所謂相關性，指節目內容與觀眾實際社會體驗的關聯點，如果一個文本能提供豐富的關聯點，那麼觀眾就會使自己的日常生活體驗與節目發生聯繫，獲得審美認同。社會主義核心文化價值體系不是空中樓閣，而是融匯在民眾的日常生活之中，《身邊的感動》以與民眾相關聯的日常生活再現了對仁愛的詮釋。出租司機陳玉礦，與尿毒症患者田金榮素不相識，在得知患者的困難后，五年如一日，義務接送田金榮往返於山村與醫院之間；天津的尹升，30年間義務收養了17位孤寡老人。這些生活在身邊的普通人，以仁愛之心演繹著生命的崇高，這種精神的骨架就是中華民族的核心價值體系。

「信息是符號和意義的統一體，符號是信息的外在形式或物質載體，而意義則是信息的精神內容。」③ 精神意義是通過物質符號傳達的。因此，電視節目必須做到話題故事化、故事人物化，以人物為表現中心，在故事中展現人物的精神風貌。《「板凳媽媽」許月華》講述了湖南湘潭市社會福利院一名共產黨員的感人故事：許月華12歲時，不幸被火車碾斷雙腿，成了高位截癱的殘疾人。1973年她被送進湘潭市社會福利院，懷著一顆感恩的心，她提出照顧院裡孩子的請求。經過自己的努力，她終於學會了用兩條板凳走路。在40多年的時間裡，許月華帶著高位截癱的身軀，陸續照顧了138個孩子。許月華從苦難的童年走來，卻用無私的愛呵護起138個孩子的童年，從失去雙腿的少女，到來去自如的「板凳媽媽」，許月華演繹著民間的大愛，高位截癱的身軀卻釋放出崇高情懷。由此可見，話題的故事化，可以把抽象的意義轉化為曲折動人的故事，而故事的人物化，可以起到豐富人物形象，透視人物心理，這種逐層滲透的表達放式，可以獲得強烈的藝術審美效果，從而引起觀眾的共鳴。

---

① 胡智鋒. 中國電視策劃與設計 [M]. 北京：中國廣播電視出版社，2004：227-228.
② 約翰·費斯克. 電視文化 [M]. 祁阿紅，張鯤，譯. 北京：商務印書館，2005：103.
③ 郭慶光. 傳播學教程 [M]. 北京：中國人民大學出版社，1999：42.

話題故事化、故事人物化建構起了《身邊的感動》的結構框架，如果電視節目想達到深層次的震撼、淨化效果，還需要借助於人物細節化、細節情感化等敘事審美手段。「細節捕捉和把握的到位，可以給觀眾帶去最為直觀的信息的刺激，有時甚至可以達到『此時無聲勝有聲』的傳播效果。」① 《楊善洲的故事》通過對細節的展現與挖掘，給觀眾留下了強烈的印象，也使畫面傳遞的信息與價值達到最大化。《草鞋書記》中展示出楊善洲用過的草鞋、草帽，從而把這位幹部定格在群眾當中；《一張鎖了25年的表格》從一張被封存的農轉非申請表開始，以女兒的視角展現出楊善洲一心為民、無私奉獻的優秀共產黨員品格；《「摳門」書記》中，通過介紹楊善洲穿了十年的衣服，表現出他生活的節儉，而對於有困難的群眾卻慷慨解囊。在《楊善洲的故事》中，通過對這些細節的挖掘，給觀眾留下了大量的視覺信息。在電視節目中，細節的展現與挖掘是和人物的情感密切相連的，要抓住和人物性格密切相關的細節，也就是要做到細節情感化，這樣才能激發觀眾的審美心理，從而達到深層次的震撼、淨化效果。在《為愛堅守十一年》中，張玉華為植物人妻子唱《知心愛人》的細節，當妻子的意識被喚醒後，用不怎麼清晰的語調說「老公，我愛你」的細節，這些細節的捕捉有強大的情感力度，讓觀眾感受到人間大愛的溫暖與和煦，觀眾的審美心理獲得了震撼與淨化的效果。

　　中共十七屆六中全會審議通過的《中共中央關於深化文化體制改革推動社會主義文化大發展大繁榮若干重大問題的決定》指出，社會主義核心價值體系是興國之魂，是社會主義文化的精髓。必須強化教育引導，增強社會共識，創新方式方法，把社會主義核心價值體系融入國民教育、精神文化建設和黨的建設全過程，體現到精神文化產品創作生產傳播中。在這樣一個時代背景下，電視節目的製作與傳播對於社會主義文化大發展大繁榮、對於社會主義核心價值體系建設至關重要。廣播電視作為主流媒體，在社會主義核心價值體系建設中應有鮮明的文化自覺意識，更加主動地凝聚思想、創新傳播手段，更加全面地圍繞大局、引導輿論。《身邊的感動》在社會生活中汲取素材，提煉主題，契合了廣大觀眾崇真、尚善、向美的心理需求，《身邊的感動》通過對敘事審美穿透力的彰顯，展現出中國特色的文化價值觀，為社會主義核心價值體系的優質傳播提供了成功的範例。

---

① 胡智鋒. 中國電視策劃與設計 [M]. 北京：中國廣播電視出版社，2004：228.

第五節　大眾平民娛樂秀的文化透視

隨著中國社會的發展，改革進程的推進，公民生活的社會空間變得越來越民主化、自由化。民主與自由在電視媒介中的體現就是讓觀眾從被動地接受轉變為主動地參與，由被動地承受電視傳媒意識形態的控製轉變為對這種符號控製的鏟除，從而盡力建構民主化、自由化的公共傳媒領域。至此，傳媒空間變成了「一個大家都可以參與的公共平臺，電視的民主化在這裡可以得到充分體現」①。電視傳播媒介形態的這種轉變，既體現了大眾文化消費形式的轉變，又表達了民眾對傳媒民主自由的進一步確認，提供給人們重新想像社會協同性的各種新形式的諸種企圖。

一、公共領域空間的向往

中央電視臺的《夢想中國》，湖南衛視的《快樂中國超級女聲》，東方衛視的《萊卡我型我秀》，重慶衛視的《全能新秀》，還有許多電視臺複製的類似節目，它們雖然細節有所不同，但結構模式是相同的，呈現出與以往異型的電視節目形式，也製造出一系列新的媒介符號。不限年齡、職業的報名方式，海選與淘汰，觀眾短信投票，選手復活，大眾評審，這些新的媒介符號的出現展現出新的媒介空間，從而為大眾提供了一個人人都能夠平等參與的平民化娛樂的互動平臺。也可以說，大眾平民娛樂秀電視節目是對傳統電視節目的一次顛覆，是大眾文化向高雅文化的一次有力挑戰，在中國的大眾文化史上具有劃時代的意義。因此大眾平民娛樂秀作為一個文化符號值得我們去深思，它們大都借鑑了民主選舉的全部議程，選手從「公民」中產生，又由「公民」來「選舉」，可以說是對觀眾民主與自由的第一次最大限度的尊重。

德國學者哈貝馬斯提出「公共領域」（public sphere）這一概念，公共領域指「國家和社會之間的一個公共空間，市民們假定可以在這個空間中自由言論，不受國家的干涉。傳媒運作的空間之一，就是公共領域」②。哈貝馬斯認為，公共領域的理論概念起源於奴隸制時期雅典廣場的政治集會，自由民有權參與民主的討論，由此可見公共領域是建立在自由發表意見與自由對話的基

---

① 胡智鋒，汪文斌. 2004：中國電視關鍵詞 [J]. 中國傳媒大學學報，2005 (1).
② 陸揚，王毅. 大眾文化與傳媒 [M]. 上海：上海三聯書店，2000：89.

礎之上的，「哈貝馬斯公共領域的核心是民主政治，其特徵為公共領域能夠『逃避』國家與市場的制約」①。但從歷史的發展上看，哈貝馬斯認為，傳媒的民主功能從 18 世紀以來不斷下降，本來通過公眾在報紙上的爭論，傳媒加快了民主的政治進程，但報紙日趨為意識形態所操縱，成為國家政治利益的傳話筒，大眾被排除在外。於是哈貝馬斯提出了「交往理性」，在平等交往的基礎上達成相互理解，從而締造出沒有暴力，沒有壓制，自由而和諧的共同生活。那麼如何實現交往的合理性呢？哈貝馬斯認為有效的途徑就是選擇恰當的語言進行對話，交往各方共同參與，在對話中沒有壓迫，話語活動的參與者無論其政治經濟地位如何，在不允許使用權力的前提下，每個人都應享有平等的發言權。「唯有如此，話語意志的民主與自由才能實現，一種社會制度也才能獲得穩固的基礎。」② 哈貝馬斯的公共領域和交往理性為我們對電視傳媒的闡釋提供了無限的理論資源。電視傳媒只有在自由與民主的氣氛中平等地進行主客體的對話與交流，才能建立和諧的傳媒公共空間。大眾平民娛樂秀節目，作為電視傳媒形式之一，其實質是模擬社會公共領域空間，實現觀眾的平等對話與交流，實現話語權的民主與自由，它所貫徹的是話語平等原則，它所制定的規範獲得了參與者的一致讚同。在這裡沒有權力與等級，人們平等參與，從而破除了人們在現實生活中的身分與等級差異。人人都可以參加海選，也可以通過短信「參與選舉」，因此大眾平民娛樂秀是在電視傳媒中實現的一種民主與自由。人們以平等的身分介入，平等地表達意見，把現實社會中不同群體的人們拉入到平民的角色，從而獲得共同的身分證明。

二、權力話語的改寫

在大眾平民娛樂秀電視節目中，觀眾為什麼積極地通過手機短信、電話、網路等方式進行投票，來支持自己所喜愛的選手？這是一個值得深思的大眾文化符號密碼。以湖南衛視的《超級女聲》為例，在 10 進 8 中，短信投票為 200 萬票，8 進 6 中為 300 萬票，6 進 5 為 400 萬票，5 進 3 為 500 萬票，3 強決賽為 800 萬票，5 場 10 強決賽的投票總數超過 2,200 萬票。數字本身沒有意義，關鍵是數字背後的文化密碼：觀眾通過投票選舉，他們把自己的願望投射到選手上，所獲得的是快樂，這種快樂是觀眾行使自我權力的快樂。觀眾行使權力是對傳統電視媒介社會控製行為的反抗。我們知道，在文化領域內，文化

---

① 陸揚，王毅. 大眾文化與傳媒 [M]. 上海：上海三聯書店，2000：50 頁.
② 哈貝馬斯. 作為未來的過去 [M]. 章國鋒，譯. 杭州：浙江人民出版社，2001：189.

产品往往是强加给大众的，在这些文化产品中凝结了强大的意识形态，对大众实施行为控制，反映社会的文化价值与规则秩序。因此，电视媒介不仅为大众提供了可以娱乐的形式，更为重要的是它可以改变人们的观点与看法，这在很大程度上是一种社会控制行为。有权力的控制，必然有权力的反抗，大众平民娱乐秀电视节目正是适应了大众的这种普遍的社会心理，希望从传统的不平等的等级文化权力的压抑中解脱出来，实施权力的反抗行为。在这些节目中，观众积极地表达自己的观点与看法，使出所有在游戏规则中允许使用的任何权力，参与节目的运行，进而产生自己推选出来的偶像，在这里民主程序在传媒公共领域中得以进行。

　　一般认为，权力是一种自上而下的压制行为，而福柯认为，权力不只是从上而下的单向力量，权力是一种双向的力量，它同时来自下层力量对上层的抵制。为此，福柯提出了他的权力说：「权力来自下面」，电视「参与了这两种权力」的分配。电视节目的制作者作为守门人（gatekeeper），他们行使着社会赋予他们的权力「窥视人们的秘密，监控人类行为」，「但是，这种权力的一个不可分割的部分就是对它的抵制或者说对它的多种抵制」。民众获得的自下而上的权力「又能把人们从受它控制与约束的力量中解放出来」①。大众平民娱乐秀的参与者通过使用自己的权力来改变节目制作的进程，创造出自己的平民偶像，从而使社会来认同自己的价值，并从中获得成功的快乐。这种快乐来自权力的行使。在中央电视台大众平民娱乐秀节目《梦想中国》中，除了短信投票外，还给予普通观众上央视直播现场行使话语的权力，对节目中选手的表现给出自己的评价，观看直播的观众通过电话就有机会表达自己的看法，在这里，观众行使的就是自己的权力，自己的观点与看法还有可能得到大众的认同。我们对节目策划的商业行为暂且不论，这种互动的传播方式直接改变了节目的形态，观众行使权力，参与了节目的生产行为，它的产品形式是观众行使权力的结果，从而形成了一个开放的文本空间，观众阅读行为的终止，也就是节目封闭的时候。

　　因此，自下而上的权力破坏了旧有的文化秩序，建立起新的电视媒介空间。这既满足了观众的情感认同心理，同时也使他们获得了娱乐的享受，可以说是对传统的权力话语的改写，人们不再去逃避自上而下的权力控制，而是积极地去应对，建构话语的产生过程，这是一种对霸权话语的解构行为，同时又是新话语的重建行为。

---

① 约翰·费斯克. 电视文化 [M]. 祁阿红, 张鲲, 译. 北京：商务印书馆, 2005：453.

三、狂歡式的自由

傳統的電視節目內容是確定的、固定的，而不是開放性、流動性的，節目產生以後觀眾就開始解讀，找到自己需要的文化符號，因而它的傳播形式也是平面的、單向的。大眾平民娛樂秀節目的出現，給我們提供了一個全新的文本空間，其特點就在於文本的開放性，觀眾始終處於參與和創造之中。觀眾除了在收看階段可以投票外，大眾平民娛樂秀節目還有一個生產的前行為階段，即「海選」過程，人人都可以參加，因而它也就成了全民參與的狂歡行為。狂歡文化是與官方文化相對立的一種文化形式，它所特有的反規則、反權力，是自由的象徵。巴赫金深入地分析了民間狂歡文化的幾個重要特徵。第一個特徵就是全民性，在狂歡活動中，根本不純在演員與觀眾的分工，所有的人既在表演同時又觀賞別人演出。在大眾平民娛樂秀電視節目的海選階段，整個活動如同盛大的廣場演出，參賽者年齡不同，職業不同，他們一般都不是職業演員，但對廣場的表演卻有很大的熱情，他們姿態各異，腔調五花八門，想怎麼說就怎麼說，想怎麼表達就怎麼表達，沒有固定的程序與規則，這正是一場利用電視媒介所打造出來的一場全民狂歡的大眾娛樂文化盛事。民間狂歡文化的第二個特徵是它取消了等級的差別，這與官方文化完全不同，狂歡節仿佛擺脫了統治地位的真理和現有的制度，暫時取消一切等級關係、特權、規範與禁令。大眾平民娛樂秀的參賽者們來自不同的階層，他們身分各異，但是在這個狂歡儀式中，他們的社會地位與等級暫時引退，在這裡只有觀眾與演員，而無其他階級之差別，人與人之間平等地參與遊戲的過程，參賽者與觀眾都感覺到的是平等的快感，是一種擺脫現實生活身分差異之后精神的歡快與自由。因此，大眾平民娛樂的狂歡行為使種種等級差異暫時失去效力，在電視媒介中形成新的平等關係。雖然日常生活中的邏輯在這裡已經完全不起作用了，甚至完全被顛覆了，但「這是平民大眾對日常生活中正常邏輯的一種積極的想像與反抗，一種內在的希望法則的實現和表演」①。巴赫金指出民間狂歡文化的另外一個特徵就是所謂的粗鄙，各種言談、行為，甚至污穢之語也都表現出來。這種行為實際上是大眾的一種抵制行為，使人們從日常的規則中完全解放出來，不再具有所謂的「精神指向」，在大眾平民娛樂秀中，更甚者有些語言、行動還具有調情的意味，格調轉向粗俗。這或許是平民大眾脫離社會的壓抑，實現內心情感釋放，從而追求精神自由的願望表達吧。

---

① 陳默. 影視文化學 [M]. 北京：北京廣播學院出版社，2001：41.

四、電子時代的虛擬快樂

當下的電視節目，大眾平民娛樂秀，已經成了一個公共的話題、一個自由的文化符號的象徵。它既是對傳統電視傳媒的一次有力的顛覆與抗爭，同時又是對日常生活邏輯與文化權力的改寫，民主與自由的氣息在這裡得以充分表現。但就其本身而言，也表現出生活邏輯與文化邏輯的悖論，短信與投票就是這種悖論的體現。大眾把生活中的自由與民主投射到電子的虛擬空間之中，它們的結合只能使大眾暫時擺脫現實生活邏輯，把快樂的慾望寄托在封閉的想像空間之中，從而完成慾望的表演。這是真正的進步還是事實的倒退？「快樂中國」「夢想中國」，大眾的快樂與夢想通過遊戲式的平民娛樂能夠建立起來嗎？電視媒介是對傳統的大眾文化真正的改寫與反叛，還是對大眾的麻醉？「明星」被大眾製造出來了？我們大眾的幸福與快樂是不是也被製造出來了？狂歡節之後我們的身分不是又一次被現實社會確認了嗎？這一切都值得我們從文化層面進行深入的思考。

另外，大眾平民娛樂秀所呈現出來的大眾文化形式雖然是平民大眾在媒體的引導下自我創造的，但它內容的平面化、簡單化，深度模式的消失與人文精神的缺失又不得不引起我們的思索。這類節目不斷地被電視臺進行複製，大眾也不斷地用自己的現代化工具以金錢的代價進行「選舉」，雖然能夠喚起人們對烏托邦式的自由的回憶，但它的「流行標準顯得褊狹和粗俗」。與其說它是大眾自下而上的權力的運用，還不如說是自上而下的一種強加。因此，阿多諾認為，大眾文化在傳媒和信息技術的聯合下，在虛假光環的總體化整合中，「一方面極力掩蓋嚴重物化的異化社會中主客體間的尖銳矛盾，一方面大批量生產千篇一律的文化產品，來將情感納入統一的形式，納入一種巧加包裝的意識形態，最終是將個性無條件交出，淹沒在平面化的生活方式、時尚化的消費行為，以及膚淺化的審美趣味之中。由此可見，文化工業就是一場騙局，它的承諾是虛偽的，它提供的是可望不可即的虛假的快樂，它是用虛假的快樂騙走了人們從事更有價值活動的潛能」[1]。

---

[1] 陸揚，王毅. 大眾文化與傳媒 [M]. 上海：上海三聯書店，2000：50.

第五章　電影與抗戰

　　抗戰電影作為中國電影的重要組成部分，是一個不能忽視而且必須重新構建的重大理論課題，陪都重慶抗戰電影作為中國抗戰電影的重要組成部分更應當引起人們的注意。十四年抗戰，血與火的鬥爭給中華民族寫下了史詩性的一頁，而作為直接反映抗戰生活的電影，則再現了中華民族堅強不屈的性格。陪都抗戰電影在抗日愛國旗幟的感召下，形成了中國電影史上規模空前的抗戰電影運動，繼承了20世紀30年代的中國電影文化運動的精神，並開啓了20世紀40年代以及新中國成立后的中國電影新篇章。陪都抗戰電影高舉反抗侵略以及愛國主義與民族主義的大旗，匯入全民族抗日戰爭的偉大洪流，將中國電影有史以來的反帝愛國思想推向頂峰。同時對抗戰電影的理論探討，可以促進當今電影傳媒在總結歷史經驗的基礎上使中國電影走向更加符合自身規律的藝術軌道。對陪都抗戰電影及其傳播的研究，我們不能脫離戰爭這個特殊的歷史語境。從深層次上來說，戰爭是不同文化之間的對抗，抗日戰爭則是人類進步文化與野蠻文化之間的一場生死搏鬥。由於戰爭的殘酷性，抗日戰爭不可避免地給中華民族文化造成了破壞，然而正是通過這場戰爭，中華民族文化獲得了克服病疾、發揮優長的歷史契機。中國的知識分子帶著火一般的熱情，以放棄自我個性的痛苦，投入這場人民大衆的文化締造之中。戰爭還直接影響電影的生存狀態，面臨困難，強烈的憂患意識和現實責任感往往促使愛國的進步文藝家變筆為槍，變攝影機為武器，以達到抗戰救國之目的。他們的深切關懷，從個人轉向了國家和民族。對陪都抗戰電影及其傳播的研究，我們也應當把其放在世界反法西斯戰爭這一大的歷史背景之下。從世界範圍來看，在二戰期間存在著法西斯與反法西斯兩條戰線的鬥爭，在電影傳播領域內也存在著殖民主義文化與反殖民主義文化的鬥爭，因此陪都抗戰電影不僅是中國抗戰電影的重要組成部分，更是世界反法西斯、反殖民主義電影的重要組成部分，具有世界性與正義性。

第一節　面向民眾的電影敘事

一、面向民眾敘事產生的歷史條件

電影既是一種藝術形式，又是一種文化工業，作為大眾傳播媒介，它存在著藝術作品生產以及藝術作品消費的雙向互動過程，取消任何一個環節，電影工業的生產流程將不復存在。因此，作為電影作品的生產者，電影藝術家不得不時時考慮受眾群體即觀眾的文化水準、接受情況。抗戰時期重慶電影業的從業人員已經認識到受眾所發生的變化，即由都市的知識分子、市民轉變為鄉鎮的農民以及各戰區的士兵。因此，以前的電影生產模式（以都市市民為接受對象的好萊塢式的情節劇）已經不能適應抗戰局勢的要求，電影必須走向農村、走向民眾、走向戰地。因而電影生產模式的轉變既具有電影文化工業生產的合理性，又具有歷史發展的合理性。楊邨人作為電影放映總隊的秘書對此方面具有深刻的體會：「我們中國的影片，其製作方法可以說是模仿歐美影片而來，而且自中國影片產生以來，其製作的對象，都是都會的市民；換句話說過去的中國電影，是為了滿足都會的市民慾望而產生的，所以過去的中國電影作品可以說是『都會影片』。而今天抗戰電影的最大多數的觀眾，是農村的小城市市民與農民、士兵，我們必須製作以農村觀眾為對象的農村影片。」①

確實如此，在戰時體制下為了達到有效的宣傳目的來配合這場關係到民族存亡的戰爭，當時的電影工作者不得不考慮受眾的變化。戰時體制下雖然取消了電影的商業性（即不以商業盈利為主要目的），但作為文化工業流程中的重要一環，觀眾反而更加引起了電影藝術家們的關注，他們時時刻刻要考慮觀眾所具有的文化水平、心理機制、欣賞習慣。對於大多數農民、士兵來說，他們沒有看過電影，對一些基本的電影手法無法理解，「都會影片」在農村以及城市的街頭放映，觀眾實在看不懂。不但對導演的手法看不懂，就連劇情的內容也看不懂。「《孤島天堂》在都會裡是受歡迎的影片，在農村卻得不到好的評價；其原因是那一個重要的場面——跳舞場的鋤奸，一般鄉下人根本就看不懂這是干什麼的。鄉下人——農民、士兵，以及內地的市民——根本就沒有看過跳舞場。」「甚至戴化裝眼鏡穿齊整西服的『愛國青年』，他們誤認是洋人。」「編制上的導演手法更成問題，比如人物的行動：說要出門，便坐在另一地

---

① 楊邨人. 農村影片的製作問題 [J]. 中國電影, 1941, 1 (1).

方，這期間的『過場戲』如出門、行路（或坐車或騎馬）、進門、坐下等動作，在都會具有歐美電影修養的觀眾看來這一省略是好的，但農村的觀眾卻懷疑起來了；又如從這一地方到另一地方的行程，影片裡用火車的輪子在轉動來表現，都會觀眾是在佩服導演者的聰明的，農村觀眾卻不能領會影片中的人物是坐了火車來的，他們看不懂，總而言之，農村的觀眾比較都會觀眾，其智識不夠，文化水準底下，『都會影片』的製作方法是大大的不適宜。」[1] 戰爭狀態給電影工作者帶來了強大的挑戰，同時也是中國電影傳播、發展的一個良好契機。電影走向民眾，就需要用老百姓所喜聞樂見的中國氣派與中國作風，這樣通俗化、大眾化與大眾所習慣的民族形式就成為其必要的追求了。

二、面向民眾敘事的理論探討

電影的通俗化、大眾化、民族形式諸問題是大後方電影理論工作者們始終關注的重要理論問題。戰爭迫使中國的電影中心，由上海等大城市轉移到大後方的小城鎮及鄉村，電影的接受對象隨之也發生了變化。舊有的電影內容和形式與新的電影觀眾之間也產生了不小的矛盾。如何克服這一困難就成為大後方電影製作的重要課題。應該說，通俗化、大眾化、民族形式諸問題是密切相關的，通俗化、大眾化要求藝術作品從內容到形式達到通俗易懂和人民群眾喜聞樂見的程度，而民族形式則要求民族的藝術在表現本民族社會生活的創造中形成能顯現本民族特色的獨特形式。因而對於抗戰電影來說，在通俗化、大眾化的基礎上尋求中國電影民族形式的創造，不失為一條很好的道路。

陪都重慶抗戰電影在通俗化、大眾化、民族形式上的理論探討是在受到中國整個文化運動的背景的影響下進行的。從 1938 年到 1941 年文藝界曾就文藝的通俗化、大眾化、民族形式進行了廣泛的討論，這場討論從延安發起，在大後方展開，並引起了廣泛爭論。電影界對通俗化、大眾化、民族形式諸問題的探討，無疑受到了文藝界的影響，並從中汲取經驗從而提高了陪都抗戰電影從業人員的素養。在通俗化、大眾化上，宋之的認為通俗化不僅是內容問題，同時也是形式問題，最主要的是要與大眾的生活相吻合。為了調和觀眾與電影技術發展的矛盾，他認為以「優良的製作技術」和「農民的大眾生活」為製作標準，這種提法顯然已經切中了電影通俗化的要害，明確指出了抗戰電影的內容與形式的有效統一，從理論上初步提出了電影由都市轉向民眾的轉換鏈條，要「看得懂，吃得消」，必須取材於大眾所熟悉的生活，這樣才能適應於大眾

---

[1] 楊邨人. 農村影片的製作問題 [J]. 中國電影，1941，1 (1).

的「欣賞水準」。①楊邨人相對於都市電影提出了「農村影片」，認為「農村影片」在取材上最好是農民「所聞以至於喜聞樂見的事物」，並且最好是「農民自己的故事」，在故事情節的編制上，也必須「使文化水準低下的農民，能夠領會，能夠欣賞，從而產生宣傳教育的效能」，在導演手法上，「農村影片」必須「淺易、通俗，避免都會影片應用的攝影法」。②楊邨人從取材到編導以及宣傳功效方面提出了具體的操作方法，對陪都重慶通俗化、大眾化的抗戰電影生產具有一定的指導作用。

　　關於電影民族形式的探討是在文藝界民族形式探討的影響下進行的。葛一虹對抗戰電影中所塑造的英雄形象類似「好萊塢制出來的武俠片的英雄與美人」提出批評，提出「這樣的東西絕不是為中國老百姓所喜見樂聞的中國作風與中國氣派」。在這種情況下提出民族形式是具有「深長意義的」。「描寫一個特定民族的思想與感情，自然只有通過這一特定民族的形式才能表達出來。」葛一虹提出，「民族形式不等於舊形式，它是我們新思想、新感情所賴以最好表達的一種形式」，「我們要表現中國人民的思想與感情，覓求中國作風與中國氣派的民族形式，我們便應當在複雜而又豐富多彩的中國人民生活的這一寶庫中去發掘」③。葛一虹提出了建立民族形式的立足點不應是傳統的舊形式，而是本民族人民的生活。向錦江也強調，電影的民族形式「必須是抗戰時代中國社會經濟大現實的反映形式」，如果我們的電影工作者「能夠以現實主義藝術觀為中心思想，忠誠地從抗戰中採取故事，完成典型，那樣的故事，必然是『新鮮活潑』的；那樣的典型，其意識、行動、語言……也必然是充滿『中國氣派』『中國作風』的。觀眾看到如此真實的藝術，便不得不『喜聞樂見』（因為銀幕上的種種與生活所見完全符合，觀眾會覺得親切，備受感動），這樣的影片也就創造了『民族形式』了」。向錦江的電影民族形式論可歸納為以下幾個方面：首先在取材上必須表現戰鬥中的大眾的生活；其次是現實主義，以現實主義的創作方法對抗戰現實進行反映。

　　「在中國電影的路線」的座談會上，關於電影的通俗化、大眾化、民族形式諸問題引起了各位電影藝術工作者的普遍重視。參加這次討論的電影工作者認為中國電影舊有的創作形式已經與戰時農民、士兵的生活有很大的差距，「抗戰以來，我們的作品還是玩弄著資本主義國家的商品電影的所謂『手法』，所謂『技巧』，因而我們的觀眾依舊局限於都市的小市民層，這些作品一到戰

---

① 宋之的. 略論電影通俗化問題 [N]. 掃蕩報，1939-04-10.
② 楊邨人. 農村影片的製作問題 [J]. 中國電影，1941，1 (1).
③ 葛一虹. 關於民族形式 [J]. 文學月報，1940，1 (2).

地、一到農村在農民與士兵之間是決不會產生什麼宣傳與教育的作用的」。認識到這種情況後，在如何達到電影的宣傳教育作用，創造出中國老百姓所喜聞樂見的中國氣派與中國作風上，應該從大眾的現實生活出發創造出通俗化、大眾化、民族化的電影，也就是中國大眾能接受的、看得懂的電影。「抗戰宣傳是需要普通士兵的，我們的電影尤其應該以普通的大眾——農民和士兵為製作對象，我們應該在內容與手法上使大眾能夠接受，能夠瞭解。」① 孫師毅從電影的編導、表演以及發行宣傳等方面來闡述抗戰電影的通俗化、大眾化問題。他認為有些影片及其內容不被老百姓所理解，首先在選材上看「題材現實不現實，其次是文法通不通」，「在此以後才能談電影文法如何通俗化」。在題材的選擇上應該選擇「中國大眾的日常生活」，在表演上電影工作者應該「深入農村，深入戰地，與大眾接近，體驗他們的生活」，從而在電影中「表現士兵、軍官、農民、工友，以及其他一切在抗戰中流血流汗的人物的事跡、感情、生活和工作」②。陪都抗戰電影時期對電影通俗化、大眾化、民族化的探討，作為一次理論性的爭論是值得我們今天的電影文藝工作者進行總結和學習的，其中有眾多的經驗值得我們學習和借鑑。陪都抗戰時期的電影工作者從電影傳播效能上、從觀眾接受角度上進行切入，進行大規模的理論探討，這在抗戰前是前所未有的，從而隨著國內時局的變化有效地轉變了中國電影的創作形態，實現了電影作為武器來配合抗戰的目的。更為重要的是，電影由都市走向農村實現了向民間轉移的目的，既擴大了電影傳媒受眾的範圍，又為抗戰後以及新中國成立後電影為工農大眾服務的有效轉移奠定了基礎。陪都抗戰電影對受眾的高度重視，也可以說是電影觀眾學建立的有效嘗試和初步形態。

三、面向民眾敘事的創作業績

如上所述，受眾群體的變化必然要求電影工作者轉換創作姿態，在抗戰時代精神的感染下，電影工作者從觀眾群體出發，對電影的內容及形式進行有效的革新。抗戰全面爆發前，中國電影的受眾範圍主要是大城市的市民和知識分子，占主要地位的是商業電影，在創作模式上主要是好萊塢式的情節劇。這樣的手法與技巧顯然已經不適應抗戰的需要，不符合大後方廣大的人民群眾的欣賞習慣。中國大後方抗戰之都重慶的電影受眾的變化使電影工作者進行了廣泛的理論探討。針對文化素質不高、對電影還處於未接觸狀態的農民、士兵、城

---

① 參見《中國電影路線問題》，《中國電影》1 卷 1 期，1941 年 1 月 1 日。
② 參見《中國電影路線問題》，《中國電影》1 卷 1 期，1941 年 1 月 1 日。

鎮居民這一受眾群體，電影採取民眾敘事形態走大眾化、通俗化的道路便成為抗戰電影工作者的重要目標。抗戰電影的通俗化、大眾化與其民族形式的創造，不僅成為理論的課題，也成為一種實踐行為。陪都抗戰電影在創作時對具體作品的受眾有一個整體的觀照，總的來說把觀眾分為兩類：一類是鄉鎮的農民和士兵，另一類是海外的僑胞以及都市的市民。確立了電影敘事的對象後，就可以根據對象選擇電影文本的敘事方式了。抗戰影片的製作為適應兩類觀眾共同的審美需求在敘事策略上採用大眾化、通俗化的道路，這使得大后方抗戰電影敘事的通俗化追求，成為一次中國電影敘事「手法」和「技巧」的全面革新。

抗戰電影的通俗化追求主要表現在影片的內容上，大多數有一個相對簡單而又有頭有尾的故事情節，結尾也大多數是矛盾衝突的順利解決或大團圓，人物關係明了，事件因果關係清楚。在抗戰電影的創作實踐中，史東山對電影敘事的通俗化追求是最為執著的，也是最有成就的。面對新的觀眾，他有意識地拋開自己在戰前已經形成的注重形式美的編導風格，而把創作的著眼點放到通俗化上面來。他在拍《保衛我們的土地》的時候，就開始立足於大眾的欣賞水平，按照事件發生的先后順序來組織材料，以一個家庭裡兄弟之間在抗戰中的不同道路的選擇和衝突為線索，對人物形象進行刻畫。在談到這部影片時，史東山曾指出，「劇情要簡單而有力，內心表現不能太複雜」、「不能穿插無味的笑料」、「敘述劇情務須周詳」、「表演的速度務須稍慢」。① 這些觀點，就是從一般大眾的欣賞水準出發，使廣大的受眾能看得懂，能夠理解，這也是史東山抗戰電影在敘事通俗化上的創作原則。「和以前的電影為描寫小市民而攝製的情形不同，它是為更多的人——農民而尋求他創作的道路。」② 在重慶抗戰電影階段，史東山創作出《好丈夫》《還我故鄉》《勝利進行曲》三部面向大眾通俗化的作品。為了走電影大眾化、通俗化的道路，史東山在其作品的取材、內容、主題、敘述角度、藝術結構、導演手法、技巧等方面，努力向廣大農民、士兵、觀眾靠攏。

在作品的取材上，史東山拋棄以往以都市青年、知識分子生活為描寫對象的慣例，把作品的題材集中在農民和士兵的生活上，他的影片《好丈夫》就是以農民為對象。正因為這樣，《好丈夫》贏得了大后方廣大觀眾的歡迎，而且博得輿論的好評。當時，有文章這樣總結《好丈夫》受各方面推崇的原因：

---

① 史東山. 關於《保衛我們的土地》[J]. 抗戰電影, 1938.
② 方蒙. 史東山的藝術生活 [J]. 文訊, 1948, 9 (9).

「第一，他的故事是直進的、有頭有尾的、類似傳奇的，通俗、單純、民眾易於瞭解。第二，那戲裡的主角是農民群，他們從外形到內在的生活與目前抗戰期中的農村生活相近，農民看了他不生疏。」① 葛一虹這樣評論到，《好丈夫》是抗戰以來第一部真正的農村宣傳影片。它之所以被看作第一部真正農村宣傳影片，是因為它所取用的題材是描寫農民的。從導演的手法上看，「確然可以看得出是為了供給文化水準低下的農民大眾觀看的」。在畫面上「遠景與中景運用得最多，特寫甚為少見。而在一般觀眾看來也許是不必要的『跟鏡頭』則一再地使用著，這自然不是若干批評家所指摘的導演手法的不夠洗練，這種批評在這裡是不適用的，被指摘的地方大部分倒是導演的苦心經營的所在。請注意一下吧！《好丈夫》製作的目的不是準備在都市中放映，而是供給到農村裡去放映的」②。抗戰中的重慶電影評論，不止一篇文章談到「農村影片」的製作問題，其中有人認為，「農村影片」的製作，在取材上必須是農民所見所聞以至於喜聞樂見的事物，最好是農民自己的故事，並指出《好丈夫》這一影片在題材上是適宜的。這些評論不僅指出了《好丈夫》的通俗敘事的特點，而且對這部影片給予了較高的評價。史東山與田漢（編劇）合作的《勝利進行曲》以中國軍隊下級官員和人民群眾為描寫對象，再現了抗戰時期中國軍隊的英雄氣概，以及人民群眾在敵人面前寧死不屈的民族氣節。

在影片的主題上，史東山從農民和士兵普遍關心的社會現實和亟待解決的問題出發，努力使自己的作品達到宣傳抗戰、教育民眾的目的。《好丈夫》寫的是四川內地農村婦女二嫂與四嫂以民族利益為重，忍受個人在兵役問題上的委屈和不公，鼓勵丈夫殺敵的故事。這部以「兵役」問題為主題的影片，一定程度上揭露了大后方保甲制度的黑暗，這在當時的抗戰影片中是少有的，也是史東山根據抗戰宣傳的迫切需要而製作的。《還我故鄉》寫華北淪陷區游擊隊以及人民群眾的抗日活動，還包括處於中間勢力鄉紳、商人的覺悟轉變過程。這部影片闡明了一個真理：「只有各階層愛國的人民團結起來，組織起來，只有鄉間的抗日活動與城市的地下工作者結合起來，才能收復我們淪陷的故鄉。」為了使自己的作品大眾化、通俗化，史東田在塑造平民人物形象時，盡量使人物的言行符合人物身分。因而，作品裡的人物大多樸素自然、真實可信。例如《好丈夫》中的二嫂、《勝利進行曲》中的營長史思華、排長管振中、士兵任也子、和尚慧誨、農婦何大嫂，還有《還有故鄉》中的王相庭等，

---

① 閻哲吾. 門外漢的觀感 [J]. 中國電影，1941，1（3）.
② 葛一虹. 從《華北是我們的》與《好丈夫》說到我們抗戰電影製作的路向 [N]. 新華日報，1940-02-22.

都具有一定的性格特點，人物形象真實可信。

在藝術結構上，史東山十分注重敘事的清晰和故事情節轉折的合理性，使之明白、易懂。例如在《好丈夫》這部影片中，史東山就採取了大量為中國多數觀眾所喜聞樂見的巧合、懸念、誤會等手法，使故事一波三折，引人入勝；同時又按照時間發展的先後順序進行直線陳述，便於觀眾理解和接受。在導演技法上，史東山也努力向大眾化、通俗化方向邁進。如果說，戰前史東山的導演風格偏向於渾厚、工麗，那麼，在抗戰電影創作中，他的導演風格則更顯質樸、明快了。為了面向農民，便於他們瞭解和接受，史東山花費了很大的功夫，研究新的導演技巧，並在每一部影片的拍攝中盡量付諸實踐。在《關於〈保衛我們的土地〉》一文裡，他曾總結出一些編導抗戰故事片的經驗，如「劇情要簡單而有力，內心表現不能太複雜」、「不能穿插無味的笑料，使農民當作玩意兒看」、「敘述劇情務須周詳，表演的速度務須稍慢」等。① 在《保衛我們的土地》中，他對自己提出的這些原則，進行了認真的嘗試。因此，當時有評論認為，「這部精悍的短片中，徹頭徹尾是以緊張、嚴肅連貫而成，緊張之外，還是緊張，沒有紳士、酒精、舞女、白相、喜劇的笑料與悲劇的陰沉，而且也決不需要了」、「這片中能傳於觀眾的實感：幾乎每一個變化點都沒有絲毫的突然與牽強」②。這篇評論充分肯定了史東山追求大眾化、通俗化的影片所取得的實績。《好丈夫》被當作「抗戰以來第一部真正的宣傳影片」，除了它所選用的題材是描寫農民的以外，「而且從它的導演手法上來看，也確然可以看得出是為了供給文化水準低下的農民大眾所觀看的」③。在通俗化追求上，《勝利進行曲》也有所表現，特別是「影片用了大量的大同小異的畫面，不厭其煩地介紹出許多作戰官兵；影片的剪接也只求明確，不求緊湊」④。

總而言之，史東山抗戰電影通俗化、大眾化的追求在他的作品中得到了具體的表現，可以說史東山是抗日戰爭時期陪都電影文化運動中通俗化追求最為顯著的一位。戰前時期，中國電影的受眾主要集中在大都市，大都市的知識分子、市民是其接受的主體，而抗戰的需要迫使受眾群體轉向了農民、士兵，受眾的轉移必然要求創作敘事手法的變革，這樣通俗化、大眾化的敘事策略必然

---

① 史東山. 關於《保衛我們的土地》[J]. 抗戰電影, 1938.
② 李為光. 保衛我們的土地 [N]. 國民公報, 1938-05-11.
③ 葛一虹. 從《華北是我們的》與《好丈夫》說到我們抗戰電影製作的路向 [N]. 新華日報, 1940-02-22.
④ 凌鶴. 談《勝利進行曲》與《火的洗禮》[N]. 新蜀報, 1941-05-13.

成為一種需要。可以說在通俗化、大眾化的追求上，史東山的影片無疑具有示範的作用。從都市走向民間，由「都會電影」走向「農村電影」，無疑是對中國電影傳播的促進和發展。陪都時期的抗戰電影，在大眾化、通俗化的追求上除史東山做出了傑出的貢獻外，其他電影藝術家也做了有效的嘗試。如《中華兒女》《東亞之光》《火的洗禮》《塞上風雲》《長空萬里》《日本間諜》等影片，在情節安排、結構模式上，與中國電影觀眾的審美心理相吻合，以矛盾的衝突展開故事的敘述，又以矛盾的解決結束故事的敘述。例如《火的洗禮》描寫一個被騙參加敵偽特務組織的女間諜方茵，被派到重慶進行特務活動，在大后方人民抗戰精神的感染下發生了思想轉變，並揭發敵偽間諜組織，給反動組織以重創。《東亞之光》講述了一群被俘日軍的思想轉化過程。這種情節敘事結構契合了中國傳統的審美心理。在中國的傳統審美習慣中講求以「和」為貴，天人關係、人際關係等都離不開一「和」字，那麼在敘事策略上就講矛盾的解決，以矛盾的解決達到心理上的平和。因此，在這些抗戰影片中，它們在情節的組織上往往以不平衡達到平衡，以合理的結尾滿足觀影者的審美期待；同時以故事內涵的穩定性、主題意義的明確性達到大眾化、通俗化的目的。

大后方陪都重慶電影敘事的通俗化、大眾化追求，作為中國電影在敘事形態和創作手法上的一次革新對中國電影的民族形式、民族風格的形成和發展做出了有效的嘗試。

第二節　陪都電影的紀實美學追求

抗日戰爭不僅改變了中國電影的歷史，也深刻地制約著抗日電影創作風格的形式。戰爭扼殺戰前電影創作的藝術探索，並阻止了審美追求進程，使電影創作被納入為戰爭服務的軌道。但也正因為如此，它得到以特殊的方式成就戰爭時期的電影藝術和電影美學的歷史機遇。新聞紀錄片創作的興盛和故事片創作紀實美學的凸顯，是大后方抗戰電影的兩大主要特徵。

一、紀錄片的紀實追求

抗日戰爭爆發前雖然有過新聞紀錄片的創作，但並沒有受到中國電影工作者的普通重視，因而也就沒有嚴格意義上的藝術追求。抗戰爆發后，由於宣傳鼓動的需要和電影觀念的相應改變，中國電影工作者終於走出攝影棚，走到前

線和民眾中去，開始有組織、有規模、有目的地進行抗日新聞紀錄片的拍攝，掀起了一場轟轟烈烈的新聞紀錄片創作熱潮。在中國電影史上，中國的新聞紀錄片第一次與故事影片分庭抗爭，並作為抗戰時期中國電影創作的主流片種，擁有了自己的美學風格。

紀錄片熱潮的興起，是以大量的、品種繁多的新聞紀錄片的拍攝為重要標誌的。僅1937年，從南京遷移到蕪湖的「中電」，就拍攝了《盧溝橋事變》《淞滬前線》《空車戰績》等新聞片。設在漢口的中國電影製片廠也拍攝了《抗戰特輯》《電影新聞》等新聞片。這些新聞片及時地記錄了七七事變和八一三事變以及此后的抗戰動態。進入1938年，重慶的「中電」，也開始繼續製作抗戰新聞片和紀錄片，出品了《東戰場》《克復臺兒莊》《敵機暴行及我空軍東徵》等新聞片和《中原風光》《重慶的防空》等紀錄片。為了拍攝這些作品，僅僅「中電」的攝影師，就遍布於每一戰區，還常駐於華南、武漢和軍事航空機關。與手拿武器的士兵一樣，電影工作者手提攝影機活躍於抗日戰場。正因為這樣，當時人們總結抗戰一年後中國電影的成績時，將「抗戰的紀錄片」作為本年中國電影的主要代表，「假如問這一年來中國有什麼電影的話，那麼，我想回答是：抗戰的紀錄影片」①。從而肯定了抗戰新聞紀錄片在抗戰電影創作中的突出貢獻。抗戰初期的新聞紀錄片與戰爭時代風雲變幻的社會現實緊緊地結合在一起，以同仇敵愾的激情吸引了觀眾，激發了觀眾心中蘊蓄已久的抗戰愛國熱情。尤其是潘子農剪輯的兩部紀錄片《我們的南京》和《活躍的西線》，以其真實性和煽動性得到了評論界的廣泛關注。「《我們的南京》是一部紀錄片，這也是經過潘子農先生剪輯而成的」，「最使人滿意的，是片頭片尾的字幕卡通，它不僅充滿了煽動性的宣傳效能，同時也創制了一種新穎的形式。還有在音響方面所配的純粹中國音樂，也很合全片情調，對觀眾完成了『雅俗共賞』的任務。」②《活躍的西線》頗使人佩服的是它並沒有額外的戲，但卻自然露著一種情緒的真實，使得人們受到鼓舞。影片中所提供的西戰場上的許多材料，都是很可貴的!③

戰爭進入相持階段後，以重慶的「中制」「中電」為代表的大後方抗戰新聞紀錄片創作進入了一個相對繁榮的時期，其中《民族萬歲》和《西藏巡禮》，可認為是大後方紀錄片熱潮中湧現出來的代表作品。

大型紀錄影片《民族萬歲》由鄭君里編導。它以相當豐富的素材報導了

---

① 趙銘彝. 抗戰一年來的戲劇與電影 [N]. 新蜀報，1938-07-07.
② 江兼霞. 評《活躍的西線》與《我們的南京》[N]. 國民公報，1938-03-27.
③ 宋之的.《活躍的西線》我的觀後感 [N]. 國民公報，1938-03-27.

蒙、藏、回、苗、彝等各少數民族人民支援抗戰的動人事跡及其各自的民族風俗人情。攝製組跋涉數千里，先後在西康、青海等省進行了艱苦拍攝。尤為可貴的是，鄭君里及攝製組主創人員並沒有因為環境和條件的困難就放棄藝術上的追求。在此之前，鄭君里廣泛觀摩並研究了蘇聯和歐美等國的紀錄片及其有關理論，尤其對英國紀錄電影及其創建人保羅·羅沙的紀錄電影觀念進行了認真的分析，在此基礎上形成了自己的紀錄片創作原則，即在真實記錄現實生活的基礎上「對實際事物加以創造的戲劇化」。鄭君里解釋保羅·羅沙的「創造的」一詞，認為這「大概是指我們要通過這些紀實的工具，透露出我們自己的藝術上的匠心和思想上的重點」。同時鄭君里還重點解釋了「戲劇化」的內涵，戲劇化「一般是指戲劇和電影中的虛構故事的佈局的方法，但在紀錄電影中指對實際事物的組織和佈局」①。在《民族萬歲》的拍攝和剪輯中，鄭君里就履行了這一創造原則。為了達到「對實際事物加以創造的戲劇化」，他對每一個場面和每一個鏡頭都進行了仔細的研究。為了表現藏民和喇嘛們祈禱抗日勝利的虔誠心情，他「時而上屋頂俯拍全景，時而伏地仰拍八座喇嘛塔」②。《民族萬歲》編導者的良苦用心使該片上映時獲得了好評：「《民族萬歲》確是一部優良的紀錄片。因為它無論在形式上或是內容上都有特色，它已經擺脫了一般新聞電影式的死板的剪輯，已經揚棄了新聞電影一般陳舊的講白。它經過了良好的『蒙太奇』，已經整個地成為有血有肉的東西，把很多材料容納在『為民族解放而鬥爭』的偉大主題下了。」③《民族萬歲》當之無愧地成為抗戰紀錄片的成熟之作。

「中電」在1940年拍攝的紀錄片《西藏巡禮》，也是陪都重慶大后方抗戰紀錄片中具有代表性的作品。1940年冬，國民黨中央特派蒙藏委員會委員長吳忠信入藏主持第十四世達賴喇嘛的坐床大典。編導徐蘇靈和攝影師陳嘉謨隨同前往，以期拍攝《西藏巡禮》。《西藏巡禮》以極大的篇幅介紹了西藏雄壯的山川草場和奇異的人文風光。影片由馬思聰創作了《主題歌》《途中曲》《大寺院曲》。《西藏巡禮》展現了西藏奇異的自然風光和充滿宗教氣氛的人文精神，在抗戰紀錄片中獨樹一幟。

陪都重慶抗戰新聞、紀錄片的興起是時代變遷、社會心理、現實要求這些因素綜合促進的結果。隨著戰爭爆發，對戰爭進程及其相應的社會變化的關注，已成為一種普遍的社會心理，不僅國內正在進行抗戰的軍民渴望瞭解戰爭

---

① 君里. 關於紀錄電影的特徵 [N]. 新民報·晚刊，1943-02-26.
② 韓尚義. 憶鄭君里在西北拍《民族萬歲》[J]. 電影評價，1984 (6).
③ 徐昌霖.《民族萬歲》觀后感 [N]. 新華日報，1943-03-01.

的進程及社會各方動向，國際社會也對中國抗戰表現出普遍的關心。新聞紀錄片具有真實性、新聞性和直觀性的特點，最能滿足這種普遍的社會心理需要，因而自然獲得廣泛的歡迎。同時，戰爭的爆發，使中國大量的電影人才和電影企業從相對集中的安穩的都市轉向了戰時的流亡與遷移之中，大后方的攝影器材和膠片來源及資金運轉發生困難，而新聞紀錄片和故事片相比，拍攝起來更迅速、更節省。抗戰的現實也使電影工作者的觀念發生變化，使大后方的電影工作者們情願放棄戰前在中國電影中占主流的好萊塢式的情節劇，而向更加接近現實的紀實性美學靠近。

　　總而言之，大后方抗戰紀錄片的興起是抗戰歷史和電影發展的必然結果。正因為這樣，陪都重慶的電影工作者對新聞紀錄片進行了充分的研究，許多論文都有涉及。徐蘇靈提出「走出攝影！」的口號，他認為只要把大眾的生活素材真實地表現出來，以報導的方法，以紀錄的方法，即使是短短 1 百米的底片，也將是珍貴的藝術品。袁牧之總結了蘇聯 20 世紀二三十年代紀錄片的發展歷史，得出了紀錄片是最適宜於在動亂的環境和困難的物質條件下運用的藝術武器。鄭君里對英國紀錄電影運動創始人保羅・羅沙關於紀錄電影特徵的論點進行了闡釋，認為紀錄電影的基本要求是對實際事物加以創造的戲劇化以及社會分析的表現。這些紀實觀念在刊物上的發表足以表明陪都重慶紀錄電影具有較好的理論基礎。

二、故事片的紀實風格

　　抗戰現實，促進了紀錄電影的興盛，同時紀錄電影中蘊含的對紀實美學的追求，也直接影響了抗戰故事片的創作。中國電影自誕生以來，主要受美國的好萊塢電影的影響。早期的中國電影還直接承接了文明戲的經驗，其戲劇化審美傾向一直貫穿於中國電影尤其商業電影中。抗戰開始後，故事片的紀實美學傾向被十分鮮明地凸現出來，並一直貫穿於抗戰時期的故事片創作過程中，這一點可以從抗戰電影的題材選擇、結構安排、敘事技巧、造型處理等方面得到顯示。

　　在陪都重慶抗戰電影故事片中，取材於抗戰真實事件的故事影片有很多。如《東亞之光》，取材於重慶「博愛村」的日本戰俘生活。《青年中國》取材於武漢抗戰時期的國民政府政治部第三廳領導下的抗敵宣傳隊的宣傳活動。而《勝利進行曲》則以 1939 年的湘北大捷為題材，用寫實的手法表現了湘北一役中我方軍民殺敵制勝的壯烈戰績。當時有評論寫道：「這部影片給我的第一個印象是『真』，這裡面沒有一點庸俗的低級趣味的噱頭，有的是真的『人』

和真『事』。」①《長空萬里》取材於抗戰初期有關中國空軍抗擊日寇的新聞報導。影片《日本間諜》則根據義大利人範斯伯所著自傳體作品《神明的子孫在中國》一書的材料改寫，親自經歷的故事敘述保證了影片的真實性。在影片中，通過範斯伯這個外國間諜的親身經歷與目睹的事實，暴露了日本侵略者在東北的罪行。總之，直接取材於抗戰中具有一定典型意義的真人真事是大后方抗戰電影創作在選材上的一個突出特點，也是抗戰故事片紀實美學的一個重要特徵。

陪都重慶抗戰電影故事片在故事情節結構的安排上也流露出明顯的紀實特徵。總的來看，大多數作品都不約而同地採用了一條幾乎相同的故事線索，即主人公原有的平靜生活被打破，目睹日軍殘害中國同胞的暴行或飽受苦難生活考驗，然後體悟自身處境的困難或使命的崇高，最後走向堅決抵抗侵略者的道路並取得勝利。這一故事情節結構模式基本上符合抗戰電影作品的成長母題，並且通過這種紀實性的情節結構，營造了一系列有關戰爭與個人命運、個人命運與民族命運的影像寓言。同時這種情節結構模式，不僅適宜於體現中國人民的愛國主義精神以及抗戰必勝的共同信念，而且符合抗日戰爭必勝的歷史規律性。例如「中電」1939年拍攝的《中華兒女》，影片由四個獨立的短片組成。第一個故事寫南京近郊的一個青年農民劉二哥，他和母親及妻子過著平靜的生活，后來傳來日寇要打來的消息，全鄉農民開始逃難。劉二哥勸母親和妻子一起到后山去躲避，但母親不肯走，妻子因婆婆不走也留了下來。當天晚上，敵人進了村。第二天敵人走后，劉二哥急忙回家，他的妻子已被糟蹋致斷了氣，母親也奄奄一息，劉二哥燃燒起復仇的火焰，參加了抗日遊擊隊。故事線索基本上是由平靜的生活被打破再到抗爭，從而完成了主人公的成長過程。「中制」1940年拍攝的《塞上風雲》，描述了中華各民族團結抗日的主題。祖籍遼寧的丁世雄，從小隨販馬為生的父親居住在蒙古族地區，時常想念淪陷的東北故鄉。蒙古族青年迪魯瓦愛上了蒙古族少女金花兒，他見金花兒與漢族青年丁世雄親近而心懷嫉妒。這時潛伏在蒙古族地區的日本特務長開始行動，他把特務機關設在王爺府，並進行破壞活動；同時利用迪魯瓦對丁世雄的不滿，挑撥蒙漢兩族人民的關係，結果導致金花兒的哥哥被抓。一度受騙的迪魯瓦終於明白了真相，同丁世雄言歸於好。在影片最后，蒙、漢兩族人民攻進王爺府，擊斃了日本特務長。影片以清晰的故事線條、簡單的人物關係，真實地反映了在抗日背景下的民族影像。

---

① 子都. 介紹《勝利進行曲》[N]. 國民公報，1941-04-13.

大后方抗戰故事片紀實美學傾向還體現在造型處理上。在拍攝時十分重視外景和實景的運用，同時注重使用與人們觀察實際生活時相同或相近的拍攝角度。《青年中國》攝製組組織了80多人的外景隊，在重慶北碚地區冒著酷暑烈日或傾盆大雨進行艱苦的拍攝。拍攝《勝利進行曲》時，攝製組到湘北大捷實地，邀請參加過戰鬥的官兵們親自飾演屬於自己的角色。《長空萬里》外景隊更是出發去昆明，不畏艱險，在天空攝製轟炸機群的大編隊和驅逐機戰鬥的真實場面。《東亞之光》則利用重慶戰俘營的實際場地進行拍攝，並由戰俘自己來扮演。《塞上風雲》是抗戰時期大后方較有藝術追求的一部故事片，北國草原的自然背景、清晰的故事結構和人物關係以及常規的攝影角度都相當符合實際生活的本來面目和事件發展的自然邏輯。

　　所謂紀實性故事片，是指影片以真實事件與真實人物為題材，反映事件的自然進程與人物的真實命運，它的情節可以有某些虛構，但是主要情節與人物命運必須是真實的。大后方抗戰故事片的紀實美學傾向，也主要是指以反映社會生活的真實面貌為目的，外在表現形態與實際生活相近似的電影創作傾向。當然，電影創作者不應該也不可能排斥故事片所必需的主觀化的藝術構思和藝術表現。紀實傾向和主觀構思是一個事物的兩個側面。《勝利進行曲》是一部具有濃烈紀實色彩的故事片。編劇田漢在回憶這一劇本創作時，說自己是以講「故事」的方式「處理對敵鬥爭題材，表現抗日英雄人物」。[①] 導演史東山談到《勝利進行曲》，也說這不是一部「新聞影片」，而是一部「表現較具體的『歷史紀錄影片』」。[②] 在拍攝中，他們有意識地採用紀實性故事片的創作手法，在虛構的故事框架裡展現一個真實的戰爭中發生的故事。在長沙會戰的背景下，影片分前后兩個部分，兩部分各有側重。前半部著重描寫中國將士作戰的英雄氣概，有一些場面是由經歷過這場戰鬥的官兵自己在實地扮演的。后半部則著重描寫湘北人民在敵人面前誓死不屈的民族氣節，由三個情節片斷組成。史東山以他清新明快的藝術技巧，一方面以卡通地圖表示整個戰局的情況，使影片呈現出紀實色彩，另一方面有機地穿插一些會戰中英勇殺敵的故事，一步步引人入勝，使影片具有感染力。由於影片較好地處理了紀實與敘事的關係，因而獲得輿論的讚揚。有評論說：「《勝利進行曲》用若干零碎的真實故事，通過了一個主題，連貫表達出湘北大捷的歷史事跡。在紀錄片還在『試攝』的中國，這部片子的完成，大大地提高了紀錄片的水準。」[③] 這裡所指

---

① 田漢. 影事追懷錄 [M]. 北京：中國電影出版社，1981：57.
② 史東山. 關於《勝利進行曲》的攝製 [N]. 國民公報，1941-04-20.
③ 方蒙. 史東山的藝術生活 [J]. 文訊，1948，9 (2).

的紀錄片實際上是指呈現紀實美學傾向的故事片。

總而言之，在中國電影發展歷史中，陪都抗戰電影故事片紀實美學傾向的呈現，是抗戰時期大后方電影創作的一大特徵。它在很大程度上改變了以往中國電影戲劇化、程式化的傳統，以新的審美素質打開了中國電影的新局面，儘管在對紀實美學的追求中還存在著缺點，但對中國電影的影響是深刻的。

第三節　強化意識形態與反殖民主義文化侵略

在戰時體制下，電影作為一種大眾傳播手段以其獨特的視聽效果更有利於當時的政治集團為其所用。日本侵略者強化電影意識形態的政治功能，具有殖民主義文化侵略的性質，而陪都重慶抗戰電影作為抗戰文化的一部分，顯然具有反殖民主義文化侵略的意義。

一、從日偽電影看陪都電影強化意識形態的必然性

1969年，路易·阿爾圖塞發表了《國家機器與意識形態國家機器》一文，在該文中阿爾圖塞把國家機器分為強制性國家機器和意識形態國家機器。強制性國家機器指軍隊、法庭、監獄等，而意識形態國家機器指各種教會、家庭、傳播媒介、文學藝術、體育比賽等。阿爾圖塞認為，任何一個階級如果掌握政權的同時不把意識形態國家機器置於自己的控制之下並在其中行使自己的權力話語，那麼它的統治就不會長久。阿爾圖塞為電影的意識形態分析提供了理論資源。任何一個國家控製下的電影藝術，它不僅僅是商品，更為重要的是它是一個階級、政黨、民族的話語權力的表現，以及一個國家社會文化環境的表徵。

二戰期間，法西斯與反法西斯兩大陣營都試圖抓住電影這個宣傳武器來為自己服務，從而使電影藝術呈現出政治化特色，並且把電影的意識形態國家機器的效應發揮到史無前例的程度。

日本為準備戰爭而實行電影統制。我們從中日戰爭到太平洋戰爭爆發這段時期的日本電影歷史中最清楚地感受到以下兩點事實：①統治者如果花費很長的時間，有意識、有組織地不斷施展手段，就可以比較容易隨心所欲地操縱人民群眾，使他們為政治領導者的目的服務。②作為達到這個目的的手段，電影具有強大的力量。1934年3月，日本內閣會議通過了電影統制委員會規程，國家全面干預電影企業。這個電影統治委員會為了更有力地發揮電影作為意識

形態國家機器的作用成立了一個官民合辦的團體——大日本電影協會，該協會於 1935 年成立，協會的會長是海軍大將子爵齋藤實。大日本電影協會發表聲明說：「本電影協會為了促進和發展中國電影事業，促使出現健康的娛樂影片，使電影對充實與提高國民生活，革新社會風化做出貢獻，並進而使電影實現大日本帝國的國策，不消說一朝有事之際，即使是在平時，電影也要在政治和外交上充分發揮它所特有的宣傳教育作用，以收電影報國之效，因此創辦《日本電影》，作為本會的機關刊物。」① 這是日本當局對「國策電影」的最早表述。1939 年第七十四次帝國議會通過了電影法，這個電影法是德國納粹電影統制的翻版，只不過是把希特勒的電影法譯成日文后染上了一層「皇道精神」。② 日本侵略者就是本著「使電影實現大日本帝國的國策」「發揮它所特有的宣傳教育作用，以收電影報國之效」的原則，在中國醞釀了電影侵略並建立「國策電影」機構——「滿洲映畫協會」。

「滿洲映畫協會」（以下簡稱「滿映」）成立於 1937 年 8 月，它的特別使命就是執行國策電影。什麼是國策電影？「滿映」一份文件明白地說：「滿洲映畫協會，是滿洲國的國策會社，根據日滿一德一心的正義，本著東亞和平理想的真精神，在平常無事的時候，對於滿洲國家的精神建國，有重大的責任，對於日本與中國等國家，應當將滿洲國的實在情形，充分介紹，使他們十分的認識，而且對於其他滿洲國內一般文化的向上，供獻資料。到了一旦有事的時候呢？他的責任更大了，就是與日本打成一氣，借著映畫這種東西，實行對內外的思想戰！宣傳戰！」在這裡電影已經被侵略者當成特殊的武器進行殖民主義文化侵略以配合軍事上的進攻，這可以說是一篇侵略者國策電影的宣言。在談到「滿映」使命時，許多文件有所闡述，他們認為偽滿洲國國策電影的根本精神，就是「教育人民有王道樂土的世界觀」，「介紹和輸入日本文化」。③ 由此我們可以看出日本國策電影以及「滿映」的國策電影觀，其實質就是殖民主義文化侵略。在「國策電影」的指導下「滿映」進行了積極的製片，在故事片方面，「滿映」共拍攝了 108 部。這些故事片帶有明顯的宣傳色彩。在紀錄片方面，「滿映」從 1938 年到 1945 年共完成 189 部，這些影片起到了對內「建國精神的普及」，對外「介紹滿洲國的實在情形」「介紹輸入日本文化」的作用，體現了國策電影文化侵略的實質。

面對日本侵略者強大的電影文化殖民主義侵略，中國的電影藝術工作者應

---

① 岩崎昶. 日本電影史 [M]. 鍾理, 譯. 北京：中國電影出版社, 1985：150-151.
② 岩崎昶. 日本電影史 [M]. 鍾理, 譯. 北京：中國電影出版社, 1985：160.
③ 轉引自胡昶、古泉《滿映國策電影面面觀》，中華書局，1990 年版第 35 頁。

該採取什麼樣的策略呢？第二次世界大戰中的中國是世界反法西斯戰爭的重要戰場，它的勝利將決定著世界反法西戰爭的命運，因此中國的抗日戰爭的地位的重要性是不容置疑的。戰場改變了文化、藝術的路徑，抗日戰爭時期的中國電影也免不了進入非常態下的發展道路。日本侵略者運用電影藝術這一意識形態國家機器進行殖民主義文化侵略，相應地，抗戰時期陪都重慶的電影工作者所進行的抗戰電影的製作與宣傳顯然就具有反殖民主義文化侵略的意義了。侵略者的殖民主義文化侵略是非正義的，必然被歷史所否認，而中國抗戰之都的陪都重慶反殖民主義文化侵略具有正義性，它在全國以及全世界得到了愛好正義的國家和人民的支持，並匯入世界抗戰電影之流，形成巨大的抗戰之火，鼓舞人們前進。

二、陪都電影的反殖民主義文化侵略

1. 抗戰電影反殖民主義文化侵略理論形態的建立

日本侵略者的暴行激起了全國人民的憤怒與反抗，此時國內的階級矛盾已經讓位於中日民族矛盾。在抗日戰爭初期中日民族矛盾的激化激發了民眾愛國主義與民族主義情緒的上升，這種情緒的上升是出於民族深層意識中亡國恐懼的心理而出現的。為了挽救民族存亡，急需要用各種方式凝聚和提升國民的民族意識，只有這樣才能動員起全國民眾的力量，包括文化藝術界在內的各階級，從而推動抗戰進程的健康發展。抗戰初級階段國民各階層的反戰具有自發性，而隨著抗戰形勢的發展，有組織、有意識地進行官方控製與引導從而形成全民抗戰就具有現實的重要性了。

1939 年 3 月 11 日，國民政府設立了隸屬於國防最高委員會的國民精神動員總會，並頒布《國民精神總動員綱領》《國民精神總動員實施辦法》，宣布自 5 月 1 日起，全國實施國民精神總動員。1939 年 5 月 1 日從重慶到延安，各地紛紛舉行國民精神總動員大會，至此以重慶為中心的國民精神總動員運動迅速在全國興起。《國民精神總動員綱領》提出：「國民精神總動員，有國民從所易知易行之簡單明顯之三個共同目標，為國民精神所當集結者，當首先標揚之，即（一）國家至上民族至上，（二）軍事第一勝利第一，（三）意志集中力量集中是也。」具體地說，就是「在民族生存受盡威脅之情形下，國家民族的利益高於一切」「國家民族最大利益為軍事利益」「專心一致為國家民族軍事利益而奮鬥」。同時，實踐「救國之道德」，「樹立建國之信仰」，「進行精神之改造」。也就是「對國家盡其忠，對民族行其大孝」，「盡三民主義之目的，在促成中國之國際地位平等、政治地位平等、經濟地位平等」，「醉生夢死之

生活必須改正」、「奮發蓬勃之朝氣必須養成」、「苟且偷生之習性必須革除」、「自私自利之企圖必須打破」、「紛歧錯雜之思想必須糾正」。① 1939年4月26日，中國共產黨中央委員會在《中共為開展國民精神總動員運動告全黨同志書》中認為上述「這些都是根本正確的」。② 顯然，《國民精神總動員綱領》已經成為舉國一致的國民精神總動員運動的指導綱領。

　　1941年2月7日，中國國民黨中央宣傳部文化運動委員會在重慶成立，其工作目標為「以文化力量增加民族力量」「以文化建設促進國家建設」，其進行事項為「規劃文化運動之方案」「扶植文化團體之組織」「充實文化工作之內容」「把握文化工作之對象」「檢查文化運動之得失」。③ 中國的文化運動，一直缺乏共同的目標和具體而周詳的計劃。自國民黨五屆十一中全會通過《文化運動綱領》之后，致力於文化發展的工作者，從此有一致活動的固定與整齊的步調了，這不能不說是文化史上值得記載的一件大事。④ 文化運動委員會的成立有利於官方政府對文化事業進行統一規劃與指導，從戰時文化發展的角度來看，統一規劃有利於協調重慶與全國文化運動的一致性，從而促進民眾動員的廣度和深度。這種由官方進行控製與指導的文化運動，雖然具有控製大眾群體意識形態的性質，但作為一種戰時的文化策略，有利於組織各界文化戰士為抗戰而服務，我們既要看到其歷史的狹隘性，又要考慮到非正常歷史形態下其合乎歷史發展的必然性。

　　國民精神總動員以及文化運動委員會的成立標誌著陪都抗戰進入了一個新的發展時期。「以文化建設促進國家建設，以文化力量增強抗戰力量」，這既是國家總動員的需要，「以吾人之精神武器，鼓勵士氣，喚起各界總動員」，更是「文化科學運動」的需要，以「新舊思想衝突打破舊思想」，「則國家可以復興」。⑤ 在國民精神總動員的指導下，文化運動委員會組織陪都文化界根據抗戰現實的發展、反法西斯侵略的需要，進行了較大規模的抗戰宣傳和民眾動員。

　　在國民精神總動員綱領文件指導下的文化界總動員以及抗戰活動的實施，雖然不可避免地帶有強烈的意識形態色彩以及實用的政治傾向性，但考慮到當

---

① 參見《國民精神總動員綱領》，該綱領由蔣介石代表國民政府曾在國民參政會第一屆第三次會議上宣讀。《新華日報》，1939年3月12日。
② 參見《群眾》周刊，3卷1期，1939年10月。
③ 參見《文化運動委員會工作綱領》，《中國抗日戰爭時期大后方文學書系，文化運動》第1卷，重慶出版社，1989年版，109-113頁。
④ 參見《文化運動與影劇事業的發展》，《文藝先鋒》第3卷第6期，1943年12月。
⑤ 參見《文化界宣傳週開幕各長官致詞語多勉》，《大公報》，1942年2月8日。

時的局勢，面對日本侵略者軍事上的強攻以及文化上的殖民主義侵略，顯然具有歷史上的正義性與合理性。

在電影界，鄭用之在《中國電影》創刊號上發表了《抗建電影製作綱領》，提出了「抗建電影」的口號。他認為抗建電影在於「擔負記載新中國誕生的艱苦的過程及抗戰建國組織各部門機構的活動」的責任，在製作上，「抗建電影」多以反侵略為經，以締造出新中國的誕生為緯。他指出「抗建電影」應暴露日寇與漢奸的罪惡，歌頌民眾、兵士的抗戰熱情和業績；同時又指出「宣傳我民族領袖堅苦卓絕、精忠衛國之偉大精神」，發揚「禮義廉恥、忠孝仁愛、信義和平及所有我民族固有優美道德」。顯而易見，鄭用之的「抗建電影」的提出具有特定的政治含義，在特定的戰時歷史條件下，既符合維護官方思想的要求，又符合抗戰挽救民族存亡的要求。「抗建電影」在掌握大眾思想意識的前提下，發揮強大的宣傳功能，促進民族解放事業的進程，從而在電影領域內來表現國家的意識形態觀念。

2. 民族本位主義電影觀

20世紀30年代，日本帝國主義的侵略改變了先前的那種不同的政治集團之間的階級對立，或者說民族矛盾的對立掩蓋了階級矛盾的對抗。面對日本法西斯的侵略，中國人民的民族意識普遍加強，因而借助於電影來提高國民的民族意識成為抗戰時期中國電影的重要內容。早在1932年，國民政府由陳立夫出面成立了中國教育電影協會，並提出了「中國電影事業的新路線」。陳立夫在《中國電影事業的新路線》一文中指出：美國電影是「生產過剩，物力充斥」「生活非常優裕」的情況下的產物，在他們的銀幕上，幾乎都是香豔肉感的片子，極盡其富麗堂皇的能事，把這些片子拿到中國的銀幕上來表現立刻可以使觀眾感覺中國的窮陋破敗，從而使觀眾灰心喪志，減殺向上的勇氣，同時，也極容易使一般人競慕他們的驕奢淫逸。「舶來影片充斥於中國的劇院，在經濟上的損失，還是有限；在精神上的損失，實為無窮。」陳立夫認識到電影不僅是娛樂，更重要的是電影可以影響人們的思想生活，從而有利於民族復興、國家發展、社會進化。在抗戰時期的陪都電影也曾有過教育電影的討論，熊佛西在1941年4月20日、27日重慶《國民公報》上發表了《電影教育問題》的文章，王平陵在1941年《時代精神》第4卷第3期發表了《戰時教育電影的編制與放映》一文。熊佛西認為電影所起的職責就是「教育」，「中國現時所急切需要的，是普通的教育。這個最完美的工具，就是電影！」「一個好的劇場，它的功效又決不在一個大學教育之下的！」王平陵也認識到教育的重要性，認為「要掃除中國的文盲，改造社會的風氣，把切要的生活方法和

常識，灌輸給一般老百姓，除了利用電影這個有效的工具外，決難於最短期間實現我們所必須實現的目標。」教育電影可有利於「民族意識的發揚、革命情緒的鼓勵、風俗習慣的改造」，教育電影「是推廣社會教育的最有效的工具」。王平陵不僅指出教育電影的重要性，同時從教育電影編制、放映等角度進一步論述，「電影，作廣大的生產宣傳，督促全國同胞奔赴生產的戰線，作生產效率的競賽，不僅是救貧，實在是救大眾、救民族」，「關於民眾教育片的內容，是多方面的，為了編制上的便利，我覺得可以分成兩大類」，一類是「普遍性的，例如黨義的宣傳，愛國主義的傳導」，一類是「特殊性的教育片」。

除以教育電影的倡導與實施來增強民族意識、民族素質外，1941年鄭用之提出了《民族本位電影論》。他認為：「在抗戰建國的艱苦過程裡，在啓發民智、掃除文盲的教育原則上，我們更不能忽視電影這一新生的有效工具，我們要啓發民智、抗戰建國、復興民族，當非利用此有效工具不可。」那麼什麼是民族本位電影觀呢？「一個民族有一個民族自己的生活，一個民族有一個民族的風俗習尚，有他自己的歷史的傳統和現在的生活方式。因之，形成這個民族所特有的民族風格和民族氣派。表現在電影上，便需要通過一種能夠適合此民族風格和民族氣派的特定手法和樣式，以構成一種特質的，足以表現民族生活特色的為自己民族絕大多數所喜愛的題材，用自己民族的演員，表演給自己民族的觀眾看。」在談到民族本位電影的基本內涵時，鄭用之指出：「我們東方文化，尤其是中國，向來就是重信義、尚和平、講仁愛、反對暴力的文化。把這種文化表現人類社會，將是新異的、優美的、進步的、未來的世界文化。這種文化包含著中華民族固有的優美的民族道德，無疑地將是民族本位電影的基本內涵。」「在民族本位電影裡，民族精神的發揚也是很切要的。」「我們應擷採民族精神，充實並形成今日的『岳飛』，現代的『文天祥』，指導20世紀的『戰國精神』，創造三民主義的『戚家軍』。」

如上所述，民族本位主義電影觀是在20世紀30年代日本法西斯在文化和軍事上的侵略的現實條件下提出來的。發揚民族精神、揭示民族文化中強韌生命力的有效成分，無疑對增強民族自信心、抵禦外來的入侵具有積極向上的意義和作用。面對法西斯的殖民主義文化侵略，我們需要在思想上、文化上形成統一的組織體系來進行有效的反侵略，這是在戰爭條件下所必需的文化運作過程。

第四節　陪都電影傳播戰時機制的確立與理論導向

重慶電影業經過發展，到抗戰時期，形成了製片、發行、放映一體化的生產流程，這標誌著陪都電影進入了一個前所未有的鼎盛時期。在戰時機制下，陪都抗戰電影形成了一套特殊的傳播理論，普遍重視電影的宣傳教育功能，藝術要求降為次要；同時汲取蘇聯電影業的經驗，變更電影體制從民營轉變為國有。本書以電影傳播的角度為切入點，以求把握戰時狀態下中國電影的傳播規律。

一、製片、發行、放映一體化傳播機制的確立

1918 年，重慶修建了第一家簡易電影院——涵虛電影場，重慶從此有了首家電影院。重慶第一家正規的具有現代放映設備的是環球電影院，它於 1925 年建成，環球電影院的建成滿足了社會上層人士對電影藝術的欣賞要求。進入 20 世紀 30 年代，重慶電影院逐年增加，到 1936 年先後開業 36 家，電影院的增加不僅滿足了上層人士對電影藝術的欣賞需求，同時也促使社會下層群眾成為電影院的觀眾。1937 年 2 月，國泰大戲院建成，它是達到全國一流水準且設施完備的新型電影院，標誌著重慶電影放映業進入了大眾傳播的行列。至此，電影藝術成為全社會各階層的欣賞對象，顯示了新一代大眾傳播媒介對文學藝術活動的有力促進。當然，重慶的電影業還處於只放映而無專業拍攝的起步階段，商業追逐勝於拍攝製作，娛樂消遣勝於藝術接受，但仍然昭示了電影作為新型藝術的巨大魅力。

國民政府於 1938 年 10 月遷都重慶，中國抗戰電影的中心也轉移到重慶。中國電影基地本來在上海，從 20 世紀 20 年代到 20 世紀 30 年代，上海的民營電影公司發展到 30 多家，上海也被稱為東方的好萊塢。抗日戰爭爆發後，上海很快處於戰亂之中，絕大多數電影公司陷入絕望境地，被迫停業或倒閉。1938 年秋相繼遷往重慶的中國電影製片廠和中央電影攝制場，利用民營電影公司倒閉的機會，大量吸收轉移到內地的電影從業人員，擴大自己的規模和實力，在重慶建成了新的電影基地，為抗戰電影的攝制提供了保障。

1938 年 10 月「中制」即中國電影製片廠全部遷到重慶。在「中制」主創人員中，史東山、司徒慧敏、應雲衛等擔任了編導委員；蔡楚生、夏衍等被聘為特約編導委員；演員方面如舒繡文、鳳子等，大多是中國電影界的優秀人

才。由此看來,「中制」是一個擁有強大系統的創作隊伍。到 1940 年,「中制」便成為大后方規模最大的電影基地。這個「不但有全國最豐富的製片設備,並且擁有大量的電影技術人才」的電影製片廠,肩負起了「宣傳抗戰意義、喚起人民奮鬥」和「製造國民的精神糧食」的重大使命,獲得了中外人士的高度讚譽。① 為了擴大抗戰電影基地,避免敵人在抗戰電影的發行上進行阻撓和破壞,並使抗戰電影作品順利為海外各國所接受,「中制」還在香港設立了分廠「大地影業公司」。該公司不僅利用香港的有利條件拍攝影片,還把「中制」出品的電影發行到海外。

「中制」除製片外,還兼顧全國發行並注意向歐洲、美洲許多國家輸出自己的影片。據當時材料統計,在國內,平均每一部大后方影片在影院上映 72 天,觀眾有 28 萬餘人次;從 1938 年到 1940 年,全國每天有「中制」的一部半影片在上映。在國外,「中制」共發行 183 個拷貝,中制的 18 部影片在全世界 92 個城市放映過。② 實際上,正是從抗戰開始,中國電影界才第一次有意識地大規模地注意到出品的「國際宣傳」和「海外路線」問題,③「電影出國」作為一種理論和實踐,被大后方電影界廣泛而深入地關注。為了讓「中制」出品的電影得以真正面向大后方的中小城市和農村,據統計,僅 1940 年上半年,第一至第七放映隊,在第三戰區、第四戰區、第八戰區、第九戰區、第十戰區、第五戰區以及西昌建設區和西康④等地,共放映近 500 場次,觀眾人數共計約二百五十多萬,大多數為農民與士兵。這些放映地區,遠至陝西、綏遠、甘肅、西康、湖南、廣東、廣西、江西、湖北、安徽、江蘇、浙江、河南各省戰地,放映的有故事片《八百壯士》《熱血忠魂》《好丈夫》《保衛我們的土地》《保家鄉》和紀錄片《抗戰特輯》《抗戰歌曲》等。這些努力,使農村的大眾「激發了抗戰情緒,堅強了抗戰意識,在宣傳教育方面,獲得了相當的效果」。⑤「中制」在重慶階段,製作完成了 12 部抗戰故事片、4 部卡通片以及新聞紀錄片和軍事教育片多部,這些作品為大后方抗戰電影的發展寫下了輝煌的詩篇。

與「中制」不同,「中電」是國民黨中央宣傳部直屬的電影機構。「中電」正式成立於 1934 年,在抗戰爆發后,由羅學濂任廠長,隨著戰爭的進展,由

---

① 羅倫斯. 在抗戰中成長的中國電影製片廠 [N]. 李威,譯. 掃蕩報,1941-04-12.
② 鄭用之. 三年來的中國電影製片廠 [N]. 中國電影,1941,1 (1).
③ 施焰. 三則建議——給中國電影界 [N]. 掃蕩報,1938-12-04.
④ 西康,中國舊省名,簡稱康,省會雅安.
⑤ 楊邨人. 農村影片的製作問題 [J]. 中國電影,1941,1 (1).

南京轉移至重慶。1939年2月,「中電」公布了主創人員新陣容,由餘仲英、沈西苓、徐蘇靈等組成編導委員會,演員則有白楊、江村等31人,攝影網分佈於西南、華南、西北和華北等幾大區。整個抗戰期間,「中電」以拍攝新聞紀錄片為主,其次才是故事片,共計拍攝故事片3種,抗戰實錄新聞片6種,新聞報導片31種,新聞特號17種,歌唱片2種,紀錄片10種。

總的看來,以「中制」「中電」為主的重慶抗戰電影,把大后方的抗戰電影運動推向了一個相對繁榮的新階段,抗戰電影抵達了過去中國電影從未抵達過的許多僻遠的城鎮鄉村和前方的軍營,發揮了電影作為大眾傳媒的宣傳功能。

電影作為一個工業體系存在著製片、發行、放映的生產流程,任何一個環節都不可缺少,抗戰時期的重慶電影業除「中電」「中制」自主製片、發行外,還有許多影片公司共同組成了重慶龐大的發行網路,發行網路的建立更加有利於重慶抗戰電影的傳播,為重慶抗戰電影的興起發揮了不可磨滅的作用。重慶的電影初無發行機構,1928年羅仲麟、夏雲瑚在市區蒼坪街道創辦上江影片公司重慶辦事處,1929年,吳特生創辦普及影業公司,1931年蘇聯亞洲影片公司在渝成立,至抗戰前夕又有新民影業社、大華影業社、重慶基督教青年會的聯友影業社等相繼成立。這些發行機構主要發行上海明星、聯華、百代等影業公司的影片和部分美國、蘇聯影片。抗日戰爭時期,重慶電影發行機構除早期的幾家外,新增的有樂群影業公司、大陸影業公司、中央電影服務處、聯合國影聞宣傳處。同時「中制」「中電」和美商的聯美、米高梅、20世紀福克斯、派拉蒙、華納、雷電華、哥倫比亞、環球8家影片公司以及英商的鷹獅公司也相繼遷來重慶。其中,「中制」「中電」發行自己的抗戰影片和新聞片,發行面覆蓋整個大后方及歐、美、東南亞13個國家和地區。其中值得一提的是蘇聯亞洲影片公司,它為蘇聯進步電影在重慶的傳播做出了巨大貢獻。蘇聯亞洲影片公司於1931年由蘇聯駐渝領事館申請設立,在渝發行影片不多,但因思想內容進步、藝術質量較高且創先配制華語對白影響頗大,抗戰期間為擴大反法西斯宣傳,於1942年1月1日到15日將《在敵人后方》《希特勒之病》《邊城虎將》等蘇聯影片在重慶集中放映。總而言之,外商發行機構在渝的建立以及中國發行機構的建立有力地促進了重慶電影市場的發達,培養了大量的觀影受眾人群,對於促進世界文化交流以及抗戰宣傳起到了重要的作用。電影製片的繁榮、電影發行的昌盛,以及放映場所的增加,標誌著陪都電影進入了一個前所未有的鼎盛時期。

二、抗戰電影戰時傳播的理論導向

戰爭時期,「通過對文化各個層面上進行指令性控制,致使文化為適應戰爭需要而形成特別的發展機制」①。在陪都抗戰時期,國民政府通過國民精神總動員、文化界總動員,在意識上起到了統一思想、喚起民眾意識的作用,從而使「國家至上、民族至上」深入人心。但是戰時體制下的文化運作方式畢竟不是文化發展的正常生態形式,體現出戰時狀態下的實用主義取向。

陪都抗戰電影形成了一套戰時體制下特殊的傳播理論。首先普遍主張強化電影的宣傳教育功能,藝術要求降為次要,娛樂功能完全被排斥。這時期電影理論對電影的要求,在本質上如同戰爭動員令。有人告誡創作人員:「一切從業人員必須以國家民族為前提,不能斤斤計較到私己對藝術過分愛好,使自己對作品過分陶醉而過分鋪張,置抗戰宣傳於不顧。」②「在抗戰建國的艱苦過程裡,在啟發民智、掃除文盲的教育原則上,我們更不能忽視電影這一新生的有效工具。」③電影理論家要求電影的服務對象要有根本的轉變:從為城市服務到為鄉村服務,為農民、士兵服務。「今天抗戰電影的最大多數的觀眾,是農村的小城市市民與農民士兵,我們必須製作以農村觀眾為對象的農村影片。」④他們認識到「中國的農民大眾,他們的文化水準其一般地低下的,對於電影這種新興藝術的欣賞能力是不夠的。急速移動的畫面與他們的視覺維持相當的距離,驟然的特寫在他們看來成為不可信的誇張」⑤。因此在藝術表現方面主張就低而不就高,就俗而不就雅。這些觀點顯然符合抗戰的需要,因為在戰時,當務之急是動員農民參軍,以及動員士兵,激發他們的抗戰熱情,畢竟農民和士兵是抗戰前線的主體。

這時期的電影主張用理想主義改造現實,重教育宣傳作用,重精神激勵作用。有人概括電影的創作原則時說:「有著一個現實的主題,通過一個不可缺少的故事,表達一種思想,以宣傳教育他們的觀念。」對現實主義作品提出的要求是「使每一部電影都是現實主義的作品,能夠反映現實,預示將來」⑥。暴露黑暗、批判現實讓位於宣傳教育作用:「故事的內容,與其專事暴露黑暗

---

① 郝明工.陪都文化論 [M].烏魯木齊:新疆大學出版社,1994:34.
② 湯曉丹.我們需要「突出」[N].掃蕩報,1943-09-12.
③ 鄭用之.民族本位電影論 [J].中國電影,1941,1 (3).
④ 楊邨人.農村影片的製作問題 [J].中國電影,1941,1 (1).
⑤ 葛一虹.從《華北是我們的》與《好丈夫》說到我們抗戰電影製作的路向 [N].新華日報,1940-02-22.
⑥ 劉念渠,王平陵.在《中國電影的路線問題》座談會中的發言 [J].中國電影,1941,1 (1).

面，不如盡可能地揭示光明的前途，鼓勵民眾抱著最大的勇氣與自信心，迎頭趕上去。」① 為了維護思想上的統一，動員全民族抗戰，電影理論家們發表自己的觀點，形成了一套戰時體制下的電影理論。這些戰時電影理論用於指導電影創作確實起到了鼓勵民眾士氣的作用，具有歷史的正義性與現實的合理性。

電影的批評模式有多種，總的來說它可以分為三大類，即：社會批評模式，它包括倫理道德批評、政治批評等；本體批評模式，它包括本文分析、作者論等；文化批評模式，它包括電影文化分析與殖民主義批評等。陪都抗戰電影時期，電影批評採用的是政治批評的模式。電影的政治批評是以較為明確的政治功利為目的的批評，以影片的民族和階級內容為批評標準，採用政治鼓動和宣傳教育的批評方式。政治批評往往在戰爭和國際國內政治形勢大動盪這樣的非常時期發揮自身的效用，但其忽略批評特性和電影特性的做法，勢必給電影批評的發展留下特殊的創痕。第二次世界大戰期間，電影批評第一次明確地將國家和民族的利益放在藝術、娛樂和商業利益之上，並提出了電影必須為國家和民族服務的政治目的。「在復興民族的浪潮中，在建立三民主義的新中國的標幟下，在抗戰建國的艱苦過程裡，在啟發民智、掃除文盲的教育原則上，我們更不能忽視電影這一新生的有效工具，我們要啟發民智、抗戰建國、復興民族，當非利用此有效工具不可。」② 在陪都電影的理論建設和影評中，這方面的論述還有許多，在國家和民族處於生死存亡階段的時候，電影應為國家和民族服務是電影藝術工作者一致的呼聲。

陪都抗戰電影評論的政治化傾向主要體現在以下幾個方面：

首先，總結抗戰電影的成功之處與缺點，促進抗戰電影創作質量以及宣傳效用的提高。抗戰電影是在十分困難的條件下製作的，特別是開初的一些影片，創作者熱情有餘，而思想和藝術的準備不足，概念化的傾向較突出。《新華日報》《新民晚報》《中國電影》《中蘇文化》等報刊及時發表了大量影評，一方面肯定了影片在對中國軍民抗日鬥爭精神的歌頌、擴大抗戰電影的宣傳和社會影響方面的作用，同時對影片的內容和藝術手法的運用所存在的不足進行了中肯的分析，幫助創作人員總結經驗教訓。20世紀40年代初，陪都抗戰電影的創作質量明顯提高，產生了《塞上風雲》《還我故鄉》《火的洗禮》等優秀影片，電影批評對此起了積極的作用。

其次，把評論影片與宣傳反法西斯鬥爭結合起來。1939年年底和1940年

---

① 劉念渠，王平陵. 在《中國電影的路線問題》座談會中的發言 [J]. 中國電影，1941，1 (1).
② 鄭用之. 民族本位電影論 [J]. 中國電影，1941，1 (3).

年初，在陪都重慶上映了兩部優秀的抗戰電影作品，《華北是我們的》和《好丈夫》。前者是新聞紀錄片，后者是到農村放映的農村影片。「它們的的確確配合了當前政治形勢，是根據我們的抗戰需要而製作的。」新聞紀錄片《華北是我們的》，「能迅速地反映當前的政治動態，通過它有力地來教育我們廣大的人民」。「《好丈夫》主題中的兵役宣傳。這種主題的重要性，當為眾所周知的。我們要支持這個長期戰爭，一定要動員全國的老百姓來參戰，這其中特別重要的是動員廣大農村中農民分子參與作戰。」[①] 陪都抗戰電影時期各類報紙雜誌除了發表國產影片的影評外，還曾對蘇聯的影片進行評論。陪都抗戰電影時期大量蘇聯影片進入重慶，《雪中行軍》《彼得一世》《鋼鐵是怎樣煉成的》《列寧在一九一八》《馬門教授》《保衛斯大林格勒》《會師柏林》《虹》等一批蘇聯影片在重慶放映。影評界對這些蘇聯影片十分關注，這是因為「蘇聯電影之於中國民族解放鬥爭的關係，也正如蘇聯民族與中華民族有著歷史的、共同為爭取人類的自由幸福的血緣一樣密切」[②]。陽翰笙、鄭伯奇、田漢等人都曾撰文對蘇聯影片進行評介。通過評論蘇聯電影，不僅在政治上加強了中蘇在反法西斯侵略戰爭中的團結，而且也促進了中國電影向蘇聯電影的學習借鑑。1943 年 9 月，蘇聯紀錄片《保衛斯大林格勒》在重慶上映，引起了強烈轟動，當時重慶《新華日報》不僅報導了這部影片上映的消息，而且還發表了好幾篇評論。這些影評結合當時局勢，讚揚其藝術成就，指出它是以血和肉譜寫的史詩，向人們介紹蘇聯人民在反法西斯鬥爭中建立的功勛和業績，從而使人們從影片中汲取將抗戰進行到底的力量，並下定抗戰決心。

總而言之，陪都抗戰電影時期的影評具有鮮明的戰鬥姿態和強烈的現實針對性，其任務是配合、推動抗日鬥爭，注重的是電影批評的政治功利性，很少顧及電影藝術自身的特點，這在當時的歷史環境下是難免的。

三、對蘇聯電影生產與傳播模式的借鑑

在第二次世界大戰期間的蘇聯衛國戰爭時期，蘇聯電影在大眾傳播方面取得了輝煌的成就，影片及時報導和宣傳蘇聯反法西斯戰場上的局勢，有力地鼓舞了廣大國民的戰鬥精神，為反法西斯戰爭的勝利做出了不朽的功勛。在陪都抗戰電影時期許多電影家對蘇聯電影的生產體制等方面進行過廣泛的論述。王

---

① 葛一虹. 從《華北是我們的》與《好丈夫》說到我們抗戰電影製作的路向 [N]. 新華日報，1940-02-22.
② 司馬文森. 我對蘇聯電影的觀感 [J]. 中蘇文化，1940，7（4）.

平陵曾介紹道，蘇聯電影「作為教育和宣傳的主要武器，隸屬在人民教育委員會的管理下，配合著國策的作用」，「蘇聯電影事業，跟著政治的、社會的革命浪潮，由私人的經營，變成了國營事業的一種」，「蘇聯政府認識到電影的重要性，一律改歸國家經營后，首先做到把全蘇的電影管理權，在中央所設置的機關下集中管理」，而后「進一步設立一個製片中心與租片機關，以適應全蘇的需要。唯有這樣，才能避免從前少數電影院因供給與需要之不均所發生的混亂狀態」。① 1919 年蘇聯政府頒布法令，指定蘇聯電影業均由國家來經營，在這種由國家控製電影的體制下，可以有效地組織起電影生產、發行、放映各部門，並且可以把國家的意識形態注入影片內容中，從而起到控製民眾思想的作用。

中國人羨慕蘇聯電影由來已久，參觀過蘇聯電影業的中國影人回來後，提到，「電影業在蘇俄由國家經營，莫斯科附近有已興工二年，費數千萬元尚未完成的製片廠，曾往參觀。國營影戲院，亦曾去看過。均系規模宏大，令人讚賞」。中國電影業從形成時就採用的是美國模式，國家不辦電影公司，電影的製作發行由私營企業經營。抗日戰爭全面爆發後，國統區實行了國營體系，在陪都重慶的國營電影製片廠有中國電影製片廠和中央電影攝影場，雖然這是戰爭所迫，但對抗戰宣傳起到了重要作用。事實是在抗戰時期由於千變萬化的國內局勢，民營電影業根本不可能有所作為，日本帝國主義的進攻使上海的私營電影業處於癱瘓的狀態，而且只能生產那些消磨民眾意志的、低俗的作品。在上海充斥於市場上的是《武松與潘金蓮》《冷月詩魂》《古屋奇案》《恐怖之夜》《四潘金蓮》《化身人猿》《無敵武術團》《地獄探豔記》和在敵人的國際映畫上被捧為優秀代表作的《茶花女》等。② 從上述可見，抗日戰爭時期中國電影走上國營之路是抗戰時期歷史發展的必然趨勢。

在陪都抗戰電影時期，唐煌論述了建立國營電影的必然性。他認為，「在中國，對電影事業唯有國營，唯有國營或可予中國電影以新的道路，等於若在蘇聯一樣，是要把電影來作為宣揚國策之一種有力的工具，尤其是處在正作著反侵略戰鬥的今日中國，對電影事業的處置更有非國營不可的趨勢。因為今日中國所需要的電影是要把電影的力量來啓發觀眾或說是教導觀眾，而並不是為了要迎合觀眾的口味把電影去娛樂觀眾。」作者並未否定電影的娛樂性而認為要根據不同時期的不同國情而定，電影純娛樂性「的樹立卻在存有其充實理

---

① 王平陵. 從蘇聯電影談到中國電影 [J]. 中蘇文化，1940，7（4）.
② 蔡楚生. 抗戰生的民營電影當前絕大的危機 [N]. 掃蕩報，1938-12-11.

由，但是，應予異議的，是要看施用這種電影定義是在哪個國家，而這個國家所處的環境又怎樣呢？所以這種定義還是不能一概而論，譬方在美國把電影作為純粹娛樂品當無可求疵，難道說，在我們多難的中國同樣地可以把電影來作純粹娛樂嗎？」① 在抗戰時期仿造蘇聯電影模式把電影私營改為國營無形之中強化了意識形態領域中的國家意志，更加有利於在電影中發揚民族精神，這是在戰時條件下電影傳播的必然規律。

在中國變更電影體制從民營轉變為國有，無疑是蘇聯電影體制直接影響的結果。列寧說：「我們最重要的藝術是電影。」斯大林認為：「電影是沒有武力的教育工具，我們的責任是要將它掌握在我們手中。」這些觀點成為中國抗戰時期建立國家電影的指導思想。然而值得我們欣慰的是，由於民族戰爭的需要，以國民政府為代表的文化工作者放棄了政治立場與經濟體制的不同，向社會主義國家蘇聯吸取經驗，借鑑方法。面對日本法西斯的進攻，面對民族的存亡，意識形態與政治立場顯得似乎不是那麼重要了。「我們要發揮戰時電影對於抗戰建國盡其最大的貢獻，唯有首先把內部組織機構完密起來，才能積極地展開工作，蘇聯電影發展的路程，是深足供我們借鏡的。」② 陪都抗戰時期的國民政府並不是看重蘇聯電影的社會主義性質，而是羨慕它的國家壟斷電影的體制，以及電影所具有的思想宣傳作用。儘管在當時，美國是國民政府最主要的支持者，但是，在比較蘇聯與美國電影體制后，國民政府仍選擇蘇聯的國家電影模式作為自己的電影體制。羅靜予曾論述：「世界電影文化的發展，曾經有著兩條不同的途徑，一條途徑完全是商業化，以娛樂為目的，一條途徑完全是當著供給某一個社會的精神糧食，一種教育上的新鮮武器。前者的代表是美國的電影業，后者的代表是蘇聯、德意志等國家。」「蘇聯的影片和別國不同，他們並不是為了娛樂而製造，他們受著國家的扶持，為了要訓育和感化國內的公民，使他們能幫助國內社會、政治、科學的進步，他們是真能盡教育能事的教育影片。」③ 葛一虹也談道：「蘇聯的藝術作品與西方資產階級的藝術作品根本不同一點是在於藝術作品的主題的相異。一面為了營利的目的起見，便不得不製作些色情、犯罪等題材卑俗的作品，另一方面，則以為藝術是應該服務於社會的，所以製作的作品都有著教育的意義。這兩種的不同類屬的作品在中國人民看來，何者更需要呢？中國人民的生活是悲苦的，他們被壓迫著，被束縛

---

① 唐煌. 電影國營論 [N]. 國民公報，1939-02-12.
② 王平陵. 從蘇聯電影談到中國電影 [J]. 中蘇文化，1940, 7 (4).
③ 羅靜予. 論電影的國策 [J]. 中國電影，1941, 1 (1).

著。所以，他們一致要求從層層壓迫、重重束縛之下解放出來。因此，積極的、有著奮鬥精神的藝術作品是為他們所歡迎的。」①

在陪都抗戰電影時期，新建的國家電影業在宣傳抗戰方面確實起了積極作用。但不可否認的是任何壟斷都將產生腐敗，在政治上的絕對權威，在意識形態內的霸權統治，最終將導致專政獨裁的一面，由為抗戰而建立的國家電影走向后期的黨營電影，表現為漠視民眾自由而走向思想控製的另一面。

---

① 葛一虹. 蘇聯電影戲劇在中國的影響［J］. 中蘇文化, 1939, 3（11）.

參考文獻

[1] 李歐梵. 中國現代文學與現代性十講 [M]. 上海：復旦大學出版社, 2002.

[2] 桑逢康.《女神》匯校本 [M]. 長沙：湖南人民出版社, 1983.

[3] 郭沫若. 郭沫若全集 [M]. 北京：人民文學出版社, 1989.

[4] 郭沫若. 郭沫若作品新編 [M]. 北京：人民文學出版社, 2010.

[5] 何其芳. 詩歌欣賞 [M]. 北京：作家出版社, 1962.

[6] 本尼迪克特·安德森. 想像的共同體——民族主義的起源與散布 [M]. 吳叡人, 譯. 上海：上海人民出版社, 2005.

[7] 毛澤東. 毛澤東選集：第一卷 [M]. 北京：人民出版社, 1991.

[8] 瞿秋白. 瞿秋白文集（二）[M]. 北京：人民文學出版社, 1953.

[9] 詹明信. 晚期資本主義的文化邏輯 [M]. 北京：生活·讀書·新知三聯書店, 1997.

[10] 戴錦華. 電影批評 [M]. 北京：北京大學出版社, 2004.

[11] 李少白. 電影歷史及理論 [M]. 北京：中國電影出版社, 2000.

[12] 陸弘石, 舒曉鳴. 中國電影史 [M]. 北京：文化藝術出版社, 1998.

[13] 程季華, 李少白, 邢祖文. 中國電影發展史 [M]. 北京：中國電影出版社, 1980.

[14] 麥家. 麥家文集·人生中途 [M]. 杭州：浙江文藝出版社, 2009.

[15] 洪治綱. 守望先鋒——兼論中國當代先鋒文學的發展 [M]. 桂林：廣西師範大學出版社, 2005.

[16] 夏忠憲. 巴赫金狂歡化詩學研究 [M]. 北京：北京師範大學出版社, 2000.

[17] 餘華. 蔚藍色天空的黃金 [M]. 北京：中國對外翻譯出版公司, 1995.

[19] 巴赫金. 陀思妥耶夫斯基詩學問題［M］. 劉虎, 譯. 北京: 生活·讀書·新知三聯書店, 1992.

[20] 柳鳴九. 從現代主義到后現代主義［M］. 北京: 中國社會科學出版社, 1994.

[21] 莫言. 清醒的說夢者［M］. 濟南: 山東文藝出版社, 2002.

[22] 吳士餘. 中國文化與小說思維［M］. 北京: 生活·讀書·新知三聯書店, 2000.

[23] 張京媛. 新歷史主義與文學批評［M］. 北京: 北京大學出版社, 1993.

[24] 董小英. 再登巴比倫——巴赫金與對話理論［M］. 北京: 生活·讀書·新知三聯書店, 1994.

[25] 魯迅. 魯迅全集［M］. 北京: 人民文學出版社, 1981.

[26] 蒲風. 蒲風選集［M］. 福州: 海峽文藝出版社, 1985.

[27] 鄭小瓊. 女工記［M］. 廣州: 花城出版社, 2012.

[28] 柳冬嫵. 打工文學的整體觀察［M］. 廣州: 花城出版社, 2012.

[29] 洪治綱. 多元文學的律動［M］. 廣州: 廣東教育出版社, 2009.

[30] 摩羅. 恥辱者手記［M］. 呼和浩特: 內蒙古教育出版社, 1998.

[31] 陳彥. 裝臺［M］. 北京: 作家出版社, 2015.

[32] 陳彥. 西京故事［M］. 北京: 人民文學出版社, 2013.

[33] 魯樞元. 精神守望［M］. 上海: 東方出版中心, 2004.

[34] 約翰·費斯克, 等. 關鍵概念: 傳播與文化研究辭典［M］. 李彬, 譯. 北京: 新華出版社, 2004.

[35] 喬治·薩杜爾. 世界電影史［M］. 徐昭, 胡承偉, 譯. 北京: 中國電影出版社, 1995.

[36] 遊飛, 蔡衛. 世界電影理論思潮［M］. 北京: 中國廣播電視出版社, 2002.

[37] 重慶市文化局電影處. 抗日戰爭時期的重慶電影［M］. 重慶: 重慶出版社, 1991.

[38] 蘇珊·朗格. 藝術問題［M］. 滕守堯, 朱疆源, 譯. 北京: 中國社會科學出版社, 1983.

[39] 米蓋爾·杜夫海納. 美學與哲學［M］. 孫非, 譯. 北京: 中國社會科學出版社, 1985.

[40] 章柏青, 張偉. 電影觀眾學［M］. 北京: 中國電影出版社, 1994.

[41] 胡經之. 文藝美學 [M]. 北京：北京大學出版社, 1999.

[42] 郭慶光. 傳播學教程 [M]. 北京：中國人民大學出版社, 1999.

[43] 葉朗. 中國美學史大綱 [M]. 上海：上海人民出版社, 1985.

[44] 宗白華. 宗白華全集：第二卷 [M]. 合肥：安徽教育出版社, 1994.

[45] 聶振斌, 等. 藝術化生存 [M]. 成都：四川人民出版社, 1997.

[46] 約翰·費斯克. 電視文化 [M]. 祁阿紅, 張鯤, 譯. 北京：商務印書館, 2005.

[47] 約翰·費斯克. 理解大眾文化 [M]. 王曉珏, 宋偉杰, 譯. 北京：中央編譯出版社, 2001.

[48] 陸揚, 王毅. 大眾文化與傳媒 [M]. 上海：上海三聯書店, 2000.

[49] 陳望衡. 審美倫理學引論 [M]. 武漢：武漢大學出版社, 2007.

[50] 周月亮. 影視藝術哲學 [M]. 北京：中國廣播電視出版社, 2004.

[51] 鄭君里. 畫外音 [M]. 北京：中國影視劇出版社, 1979.

[52] 彭吉象. 影視美學 [M]. 北京：北京大學出版社, 2002.

[53] 胡智鋒. 中國電視策劃與設計 [M]. 北京：中國廣播電視出版社, 2004.

[54] 陳望衡. 中國古典美學史 [M]. 武漢：武漢大學出版社, 2007.

[55] 特倫斯·霍克斯. 結構主義和符號學 [M]. 瞿鐵鵬, 譯. 上海：上海譯文出版社, 1997.

[56] 李恒基, 楊遠嬰. 外國電影理論文選 [M]. 上海：上海文藝出版社, 1995.

[57] 馬克思, 恩格斯. 馬克思恩格斯全集：第13卷 [M]. 中共中央馬克思恩格斯列寧斯大林著作編譯局, 譯. 北京：人民文學出版社, 1962.

[58] 李幼蒸. 當代西方電影美學思想 [M]. 北京：中國社會科學出版社, 1996.

[59] 郭慶光. 傳播學教程 [M]. 北京：中國人民大學出版社, 1999.

[60] 哈貝馬斯. 作為未來的過去 [M]. 章國鋒, 譯. 杭州：浙江人民出版社, 2001.

[61] 陳默. 影視文化學 [M]. 北京：北京廣播學院出版社, 2001.

[62] 葉舒憲. 神話——原型批評 [M]. 西安：陝西師範大學出版社, 1987.

[63] 次仁羅布. 祭語風中 [M]. 北京：中譯出版社, 2015.

[64] 史鐵生. 對話練習 [M]. 北京：時代文藝出版社, 2000.

［65］丹增. 我的高僧表哥——丹增散文精品選［M］. 昆明：雲南人民版社，2015.

［66］馬克思，恩格斯. 馬克思恩格斯選集［M］. 中共中央馬克思恩格斯列寧斯大林著作編譯局，譯. 北京：人民出版社，2012.

［67］岩崎昶. 日本電影史［M］. 北京：中國電影出版社，1985.

［68］胡昶，古泉. 滿映國策電影面面觀［M］. 北京：中華書局，1990.

［69］蔡儀. 中國抗日戰爭時期大后方文學書系［M］. 重慶：重慶出版社，1989.

［70］郝明工. 陪都文化論［M］. 烏魯木齊：新疆大學出版社，1994.

［71］曠新年. 民族國家想像與中國現代文學［J］. 文學評論，2003（1）.

［72］楊劍龍，陳海英. 民族國家視角與中國現代文學研究［J］. 中國現代文學研究叢刊，2011（2）.

［73］詹小美. 民族共同體政治認同的理解向度［J］. 馬克思主義與現實，2013（1）.

［74］李祖德. 小說、戰爭與歷史——有關「抗戰小說」中的個人、家族與民族國家［J］. 文藝理論與批評，2005（4）.

［75］張晨怡，張宏. 民族國家想像與中華民族的認同［J］. 雲南社會科學，2011（1）.

［76］汪暉. 我們如何成為「現代的」？［J］. 中國現代文學研究叢刊，1996（1）.

［77］李興. 論國家民族主義的概念［J］. 北京大學學報（哲學社會科學版），1995（4）.

［78］袁慶豐. 20世紀20年代中國電影文化生態的低俗性及其實證解讀［J］. 杭州師範大學學報（哲學社會科學版），2009（4）.

［79］席耐芳. 電影罪言——變相的電影時評［J］. 明星月報，1933，1（1）.

［80］程季華. 黨領導了中國左翼電影運動［J］. 電影藝術，2002（5）.

［81］袁慶豐. 國防電影與左翼電影的內在承接關係［J］. 佛山科學技術學院學報（社會科學版），2008（2）.

［82］安東尼·史密斯. 文化、共同體和領土［J］. 馬克思主義與現實，2009（4）.

［83］謝有順. 《風聲》與中國當代小說的可能性［J］. 文藝爭鳴，2008（2）.

［84］蔡翔. 重述革命歷史：從英雄到傳奇［J］. 文藝爭鳴，2008（10）.

［85］周會凌. 歷史喧嘩中的無聲吶喊［J］. 吉首大學學報（社會科學版），2010（6）.

［86］肖敏，張志忠. 新歷史主義之后的當代革命敘事［J］. 小說評論，2008（2）.

［87］程光煒.「八十年代文學」的邊界問題［J］. 文藝研究，2012（2）.

［88］程光煒. 為什麼要研究七十年代小說［J］. 文藝爭鳴，2011（12）.

［90］程光煒. 為什麼要研究七十年代小說［J］. 文藝爭鳴，2011（12）.

［90］摩羅. 面對黑暗的幾種方式——從魯迅到張中曉［J］. 北京文學，1999（3）.

［91］吳思敬. 論北島［J］. 中國現代文學研究叢刊，2014（10）.

［92］沃爾夫岡·顧彬，趙潔. 黑夜意識和女性的（自我）毀滅——評現代中國的黑暗理論［J］. 清華大學學報（哲學社會科學版），2005（4）.

［93］吳飛.「空間實踐」與詩意抵制——解讀米歇爾·德塞圖的日常生活實踐理論［J］. 社會學研究，2009（2）.

［94］韓少功.「文革」為何結束［J］. 今天，2006（3）.

［95］朱學勤. 革命［J］. 領導文萃，2000（8）.

［96］吳曉東.「現代主義」的反動［J］. 讀書，1986（8）.

［97］趙靜蓉. 創傷記憶：心裡事實與文化表徵［J］. 文藝理論研究，2015（2）.

［98］沈杏培，姜瑜. 奧斯維辛敘事視域下本土小說的文革敘事反思——當代小說文革敘事的困境與出路［J］. 中國比較文學，2012（3）.

［99］趙靜蓉. 創傷記憶：心裡事實與文化表徵［J］. 文藝理論研究，2015（2）.

［100］白亮.「左翼」文學精神與底層寫作［J］. 江漢大學學報（人文科學版），2007（4）.

［101］張立新. 憤怒的反抗　謙卑的愛戀——胡也頻詩歌導讀［J］. 中國新詩，2011（8）.

［102］孟繁華. 左翼文學與當下中國文學［J］. 中國現代文學研究叢刊，2002（1）.

［103］季亞婭.「左翼文學」傳統的復甦和它的力量［J］. 文藝理論與批評，2005（1）.

［104］何言宏. 當代中國的「新左翼文學」［J］. 南方文壇，2008（1）.

[105] 曠新年. 「新左翼文學」與歷史的可能性 [J]. 文藝理論與批評, 2008（6）.

[106] 劉勇, 楊志. 「底層寫作」與左翼文學傳統 [N]. 文藝報, 2016-08-22.

[107] 江臘生. 底層焦慮與抒情倫理——以王學忠的詩歌創作為例 [J]. 文學評論, 2011（3）.

[108] 賀紹俊. 王學忠：當代中國的工人詩人 [J]. 當代文壇, 2009（4）.

[109] 溫長青. 資本霸權下人格扭曲的生動顯現——讀曹徵路的長篇小說《問蒼茫》[J]. 文藝理論與批評, 2009（6）.

[110] 方維保. 資本運作時代的人民和人民性思考 [J]. 文藝理論與批評, 2005（6）.

[111] 張莉. 非虛構女性寫作：一種新的女性敘事範式的生成 [J]. 南方文壇, 2012（5）.

[112] 李雲雷. 新世紀文學中的「底層文學」論綱 [J]. 文藝爭鳴, 2010（6）.

[113] 方維保. 人民性：危機中的重建之維 [J]. 文藝理論與批評, 2004（6）.

[114] 馮憲光. 人民文學論 [J]. 當代文壇, 2005（6）.

[115] 徐迎新. 建構人民美學的三個維度 [J]. 遼寧大學學報（哲學社會科學版）, 2015（3）.

[116] 王宗峰. 人民美學與角落書寫 [J]. 電影藝術, 2007（5）.

[117] 陳彥. 現實題材創作更需厚植傳統根脈 [N]. 人民日報, 2013-02-22.

[118] 李敬澤. 在人間——關於陳彥長篇小說《裝臺》[N]. 人民日報, 2015-11-10.

[119] 牛學智. 「詩意」、「溫情」與西部現實——從漢月小說說開去 [J]. 文學評論, 2005（1）.

[120] 陳彥. 理直氣壯講好優秀傳統 [N]. 人民日報, 2014-07-08.

[121] 陳彥. 現實題材創作更需厚植傳統根脈 [N]. 人民日報, 2013-02-22.

[122] 關紀新. 當代滿族小說的普世價值關懷 [J]. 重慶師範大學學報（哲學社會科學版）, 2011（4）.

[123] 鄭麗娜. 在傳統敘事中彰顯民族特質——對孫春平小說滿族元素的文化考察 [J]. 民族文學研究, 2013 (1).

[124] 高秀芹. 理想精神與文學建設 [J]. 文學評論, 1997 (5).

[125] 韓春燕. 寫作：隱密的皈依之途——孫春平近年小說創作研究 [J]. 當代作家評論, 2009 (3).

[126] 鐵凝. 文學是燈 [J]. 人民文學, 2009 (1).

[127] 張學昕. 質詢人性與權力的鄉村敘事——評孫春平長篇小說《蟹之謠》[J]. 當代作家評論, 2004 (4).

[128] 孫春平. 每個人都是一個世界 [J]. 當代作家評論, 2001 (6).

[129] 郝時遠. 人類學視野中的西藏文化 [J]. 民族研究, 2001 (1).

[130] 雷鳴. 漢族作家書寫西藏幾個問題的反思 [J]. 西藏研究, 2013 (5).

[131] 劉元舉. 神性散文 [J]. 文學自由談, 1997 (2).

[132] 劉元舉. 再說神性 [J]. 當代作家評論, 1997 (4).

[133] 張清華. 「鄙俗時代」與「神性寫作」[J]. 當代作家評論, 2010 (2).

[134] 倫珠旺姆. 水：精神家園的神話喻體 [J]. 民族文學研究, 2006 (2).

[135] 韓慶祥. 現代性的本質、矛盾及其時空分析 [J]. 中國社會科學, 2016 (2).

[136] 魯樞元. 開發精神生態資源——《生態文藝學》論稿 [J]. 南方文壇, 2001 (1).

[137] 曾繁仁. 人類中心主義的退場與生態美學的崛起 [J]. 文學評論, 2012 (2).

[138] 林偉. 佛教「眾生」概念及其生態倫理意義 [J]. 學術研究, 2007 (12).

后　記

　　本書是我十多年來從事中國現當代文學研究的一次總結，我的論述、對作家作品的引述和學者的證言，可作為自我救贖、自我省思的一種方式。記得在給同學們講授課程時，我總是說，人一輩子不可能不做一件壞事，但要盡量少做壞事，以悲憫之心看待世間萬物。這或許是我研究現當代文學的最大收穫，但這一點我還未完全做到，修行需要一輩子。

　　世界遠沒有我們想像的那樣完美，一切改變需從自我做起。記得王富仁先生說過：假若他是一個戰士，遇到困難他會克服它，尋找克服它的道路，他會變得更加堅強。只有這種堅強的精神——這種追求的精神才能承擔人生當中、歷史當中、社會當中、自己的人生道路當中所經歷的各種各樣的困難，大踏步地走下去，走完自己的一生。不但走完自己的人生，同時為未來的人生留下一點光明。假若我們每一個人都為未來留下一點光明，我們的未來就會光明一點。

　　為了將來的那點光明，我們應該迎上去。

　　感謝我的妻子對我的理解與支持，在有些問題上她還提出了寫作上的建議。感謝我的孩子，我希望他生活在一個充滿愛意的世界裡。因此，我批判社會中的醜惡，讚揚人間的善意。感謝我的同事，他們的正直與善良常常打動我。感謝我的左鄰右舍，今天，鄰居阿姨送來還帶著泥土氣息的蘿蔔，這份情感勝過任何虛假的表演。

馮清貴

國家圖書館出版品預行編目(CIP)資料

中國現當代文學與影像多元敘事研究 / 馮清貴 著. -- 第一版.
-- 臺北市：崧燁文化，2018.08

　面；　　公分

ISBN 978-957-681-447-1(平裝)

1.中國當代文學 2.文學評論

820.908　　　107012454

書　名：中國現當代文學與影像多元敘事研究
作　者：馮清貴 著
發行人：黃振庭
出版者：崧燁文化事業有限公司
發行者：崧燁文化事業有限公司
E-mail：sonbookservice@gmail.com
粉絲頁　　　　　　網　址：
地　址：台北市中正區重慶南路一段六十一號八樓815室
8F.-815, No.61, Sec. 1, Chongqing S. Rd., Zhongzheng
Dist., Taipei City 100, Taiwan (R.O.C.)
電　話：(02)2370-3310　傳　真：(02) 2370-3210
總經銷：紅螞蟻圖書有限公司
地　址：台北市內湖區舊宗路二段121巷19號
電　話：02-2795-3656　傳真：02-2795-4100　網址：
印　刷：京峯彩色印刷有限公司（京峰數位）

　　本書版權為西南財經大學出版社所有授權崧博出版事業股份有限公司獨家發行電子書繁體字版。若有其他相關權利需授權請與西南財經大學出版社聯繫，經本公司授權後方得行使相關權利。

定價：300 元

發行日期：2018 年 8 月第一版

◎ 本書以POD印製發行